歷史裏的斷章

歷史裏的新章

張惠 —— 著

張惠《歷史裏的斷章》：歷史感和現代感兼備的文學書寫

香港作家聯會委任理事 潘金英

　　我從小就對經典文學及唐詩宋詞元曲，有著一種莫名的喜愛情愫，初識文字的我，對《西遊記》及唐詩愛不釋手，讀著《西遊記》，天馬行空騰雲遠去達到放任程度，讀著唐詩念著宋詞，猶如聽天籟之音一般，令我心動。悠悠中華，上下五千年，歷史悠久，源遠流長；讀詩詞曲小說，就是把玩賞識中華民族文化寶庫裏一串串美麗璀璨的明珠。

　　香港紅樓夢學會會長張惠大抵和我同好，難得她有慧眼識見，竟可把自己對經典文學及唐詩宋詞元曲，各種獨到的感悟、心得寫下來，我徜徉在欣賞閱讀解讀的時光裏，不由自主地喜歡她的文字；盼讓更多的人讀到這些特別具意義的文字，更加喜歡經典文學及唐詩宋詞元曲，進而傳誦開去；更會在閱讀中把這些瑰寶，一代代傳承下去。我懷著無比的興趣，津津有味地用心去細讀，並竭力、高興、喜悅的寫下這篇書介。張惠新書《歷史裏的斷章》，是具歷史感和現代感兼備的文學書寫。內容豐富耐讀，不但涵蓋中國四大古典小說：《紅樓夢》、《西遊記》、《三國演義》和《水滸傳》，更涉談中國古典戲曲、中國近現代文學（白先勇小說）、以及外國青少年文學、翻譯小說等。她筆下古典，帶著個人所得解構方式進行新角度來特別書寫，寫作盤上新情勢逆轉，行文每常

以文史片段之重要人事，再冠以個人想像，找到了一個「切入口」而抒寫，層出不窮，出人意表。曾在網上發表過〈晴雯與茶：結構象徵上的雙重寓意〉等單篇論文多篇，今收在書中的有〈留侯張良斷章〉、〈三顧茅廬斷章〉、〈看戲的三種境界〉、〈《紅樓夢》的學問與聯姻〉、〈千金買馬骨〉、〈李嘉誠先生的觀音廟與三國演義〉、〈魯智深與比卡超〉、〈失敗的英雄需要的不是同情：水滸傳楊志〉、〈元曲四大家之關漢卿〉、〈孫悟空的爸爸是誰？〉……

本書第一篇出現人物——留侯張良。斷章內容先聲奪人：

遇見時，他早已是名滿天下的貴冑公子；而他，不過是父親劉老太公眼中遊手好閒不事生產的浪蕩小兒子。本來，他的眼角瞟都不應該瞟他一眼。且不論五世相國之家的潑天富貴，僅僅從圯下老人所授《太公兵法》所習得的無雙智謀，都足以令他在這個逐鹿中原的亂世，既可自立為王，也可隨意擇主而事助其一統宇內。

但他生來不是這個世界追隨的領袖。……

縱然他願意拿出自己生命最黃金的時間等他長大，等不了的，還有那瞬息萬變亟待決定的戰機。所以他選擇劉邦。

然後，文章洋洋灑灑地發揮，如雷貫耳地講述這位身居要津、伶牙俐齒的人物，用語言藝術表現寫作出人物魅力！那是說，作者妙筆生花，從古典文學、戲曲中脫胎，就寫出有自我意識的「風格」，令讀者大開眼界。

初看此書《歷史裏的斷章》，覺得似沒有甚麼，其實裏面

的故事是作者按照書中人物的才情來再度創作去寫屬於新層次的「斷章」呢！作者取材自中國小說之人物片片段段，把著作精華析述而再度創作，充滿了創意；在她看來，一切理所當然的，情節就很自然的一件一件事順情理地發展，出現令人意想不到的轉向時，感到人生就是有吊詭多變之事，完全取得壓倒性勝利？不會太快定斷。寫實得動人，兼有點兒虛幻。

我愛看中國古典小說，從書中，可以看出張惠對《紅樓夢》的研究深入，她亦欣賞《三國演義》與《西游記》裏的人物，她對經典文學的欣賞如此深，個人解讀與聯想，必然是有創見、心得了。她曾說：給香港中學生講元曲是不容易的。太難不行，知識點少了也不行；所謂字字是乾貨，小朋友們想聽一點故事呢。

基於上述，故她書中的文章，常穿插小軼聞、故事及精彩短斷章，以饗讀者。例如〈孫悟空是怎麼變成林黛玉的〉，真莫名其妙，題目有懸疑吸引力！

又例如〈孫悟空的爸爸是誰？〉這篇，談及有個妖精，明明與仙界、佛界沒有任何瓜葛，他的朋友白衣秀士白花蛇精，和老道人淩虛子蒼狼精，都被悟空一棒打死，而唯獨他，不但沒被打死，反而被觀音收了，他就是孫悟空的爸爸！《西游記》裏，隱藏著你想像不到的深情！這故事令讀者要追看了。

而且，她筆下跨越了時空，來到了遙遠歐洲，她也熟知青少年文學，沉浸於長襪子皮皮、彼得潘、白雪公主、快樂王子的童話國度，那份豁達，那份追求，別有一番滋味，讓人感動、落淚。例如在讀〈每個人心裏都住過一個彼得潘〉一文中，彼得潘讓人十分羨慕：他居住在可以永遠不用長大

的永無島，欣賞美麗的風景。彼得潘代表之小飛俠悠然浪迹天涯，追求的那份自由，讓人重拾開心童年那份稚氣，那份不知天高地厚之勇氣。

我解讀、賞識此書，我認為書內各篇，巧設題目，力求引人入勝。題材頗多元，每篇行文的詮釋，語言力求簡明概括，開頭盡量用通俗的語言，散文式的優美筆調，詮釋出作者的閃光觀點，常見佳句讓讀者打開眼界，本能地吸引著看下去，深入看到的文字裏似寓意隱喻，就能有助引入讀者對優美經典的大概瞭解、把握。經典小說語言的用典，用典出自何處？用喻，本體喻體？意思含蓄隱晦，有何詮釋，爭議在哪裏？張惠都做重點，力求詮釋清楚、透徹，力求簡潔易懂，使讀者明瞭。

對本人而言，作者巧於修辭之道，文情並茂，面面俱到；本書篇章文筆優美，活潑幽默，令人喜歡。我認為此書，通俗易懂，大氣吸引，可顯出作者深博學養。其實這書遊移於古典與虛、實，寫得生動有趣；每篇「斷章」主題不同，話題說不完，作者文筆簡潔概括，把每篇解讀的經典名著，能放到現代大環境下聯想及詮釋，力求講解古時經典名著文字背後所形成的時代背景，淵源，環境，以及人生際遇，並通過個人對這些小說和詩詞曲，留給後人之價值、留給後人對人生、對愛情、對他人生活的思索，寫出了不同之體悟，充滿情味，魅力，以及博大精深的文化識見，使讀者從書中獲得教益，對人性、生活、命運、人生觀等哲理有更深入的認知，值得普及推廣。

學詩三百,在水一方——張惠女史《歷史裏的斷章》序

澳門大學社會及人文科學學院中文系教授

濠上詞隱　施議對

己亥歲尾,於返港途中,接奉張惠君來微,謂有新著出版,命為序。此前因已拜讀過相關述作,有了印象,也就欣然應允。恰逢庚子大疫,許多事情都亂了套。待得即將交稿,方才記起,還沒做好功課。君著題稱:《歷史裏的斷章》。收錄歷史斷章、小說斷章、夢戲斷章計文四十餘篇。君以蘭質蕙心研治千秋雅業,所謂賦詩斷章,幾乎每作一文均十分注重對於精義的求索。這是於尋章摘句之外,經過多番分析、綜合以及演繹、推理,從形下層面到形上層面的一種提升。吳宓稱之為從詩歌到哲學的提升。

詩歌與哲學,兩種不同的學科品類。從詩歌到哲學的提升,標誌著層面的提升,並非將詩歌變成哲學。詩大序有云:「在心為志,發言為詩。」其所謂提升者也,既表示對於作詩明志所呈現志向、意向或者主旨的一種闡釋與發明,亦表示對於斷章所獲取意義的一種追尋與探測。

編中如〈香港「紳商」陳步墀的綉詩樓詩詞與保良局事業〉的意義頗重,像陳步墀這樣的善長儒商太值得研究了:

(一)以陳步墀此一重要典型人物,點破清末廢科舉之後,儒者發現新的出路:可以是「不為良相,便為儒商」。

（二）詳細論析香港保良局的領婚領育制度，進而發現早年粵港融合的現象。又能從香港保良局發掘第一手資料。

（三）指出陳步墀的賑災慈善義舉，受西方慈善文明的影響。賣旗籌款源於賣花籌款。本文從陳氏身份的各個方面來作敍述評論，既全面，又精到，語言亦十分簡潔明快，體現作者精深的學術素養。

此文帶給讀者，尤其是中國內地受眾的啟迪巨大，讓我們看到一個社會，可以是如何運作的，其中一些社區領袖，他們會發揮無與倫比的作用，作為政府管理之參佐，陳氏就是這樣的典範，其人格和文化素養以及精神境界，均足為世範，而內地追求建設和諧社會，首先要重視公民道德品質的提升，陳氏就具有絕佳的借鑒意義。

編中如「晴雯與茶」所云：前人指出《紅樓夢》描寫鐘鳴鼎食、詩禮簪纓之家的茶文化，前八十回共五十八處。但這種有關茶文化的探索基本上仍停留在「現象——文化」層面，只是解釋了茶事所蘊含的文化之後就「言盡意止」，鮮有和小說的整體結構，亦即其巧奪天工的構思發生關聯。雖然這有助於解釋《紅樓夢》的百科全書性質，然則以茶入書的明清小說不勝枚舉，只說到這一層次，未見其高明之處。作者指出：自唐至清，飲茶已經和詠詩、觀畫、聽曲一樣成為國人文化修養、文化品格的特有展示和標識方式。《紅樓夢》在四周碧水清澈的藕香榭置爐烹茶，山坡上還有花木暗香浮動，風清氣爽，遠處音樂之聲穿林渡水而來，顯得份外清幽。這種品茶不是把天、地、人、茶融通一體了嗎？誰能說清是在品茶、品境、品氛圍、品情調？天趣悉備，樓神物外，清心神

而出塵表，人物完全沉浸到情景交融的詩畫境界中去了。

《紅樓夢》正是在這一人文背景下產生，紅樓人物飲茶所獲得的已不僅僅只是口腹的滿足，更多的是情趣的寄托、精神的享受、審美的愉悅，體現了迥異於其他小說的「人文化」、「雅化」的特質。進而，文章結合小說中的人物和結構得出這麼一個結論：超出其他小說之上，《紅樓夢》中的茶文化，還和人物的性格、命運息息相關。作者又通過晴雯與茶的三次起結與照應，在結構上將千紅一「哭」由隱到顯層層推進；在象徵上濃縮了理想世界走向幻滅的歷程。十年辛苦不尋常的刻意求工決定了《紅樓夢》難以超越的精深和經典。這就是經過提升所獲取的意義。

不過，這僅僅是一定意義上的一定之義，其斷章之所獲取，亦即其求索目標，甚為高遠，仍須於順水、逆水兩個不同方向上下求之。因以前些時於微上所作一副對聯，用作本文標題，並與共勉。聯曰：學詩三百，在水一方。是為序。

庚子小暑後五日濠上詞隱於香江之敏求居。

vii

為推廣古典文學發一分光

灼見名家傳媒社長　文灼非

　　幾年前在一個徵文比賽的評判會議認識張惠教授，由於大家都是念中文出身，有不少共同話題。知道她是北京大學與美國哥倫比亞大學共同培養的《紅樓夢》研究專家，更多一分敬意。張教授把近年發表的文章結集，邀請我寫序，由於我不是這方面的專家，遲疑了好一陣子才敢答應，分享一點淺見。

　　我第一次細讀《紅樓夢》的內容，是念香港中文大學預科中國語文時的一篇課文，形容林黛玉的面貌神態活靈活現，令我印象非常深刻：「兩彎似蹙非蹙罥烟眉，一雙似泣非泣含露目。態生兩靨之愁，嬌襲一身之病。淚光點點，嬌喘微微。嫻靜似嬌花照水，行動如弱柳扶風。心較比干多一竅，病如西子勝三分。」曹雪芹寫女性實在精彩，無出其右。我後來進香港大學中文系讀書，沒有特別涉獵小說的課，反而在一位中學老師的介紹之下，八十年代初遊覽北京時認識了在紅樓夢研究所擔任研究員的馮統一先生，有機會了解該所的研究及出版成果，有一次他更帶我去參觀還沒有正式開放的恭王府，那裏有大觀園的影子。紅學研究當時是顯學，人才濟濟，紅樓夢研究所所長馮其庸教授是大學問家。八十年代末我又認識了廣州中山大學中文系的曾揚華教授，他也是紅樓夢研究的專家，著作《漫遊大觀園》更在香港出版。每次到

廣州我都很喜歡去中山大學拜會他，談談文學。

九十年代我進報社工作後，每天都是關心新聞性較強的信息，比較少時間看文學的書刊。當時內地把四大奇書陸續拍成電視劇，我看得比較多的是《三國》、《水滸》文韜武略及英雄好漢的內容，至於兒女情長的《紅樓》則失諸交臂。後來認識了白先勇教授，他說兩本書對他影響最大，一本是《牡丹亭》，一本是《紅樓夢》，近二十年他身體力行為這兩本書做了大量推廣工作，感動了不少年輕人愛上古典文學。我在報社從事二十多年編輯工作後，二〇一四年創辦灼見名家傳媒，其中一個使命是宣揚文化，網站啟動的第一天便整理了白先勇教授在港大同學會書院的演講，鼓勵學生多讀古典。

張惠教授除了教書之外，也在微信開專欄談文說藝，選題匠心獨運，文字靈巧，可讀性強，我邀請她在灼見名家開專欄，轉載她的文章。二〇一六年六月十五日，她以「紅樓一夢」為名開專欄，我選了〈你這麼忙，你這麼有錢，你一定不會看這朵花開第二次〉作為第一篇文章，因為反映了作者的人生取向：「養花有秘訣嗎？如果有，那就是我從擁有它的第一天和每一天，從沒想過不愛它，不要它。不信你也試試？」二〇一七年，大陸與台灣的高考題目都有《紅樓夢》的內容，張教授把兩道題目都分析透徹，充滿創意，大受兩岸年輕人的關注與歡迎。她興趣多元，涉獵廣泛，寫電影，寫品茶，寫書藝，寫四大奇書，娓娓道來，文筆生動，妙趣橫生，難怪文章在灼見名家網站經常上最受歡迎榜，深得讀者喜愛，橫跨多個專業與年齡層。

作為中文系畢業生，我時常想，如何把老祖宗的好東西

用新時代雅俗共賞的方法傳承給年輕一代？香港作為英國殖民地一百五十多年，重英輕中的文化根深蒂固，即使回歸了二十多年，情況並沒有太大改善。中學文憑試自從八年前推出後，中文科考試竟然成為學生心目中的「死亡之卷」，學生厭惡自己的國文，在全世界很難找到第二個例子，這是香港教育的悲哀。近年中文試卷增加了歷代經典範文的考試範圍，但由於所佔的分數有限，很多害怕背誦古文的學生，不願意花太多氣力在這份試卷上。我們需要多一些像白先勇教授的權威學者，走遍兩岸大江南北的學府為大學生講解古典文學之美；像張惠教授那樣的年輕學人，以紮實的學術修養寫出輕鬆的文化小品，讓更多年輕人覺得古典文學可敬可親。在社交媒體泛濫的今天，傳媒人更加任重道遠，不能被惡俗的流行文化牽著鼻子走，應該想辦法推陳出新，提升讀者的品味。

　　願與張惠教授共勉，祝願她的新書洛陽紙貴。

《歷史裏的斷章》序

北京大學中文系教授　劉勇強

　　我有一個奇怪的感覺，覺得所謂學問，是有生命的活體。有時候，它會在一本正經地考證闡釋之餘，橫生枝節，隨物賦形地向外生長；有時候，它又需要開渠引水，從其他地方獲得一些滋養或印證，使思維的火花在與相關領域的碰撞中發光閃亮。學者的隨筆似乎就是這種學問生命的體現。

　　張惠女史一直耽於學問，除了學術論著，也不時寫些隨筆。這些隨筆，既是她學術研究的一種自然延伸，又反映了她注目當下、廣採博取的眼光與關懷。

　　就在收到張惠這本文集電子版的前兩天，我剛看過了BBC 拍的電視劇《遠大前程》，又找了狄更斯的小說原著對讀，所以就先翻到她討論這部小說的文章。張惠從「懸念法」「反諷法」兩個角度來評介這部小說，我以為是從當今讀者欣賞小說的思維習慣，抓住了《遠大前程》藝術表現的兩個關鍵，至少對我這樣不太瞭解歐洲古典小說的讀者，是很有啟發的。當然，張惠並非外國文學的專家，她的評介可能也帶有非職業研究者的特點。唯其如此，才更貼近普通讀者的感受。而從研究者的角度說，隨著學科專業化的發展，研究者各抱一經，治學領域日漸狹窄，成為了一個阻礙學術發展的突出問題。作繭自縛、畫地為牢的學術興趣和眼界，其實並不利於研究者對所專攻研究對象的分析與判斷。在我個人的

閱讀感受中，一直以為狄更斯的小說在很多方面可以作為中國古典小說的參照，比如他從自我經歷的取材、他的仁愛精神與情感表現、他對女性的讚美等，都與《紅樓夢》有相通之處。所以，我相信，對外國小說的關注，應該是中國小說研究者必備的知識素養，而張惠在這方面的寫作，正反映了這種可貴的努力。

張惠女史專業是古代小說戲曲，對《紅樓夢》尤其情有獨鍾，因此，集中有關這方面的文章自然也就最多。與論文的寫作有所不同，她在隨筆中涉及的往往是些一般讀者關心的有趣問題。這些問題有的看上去並不重大，但並不意味著是沒有意義的。相反，一些所謂小問題，由於角度獨特，有時也能另闢蹊徑地觸及文學作品的核心。

比如〈晴雯與茶：結構象徵上的雙重寓意〉一文，張惠指出：「晴雯與《紅樓夢》中三次顯現出來的不同的茶，不僅綰結起了全文的結構和象徵，更體現了作者在構思上的體大思精。」她認為「曹雪芹特別善於借昨是今非的巨大反差三致意焉」，因而細緻地分析了小說中的相關描寫，這些分析相當深細精當。不過，她又進一步指出，「《紅樓夢》如果這樣描寫晴雯與茶僅僅只為對比和照應，那還是太輕看了它的價值。」在她看來，「『千紅一窟』——『楓露茶』——粗茶，豈非正是千紅一『哭』由隱到顯的層層推進？而這斑斑血淚、玉殞香消的由隱到顯，豈非也正是所有大觀園群芳悲劇命運的一個象徵。」這一剝筍抽繭的細讀，由小見大，入情入理，洵為卓見。其他如〈這杯叫做「林妹妹」的酒〉、〈錫名排玉合玫瑰：賈探春論〉、〈德配朝顏自安然：賈巧姐論〉、〈從紅樓

夢原文和明清繼承法看林黛玉的財產〉諸文，也都各從特定細節入手，深入剖析了作者的創作意圖與敘事效果。

在上述分析中，張惠表現了令人稱道的藝術感悟力，而這種感悟力是與文本細讀聯繫在一起了，見解精明，理趣兼備。如在論及諸葛亮與姜維的關係時，她說：「那一年，姜維是二十六歲！二十六歲，也正是孔明遇見劉備的年紀，在英氣勃勃的姜維臉上，他似乎看到了自己當年意氣風發的樣子。當然，還有更重要的是，姜維是一個有可能超越他的文武全才。諸葛亮神機妙算聞名天下，卻似乎沒有他上陣殺敵的實例，所以武備一道，是他短板。可是眼前這個虎子，細加調教，將來不但能運籌帷幄之中，亦能上馬擊狂胡於陣！那一刻，他有何等的歡喜！」這種歡喜，在小說中並沒有明寫，但張惠的揭示，入情合理，誰曰不然？在論及探春時，她又指出，「從生活教養上來看，也許很多人沒注意到的是，探春是跟著王夫人長大的。因此，探春和王夫人更親近。」「王夫人也會讓探春去王子騰家做客……賈環可沒有份兒。變相地承認了王子騰和探春的舅甥關係。」「在三春之中，王夫人最疼探春……不然，探春所居的秋爽齋何以闊朗氣派至此？」這些論斷，同樣非精熟細節不能出之，非體貼人情不能出之。

值得一提的是，張惠的不少隨筆是與她的教學有關的，因此，在隨筆中，我們可以看到她與學生討論的情形，使得本書充滿了一種教學相長的靈動活力，也讓人感受到經典的藝術魅力。〈失敗的英雄需要的不是同情〉一文，她將自己備課思考的過程合盤托出，尤為精彩。從選擇《水滸傳》中

涵蓋「智鬥」類型和「末路」類型的〈智取生辰綱〉片斷，到對楊志經歷的分析和引入金聖嘆評點的作參照，張惠的思考已大體周到，也確如她所說的，作為一個傳統型的老師，這麼講算得上是不過不失了。但是，她轉念一想，又覺得這還不夠，進而提取了溝通、尊重、合作三個關鍵字，指出了楊志在智取生辰綱過程中的不足，這些不足正說明了他何以在梁山排名第十七而落後於武松的主觀原因。張惠想要向學生傳達的是「那些能夠抵禦歲月沖刷流傳至今的經典名著，必然是裏面蘊含了一些深刻而沉痛的道理」，更期待喚期讀者用自己的審美經驗參與了作品的理解和再理解，使得名著常讀常新。我猜想，這樣的解讀對學生一定會有極大的啟發性的。

此時，正是新冠肺炎肆虐之際，舉國驚慌鬱悶，通讀張惠的這些情思活潑的隨筆，心中也得到片刻的輕鬆。因此，我樂於向讀者推薦。

二〇二〇年一月三十日於奇子軒

目　錄

輯一：歷史斷章

輯二：小說斷章

輯三：戲夢斷章

輯一：歷史斷章

留侯張良斷章

遇見時，他早已是名滿天下的貴冑公子；而他，不過是父親劉老太公眼中遊手好閒不事生產的浪蕩小兒子。

本來，他的眼角矈都不應該矈他一眼。且不論五世相國之家的潑天富貴，僅僅從圯下老人所授《太公兵法》所習得的無雙智謀，都足以令他在這個逐鹿中原的亂世，既可自立為王，也可隨意擇主而事助其一統宇內。

但他生來不是這個世界追隨的領袖。當年始皇滅韓，他為韓報仇，在滄海君處得力士，做鐵椎重一百二十斤，趁秦始皇東游，狙擊秦始皇於博浪沙而自己沒有出面的緣故，司馬遷在《史記・留侯世家》中隱約透露了——他的容貌如「婦人好女」，這個「好」，也就是《陌上桑》「秦氏有好女，自名為羅敷」的「好」，也就是生得美人一樣。可這如何是霸主之相？美貌，世人所歆羨的，反倒誤了他了。

或者，他應該選擇那個目有重瞳力拔山兮氣蓋世的西楚霸王項羽？無論個人魅力、世家身份還是百萬雄師，項羽都遠遠優於這時的劉邦！也許唯項羽如此雄主，方不埋沒了他這般的良相！

但是張良不這樣想。其祖父張開地是韓昭侯、韓宣惠王、韓襄哀王時期的相國，其父張平是韓釐王、韓悼惠王時期的相國。強秦夷韓，於今身死國滅，此恨不共戴天！但是，他的刺秦已經失敗了，他也不能夠自立為王，所以他要選擇

的，一定只能是能夠一統天下的帝王，唯此，方能取而代之方能真正摧毀強秦！以此而論，無論如何，項羽就不是那個合適的人了！哪怕他有一萬條優點，剛愎自用亦足以讓他死在通往帝王的路上。

或者，那只是因為項羽還太年輕了，或許他可以等，等歲月磨滅了項羽的火氣。但是，縱然他願意拿出自己生命最黃金的時間等他長大，等不了的，還有那瞬息萬變亟待決定的戰機。

所以他選擇劉邦。是的，他知道，劉邦毫不溫良恭儉讓，人家要烹他老爹他還說「幸分我一杯羹」，潰敗時為了輕車逃難能把自己的親生兒女推下車去。但是，他原諒他，就像鮑叔牙原諒管仲──他們兩人曾經合夥做過生意，分利的時候，管仲總要多拿一些。別人都為鮑叔牙鳴不平，鮑叔牙卻說：「管仲不是貪財，而是他家裏窮呀。」管仲幾次幫鮑叔牙辦事都沒辦好，而且他三次做官都被撤職，別人都說管仲沒有才幹。這時，鮑叔牙又出來替管仲說話：「這不是管仲沒有才幹，只是他沒有碰上施展才能的機會而已。」更有甚者，管仲曾三次被拉去當兵參加戰爭，而且三次逃跑。人們譏笑地說他貪生怕死。鮑叔牙再次直言：「管仲不是貪生怕死之輩，他家裏有老母親需要奉養啊！」

何況，劉邦縱有萬般不是，他能知錯就改，擇善而從。他能聽從張良以貴重財寶收買秦將，同時又不輕信降將乘著敵人麻痺時襲擊他們的計策，而能先入咸陽；他能聽從張良的勸告克制「好酒及色」的弱點而留下約法三章的美譽；他能聽從張良的進諫燒掉所經過的棧道，向天下表示沒有東返

的意圖，用以消除項羽的疑心；他能頓悟張良指出酈食其所獻計策「重新分封六國後代」將會導致的分裂危機；楚軍正把劉邦重重包圍在滎陽，此時韓信卻捎來求為代王的書信，他在極端震怒之際「我被圍困在這裏，日夜盼望你來輔助我，你竟想自立為王！」，但是一旦聽到張良的耳語：「漢軍正處在不利的形勢，怎麼能夠禁止韓信稱王？不如趁機立他為王，否則就可能發生變亂。」就能馬上醒悟將計就計道：「大丈夫平定了諸侯，就做真王罷了，幹甚麼做代王！」於是轉危為安；在追擊項羽的最後一戰，韓信、彭越的軍隊不遵守約言，沒來會合，劉邦居然還能聽從張良的建議，把陳縣以東直到海濱的地區全給韓信，把從睢陽以北到穀城的地區給彭越，以與他們「共分天下」的利益相招，使韓信、彭越等諸侯很快地會師垓下全殲楚軍，結束了楚漢戰爭，取得了爭奪天下的最終勝利。

是的，他們都不是一般人所能理解的。有人奇怪劉邦得了天下後大殺功臣，唯獨不殺張良，是因為張良以道家無欲無求而能全身遠禍，還是張良精通謀略辭謝王侯只要當初和劉邦相遇之時的「留地」而激起劉邦的知己之感？又或者，張良所作的一切，都是為了那個破秦的最高目標，所以他必須殫精竭慮地輔佐劉邦，因為只有成就劉邦，才能最終成就他自己。

也許，都有的。

但是，他為了國仇家恨，他為了稱雄天下，所以，為了這個共同的目的，他們將永遠同舟共濟，不會背叛。

而且，在漫長的征戰歲月中，他們各自的私心也都漸次

隨風消散了。一次次的出生入死，也許真的「死生契闊，與子成說，執子之手，與子偕老」——這首《詩經·邶風·擊鼓》本來也就是描寫戰爭而非愛情。

　　所以，張良的功成身退，也許不是甚麼計謀吧。他一開始就散盡家財刺秦，本來就是淡泊名利捨生忘死之人。那麼，僅僅要求分封「留地」，也許真的只是紀念，或者感謝相互的成全。

　　而且，當劉邦年老智昏，要廢了太子另立趙王如意，還是張良，為太子出謀劃策請來「商山四皓」。劉邦無奈只能慨嘆太子「羽翼已成，縱橫四海」而打消了另立的念頭，從而延續了千年的漢朝天下。

　　這個時候，張良已經不需要刺秦了。這個時候，劉邦可以生殺廢立為所欲為了。但是張良依然一如既往，而劉邦是明白的，張良駁了他的念頭，薄了他的面子，可張良為的是他的萬年江山。所以縱然他再不開心，最後還是心悅誠服地接受了。

　　王安石〈張良〉：「留侯美好如婦人，五世相韓韓入秦。傾家為主合壯士，博浪沙中擊秦帝。脫身下邳世不知，舉國大索何能為。素書一卷天與之，穀城黃石非吾師。固陵解鞍聊出口，捕取項羽如嬰兒。從來四皓招不得，為我立棄商山芝。洛陽賈誼才能薄，擾擾空令絳灌疑。」

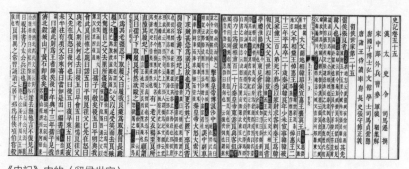

《史記》中的〈留侯世家〉

三顧茅廬斷章

　　他們都等得極其焦躁，張飛甚至叫囂著要把這草廬點著。他們都怪這只有二十七歲的黃毛小兒忒過托大，在飽睡酣眠之後翻個身還又沉沉睡去，讓他們，這些征戰四方的人中龍鳳這樣苦惱地站著等待。來了三次，又站了這麼久，而他，居然還優哉遊哉地賦詩：「大夢誰先覺，平生我自知。草堂春睡足，窗外日遲遲。」只有劉備不急。只因江山不是關、張的，君主看問題的思路和方法，永遠和臣子有異。

　　這是諸葛亮一生中所睡的最後一次好覺，從此之後，他的一生就要為劉氏江山戎馬倥傯地度過——「由是感激，遂許先帝以驅馳」。嗳，還不止，即使在劉備死後，他還會一如既往地殫精竭慮、鞠躬盡瘁，哪怕那只是個扶不起的阿斗，他也會知其不可而為之。「後值傾覆，受任於敗軍之際，奉命於危難之間。爾來二十有一年矣。先帝知臣謹慎，故臨崩寄臣以大事也。受命以來，夙夜憂嘆，恐託付不效，以傷先帝之明。故五月渡瀘，深入不毛，今南方已定，兵甲已足，當獎帥三軍，北定中原，庶竭駑鈍，攘除奸凶，興復漢室，還於舊都。此臣所以報先帝而忠陛下之職分也。」此臣所以「報先帝」而忠陛下之職分也！直到⋯⋯死而後已！

　　所以，那只是短短的幾個時辰呵，用這幾個時辰來換孔明的一生，無論如何，他都會等，他都願等！

　　所以，那個神機妙算的孔明，只是一個智商絕高，而情

商極低的人。他只聰明，卻絕不精明。他如果是今世人，你也會笑他是一個傻瓜。可是，尾生抱柱而死，白娘子永鎮雷峰塔，那個祝英台，她為一個死人殉葬了，他們不也都是情商極低的傻瓜？其實，你也是喜歡傻瓜的，只要這個傻瓜，死心塌地的對象是你。你只是怕，怕自己千萬不要也成了傻瓜。千年過去，只有很多傻瓜被記住了；千年過去，這個世界上的傻瓜，卻也差不多都死絕了。

三顧茅廬

當陽亭侯姜維斷章

你可知孔明收姜維時，他們年華幾何？

十有八九，都會被我問住，哪怕是非常喜歡和熟悉《三國演義》的人。

這個問題之所以非常重要，在於孔明遇見姜維時，四十七歲了。

四十七歲，於今之時，正當盛年。

但對孔明來説不是。諸葛武侯秋風五丈原軍營中與世長辭之年是五十四歲！所以四十七歲已經是他人生的暮年了！

甘羅十二歲為丞相，可他也是在十二歲上就死了，所以這十二歲之年，就是他發白齒落、背曲腰彎的時候了。又如姜太公八十歲遇到周文王，拜為尚父；後來輔佐武王代商，留相周朝，直活到一百二十歲方死。所以那八十歲上還好比他初束髮，剛頂冠，應童子試，做新郎的時節。人生甘苦不一，遲速不定如此！

自己的身體自己知道，諸葛亮南征北戰，事必躬親，精力已經大不如前。世人都強調得遇明師入其門牆不易，卻不知老師尋訪得意門生的心同樣迫切。作為一個老師，平生絕學無可託付，是一個何等的遺憾。所以得遇一個衣缽弟子，不異於得到一個精神上的兒子。所以諸葛亮見到姜維，才會那般出人意料地一見如故，激賞不已。

那一年，姜維是二十六歲！二十六歲，也正是孔明遇見

劉備的年紀，在英氣勃勃的姜維臉上，他似乎看到了自己當年意氣風發的樣子。當然，還有更重要的是，姜維是一個有可能超越他的文武全才。諸葛亮神機妙算聞名天下，卻似乎沒有他上陣殺敵的實例，所以武備一道，是他短板。可是眼前這個虎子，細加調教，將來不但能運籌帷幄之中，亦能上馬擊狂胡於陣！那一刻，他有何等的歡喜！

所以，他雖擒了姜維，卻不以敗軍之將待他，而是以股肱視之──「你是將來我是相，有甚麼軍情大事，同坐大帳共商量」，並懇切地表示要收他做嫡傳弟子，教他天文地理和星相，還有五門八卦兵書妙法並陰陽，將腹中所學傾囊相授。

可是，人生的遺憾是，他遇到了他，可他已經老了！

收姜維之後他六出祁山，常年在外，戎馬倥傯中，無法為姜維在朝中紮下穩固的根基。要知道，姜維畢竟和他的出身不同，他是劉備三顧茅廬禮聘的軍師，而姜維卻是敵對陣營魏國的叛將，雖姜維赤膽忠心，一旦丞相不在，旁人豈無疑之？想諸葛亮初為軍師之時，哪怕是關羽張飛對他也多有疑忌掣肘，也還是劉備「吾得軍師，如魚得水」的彈壓，才使諸葛亮妙計得以施行，才華得以展露，而一步步確立了在蜀漢的地位。可是姜維歸順蜀漢之時，劉備已經死了！若劉備還在，姜維可以憑藉軍功博得賞識，可是後主所在的朝廷，「親小人，遠賢臣」，縱有軍功，其誰重之？！何況七年之後，他的恩師也去世了。

那麼姜維是不是一生也就這樣了，心比天高，命比紙薄，懷瑾握瑜，沉淪下僚，是多少高才的宿命，不是麼？但這不是姜維！

二六三年，鍾會鄧艾率領魏國大軍進攻蜀國，在劍閣姜維雖然把魏國的大軍壓制得動彈不得，可鄧艾一方面讓鍾會繼續與姜維在劍閣纏鬥，另一方面自己領兵抄小道走陰平，綿竹失守，姜維接到消息後正欲班師抗敵，劉禪的降書卻已經傳來，無奈的姜維只好向被他打得頗為狼狽的鍾會投降，「將士咸怒，拔刀斫石。」

姜維降魏之後，成了鍾會的手下。隨後姜維卻出其不意開始了他的第二步棋——策反鍾會。姜維作為一個降將，竟然能夠讓敵方大將離間、謀反，這是一種何等的個人魅力？結果就是，鍾會決定徹底倒戈，重立劉禪為皇帝，扶起蜀國的大旗，對抗魏國。此時姜維也深感復國有望，寫了一封密書給劉禪：「願陛下忍數日之辱，臣欲使社稷危而復安，日月幽而復明。」只可惜消息洩露，司馬昭立刻派遣了一萬步騎進入蜀內，鍾會終因寡不敵眾而戰死，姜維眼見鍾會被殺，知道復國再無望，揮劍自刎，時年六十三歲！死後被剖腹分屍，棄於荒野，並且不許別人掩葬。

姜維的同鄉、清翰林侍讀學士鞏建豐在他主修的《甘穀縣誌》裏，曾這樣評價了姜維：「夫深知天下事不可為而為之者，孔明是也；深知國事不可為而為之者，姜伯約是也。」他雖然成為諸葛亮唯一的學生，卻因諸葛亮早逝，未盡得其生平所學；後來雖然成為蜀國第一大將，卻因身為降將，在朝中沒有嫡系，沒有根基，而被排擠；十一次北伐，最成功的一次幾乎要攻入長安，卻因為黃皓讒言，劉禪擔心姜維成功後會謀反而急令他速回成都，使得這一次出征前功盡棄，這和若干年後精忠報國的岳飛收到那催命的十三道金牌何其

相似！就連最後蜀國都亡了，姜維仍能在這樣的情況下成功說服魏國兩個大將窩裏鬥甚至謀反，但最後大計未成，分屍曠野，姜維的文武功績與其悲劇性的一生，對照之下可謂空前絕後！

所以那孔明實實有知人之明，姜維二十六歲降蜀，六十三歲戰死，真不愧是諸葛亮的親傳弟子，承傳臥龍的文韜武略尚是末事，他的為人亦正如他的老師，忠心耿耿，為蜀漢鞠躬盡瘁死而後已！他以一生，報答了那當年初見時的知遇一笑。

宋代劉克莊〈錄姜伯約遺言〉：「事或難遙度，人殊未易知。誰云臥龍死，復有一姜維！」

申鳳梅越調《收姜維》

趙麗穎和馮紹峰的《知否》到底跟河南禹州有甚麼仇甚麼怨？

趙麗穎和馮紹峰的《知否》到底跟河南禹州有甚麼仇甚麼怨？

套句《牡丹亭》裏的話來説，是——「冤家，咱愛煞你哩」！

你看，可不是？我十分懷疑，《知否》的編劇要麼是河南人，要麼就是河南的姑爺或媳婦，甚至就是河南禹州的！要不然，他費盡心力設這麼大一個局？

那《知否》的原著小説我看了，原作者交代得清清楚楚，他是架空結構，還主要是參考了明代的禮制。但是《知否》的編劇好嘛，動了好大一個手術，把背景改到了宋朝，還是北宋！因為南宋就是杭州了，只有是北宋，這背景才能是河南啊！

看著看著又不對了，本以為演的是東京汴梁的事兒，繞了這麼大一圈，主線是在禹州啊！

你看那裏面的人簡直是言必稱禹州。後來登基的英宗趙宗全原本是禹州團練使。大婚時的侯爺顧廷燁上門迎親「難新郎」環節，跟去的伴郎説的是「俺禹州可沒這個規矩」。仁宗被逼宮時口口聲聲也得説是「快去找禹州趙宗全前來救駕」。皇后妹妹入宮觀見，也説的是「我們剛從禹州來沒有多久」。顧廷燁跑過那麼多地方，常懷念的卻是禹州，時不

時又回憶起「當初我在禹州的時候」⋯⋯總之我敢打賭,《知否》這個劇播完之後,河南哪你記不住,這禹州你也能記得住了!

但是說到這兒,我可真替河南,替禹州著急!你說別的地方你花多少錢,人家也未必願意這麼一而再再而三的替你宣傳;就是替你宣傳,也未必能這麼火,現在,天降這麼好的一個大 IP,居然還不趕緊接住!

首先那禹州糧食局還不趕緊推出一款小麥粉!你看那英宗在禹州做團練使時看到小麥成熟,開心地說:「小麥長這麼好,今年禹州的老百姓就不會挨餓了。」登基做了皇帝,還在龍廷裏翻曬小麥。而且他這小麥可不是隨隨便便誰都能得到的。就是侯爺顧廷燁要請皇帝給他指婚,才賞臉面給了一斗小麥。哎呦呦,這小麥承載了多少涵義可挖掘,可打「親民牌」,可打「皇家牌」,可打「婚定牌」。趁勢推出這麼一款宋英宗牌小麥粉,可想市場有多大!

其次,禹州旅遊局還不趕緊開發《知否》禹州遊路線。《知否》中的趙宗全和他的兒子,先前不過是不受待見的冷門宗室,做了禹州團練使之後,先後登基成為宋英宗和宋神宗!侯門次子顧廷燁,原本是個浪蕩逆子,險些被掃地出門,到過禹州歷練之後,脫胎換骨,一躍成為雲麾將軍!更不用說官家的皇后和貴妃也都是禹州的。嚯嚯嚯,《知否》這宣傳力度可比王勃的〈滕王閣序〉厲害多了。王勃說南昌人傑地靈,也不過就是「徐孺下陳蕃之榻」。《知否》說禹州又是出帝王,又是出將軍的,這個吸引力可大多了。

不過俺也知道,俺們河南人素來是個捧著金飯碗要飯

《知否》裏面的宋英宗

的，好東西太多，也不知道用。就說禹州這地名的來歷，原來也是大禹治水，三過家門而不入，平定水患後來賜就的名，至今還有「禹王鎖蛟井」留存。那大禹的兒子夏啟取消禪讓，開啟「家天下」，至今有「古鈞台」留存。那張良在杞下拾履，悟透兵書輔佐劉邦奪得天下，至今有「張良洞」留存。還有書聖褚遂良、畫聖吳道子駢出禹州。就是去年年底，還在八士坊街附近又挖出了一座狀元橋。好東西太多，不會用，也不覺得珍貴。

但是要想想屈原〈漁父〉中說的話，賢者不凝滯於物，而能與世推移。這些過去的好東西，固然都存在，但是，多一個現代的宣傳，又有何不好呢？

你要想想，《金瓶梅》中的西門慶、潘金蓮是虛構人物，而且又不是甚麼正面形象，有些地方為了爭他們做地方形象代言人還打破頭。而《知否》中的宋英宗和宋神宗那可是歷史上實有其人，而且這禹州又是出帝王又是出勳爵的，那可都是正面形象。不費一刀一槍，人家送你個無限流量。河南的小夥伴們還不趕緊頂上去，讓禹州、許昌和河南的郡守、州牧瞅瞅？

官瓷、汝瓷、鈞瓷：北宋的河南三大名瓷與《知否》三姐妹

　　上篇《知否》文中提到了河南禹州的小麥粉和旅遊路線，有些河南小夥伴就著急了，張老師，那《知否》寫河南的好地方和好風物多了去了，不能只說禹州。何況俺們河南的瓷器你都沒留意？

　　説得也是！要說這瓷器啊，五大名瓷河南占了仨，那如今火遍天下的江西景德鎮瓷器那時還排不上號呢。

　　哎喲，我突然想起，我北大的老師和班長都是江西的，要是知道我在外頭偷偷摸摸地説江西的壞話，以後這北大我還能回去不能？哎呀，我還是趕緊頂著鍋蓋兒逃走。

　　轉念一想，馮夢龍在《醒世恆言·馬當神風送滕王閣》裏不也記載，那閻都督在滕王閣，請眾人揮毫潑墨作〈滕王閣記〉。大家都知道閻都督是要讓自己的女婿出頭，所以紛紛都推辭不做，只有王勃這個愣頭黃毛小夥子當仁不讓，提筆就寫，把個閻都督氣得拂袖而出回到內堂。但是當下人匯報王勃填出了「落霞與孤鶩齊飛，秋水共長天一色」這一句之後，閻都督不也是又驚又喜，更衣出堂相見？這不正説明瞭江西人胸懷博大，哪會在這個方面在意？所以我頂著鍋蓋兒又回來了。（作者你內心戲好多，快寫快寫，等著看正文呢，不要囉嗦。）

　　鈞、官、汝、定、哥合稱中國五大名窯，其中三大都在

河南。鈞（河南禹州）、官（河南開封）、汝（河南汝州）、定（河北定州）、哥（唯一未發現窯址的名窯，明明被稱為宋代名窯，但起源年代還說不準是宋代，就連瓷器特徵和文獻記載都對不上）。

　　但是，如果只是羅列一下《知否》中出現了河南甚麼瓷器，也不過一本流水帳簿子，有啥本事？咱不但要說説《知否》這河南三大名瓷，還要把盛明蘭姐妹的出身、性格、脾氣、命運都對應上。您信不信？

一、官瓷

　　《知否》劇中有很多書房清供，比如書案上常有一件圓形淺口的器皿，它就是筆洗。

　　筆洗是一種傳統工藝品，屬於文房四寶筆、墨、紙、硯之外的一種文房必備用具。因毛筆極為嬌嫩，用後如不即刻洗淨，墨中之膠將浸蝕筆尖，故筆洗放在案頭，盛水用於涮

筆洗

洗毛筆，造型一般為敞口、淺腹，器口要求光滑以不傷筆毫，器身形狀規格不一，有圓形、葵花形、蔗段形、桃形、荷葉形和蓮花形等，材料有銅、玉、瑪瑙、琺瑯、象牙、犀角和瓷等。前者多琢鏤有紋飾，後者有各種釉色、彩繪和刻紋等，基本都屬於名貴材質。各種筆洗中，最常見的是瓷筆洗，流行於宋代。

這件宋代官窯青瓷釉色晶瑩剔透，有開裂或呈冰片狀，粉青紫口鐵足是其特色。

《知否》中還有瓜棱瓶，因瓶體有若干條凹凸似瓜棱而得名。

瓜棱瓶流行於宋遼時期，以北宋官窯製品最為著名。

《知否》中還有弦紋瓶，也叫「起弦瓶」，因瓶體環繞一道道弦紋作裝飾而得名，仿漢代弦紋銅瓶。

官窯青釉弦紋瓶。瓶洗口，長頸，圓腹，高圈足，圈足兩側各有一長方形扁孔可供穿帶。頸至腹部凸起七道弦紋。

宋官窯青釉圓洗

通體施青釉，釉層肥厚。器身佈滿大片紋，縱橫交錯。此瓶仿漢代銅器式樣，線條簡潔雅致，凸起的弦紋改變了造型的單調感，增強了器物的裝飾性。釉色給人以凝厚深沉的玉質美感，是宋代官窯瓷器的代表作品。

「官瓷」是一個特定的稱謂，專指宋大觀及政和年間於汴梁（今開封）所設的官窯所造瓷器。此「官瓷」用來比喻盛家大姐姐盛華蘭最合適不過了。

華蘭是盛家大小姐，而且是「嫡出」，其「華」應有三意，容貌上，雍容「華」貴；才情上，腹有詩書氣自「華」，命運上，嫁與忠勤伯府袁文紹，生活美好幸福，韶「華」勝極。如同「官瓷」出自北宋都城「汴梁」一樣，出身高貴，溫婉大氣，贏得交口稱譽。

宋官窯青釉弦紋瓶

二、汝瓷

《知否》中還以瓷為香器，比如這個汝瓷弦紋樽。

汝瓷弦紋樽直口，平底，口、底徑度相若。外壁近口及近足處各凸起弦紋兩道，腹中部凸起弦紋三道，下承以三足，外底有五個細小支燒釘痕。裏外滿施淡天青色釉，釉面開細碎紋片。此樽器形規整，仿古逼真，釉色瑩潤光潔，濃淡對比自然。

瓷樽始於宋，目前所見傳世宋代汝窯天青釉弦紋樽只有兩件，除故宮博物院收藏的這件以外，英國倫敦大維德基金會亦收藏一件。

汝瓷因產於汝州市而得名，形成過「汝河兩岸百里景觀，處處爐火連天」的繁榮景象，在中國陶瓷史上佔有顯著的地位。汝窯的天青釉瓷，釉中含有瑪瑙，色澤青翠華滋，釉汁肥潤瑩亮，有如堆脂，視如碧玉，扣聲如磬，質感甚佳，色澤素雅自然，有「似玉非玉而勝似玉」之說。「汝瓷」呢，就

汝窯天青釉弦紋三足樽，現藏北京故宮博物院

宋汝瓷水仙盆，現藏台灣國立故宮博物院

像盛家的五小姐盛如蘭。

如蘭排行比大小姐華蘭低些，但也是「嫡出」。這就像「汝瓷」，雖非出自汴梁，但可是出自天子金口玉言，親自下令要「雨過天青雲破處，者般顏色作將來」。然而，這也像如蘭，雖然有點傲嬌，但性格爽朗，沒有心機，單純可愛，就像水洗過的光風霽月的天空，豈不正像「汝瓷」的「雨過天青」？

而且，這天青色是因為釉中含有瑪瑙，也像如蘭小可愛人品貴重，雖然很喜歡翰林庶吉士文炎敬，但是卻從不逾矩。因此最後嫁給了這個正人君子，而婚後一直得到夫君的保護和敬重，感情一直甜蜜恩愛。這就跟「汝瓷」似的，誰得到一件「雨過天青」不好好寶愛啊？

還有，「如」蘭，「汝」瓷，你念念，還敢說沒聯繫？

三、鈞瓷

《知否》中有一種特殊的瓷器——「出戟尊」。

尊的造型仿古代青銅器式樣，口為喇叭形，腹為扁鼓形，圈足外撇。頸、腹、足之四面均塑貼條形方棱，俗稱「出戟」。

河南禹州歷史上曾經是我國第一個奴隸王朝——夏朝的都城，大禹之子啟曾在這裏的「鈞台」宴會天下諸侯，舉行盛大的開國典禮，鈞瓷由此而得名。

鈞瓷以其「入窯一色，出窯萬彩」的神奇變幻而著稱。這鈞瓷吧，一百種瓷器擺一屋，你一眼必先瞧見它，就是這麼個性！

這個性，來自於兩個方面，一是顏色，二是器型。

首先說顏色，甚麼「雨過天青雲破處」的極簡，甚麼「淡妝淺笑總相宜」的低調，不存在的！它一出場就是濃墨重彩光致致閃棱棱就算縮在一邊都閃瞎人眼睛！

鈞窯 出戟尊

但是我覺著吧，您應該原諒它。因為那大宋官家要的就是這鈞瓷「紅為最，紫為貴」，最上品就是玫瑰紫和海棠紅，那匠人也只能卯足了勁兒往這方面努力，所以這光彩奪目也身不由己呀。

其次說器型，如《知否》中出現的「出戟尊」。尊從商開始，到北宋早期，都為銅制，作為皇家盛酒祭天祀地神器。到了宋徽宗，則大量燒制瓷尊代替銅尊。

宋代以來，鈞瓷一直被皇家定為御用珍品，只能皇家使用，不許民間收藏，享有「黃金有價鈞無價」，「縱有家產萬貫，不如鈞瓷一片」之盛譽。

和其他名瓷的一大差別是，鈞瓷以燒「禮器」見長，甚麼鼎、鬲、彝、尊，總之都是「國之重器」，所以也常常被當做國禮贈送。

鈞瓷 紅色

一九九七年，河南省人民政府迎接香港回歸，特地製作了一個高一九九七毫米象徵著「吉祥瑞應，太平有象」之意的鈞瓷大花瓶，收藏在香港回歸廳。

這「鈞瓷」麼，就是盛家的六姑娘盛明蘭了。

首先，挺俗氣地說，如同「鈞瓷」有「顏色」之美一樣，盛明蘭長得好看，她的「明」有「明」豔照人之意，《知否》中不止一次通過不同的人說她「仙女似的」。否則，她一個五品官的小妾生出的庶女，憑啥公府的小公爺齊衡、侯府嫡子顧廷燁、永昌侯府公子梁晗——都想娶她做「正妻」？！

要按她的出身，就是給這三家做妾，恐怕很多人都覺得高攀了，但是這三家都願意求娶她為「正妻」。所以，首先，這好看不能是一般的好看，那得特別好看才行。這就跟「鈞瓷」似的，沒有像「官瓷」出自京城汴梁，也沒有像「汝瓷」留下天子親口褒揚，地處偏遠，無依無靠，而能躋身中國五大名瓷，不是好看得可人意招人疼讓人實在捨不得，誰買帳啊？！

其次，和明蘭的「才德」比起來，這「美色」又算不了甚麼了，明蘭的「明」有世事洞「明」之意。明蘭知命卻不受命運擺弄，在萬般打壓之下依然自強自立，一路小心謹慎洞察世事，憑藉自己的聰慧隱忍與祖母的栽培點撥，從在家中備受冷落欺凌，到成為影響家族興榮的舉足輕重的人物。這也是三家公侯求娶「正妻」的根本原因所在，他們又不傻，而且公侯之家更是腦袋算得清，知道即使天仙之美也不過一時，但聰慧賢德卻足以相得一世，而且能夠惠及子孫綿延三代。

這就跟鈞瓷似的，看起來很囂張，實際上挺敦厚。比如說這玫瑰紫，這麼搶眼，看起來必是不容人的，實際上不論

和它同色系荷花，還是不同色系的茉莉，它都能甘做陪襯，揚人之長，這才是「一種溫柔偏蘊藉，十分渾厚恰聰明」。

而且超乎一般賢良淑德的是，明蘭倒有一般女子沒有的義氣和俠骨，她的「明」還有深「明」大義之意。當和她沒有任何血緣關係的祖母被人下毒，她寧肯豁出自己的地位尊榮也要查明真相還祖母一個公道。當夫君被人陷害問成死罪，相比劇中其他一些女子或想明哲保身或想捲款而逃，她敲登聞鼓告御狀為夫脫罪。這就像孔夫子讚譽的「瑚璉之器」也，正如「鈞瓷」以「禮器」見長一樣！

下圖是五位國家級藝術大師和非遺傳承人，歷時三年精心甄選傾心研製，嚴格遵照宋代古瓷技藝手工燒造，再現出的宋代五大名瓷絕世經典──《中國五大名窯珍品大全》。

聰明的，你告訴我，能找到官瓷、汝瓷和鈞瓷嗎？和華蘭、如蘭、明蘭像不像？

五種瓷器

香港「綉詩樓」主人陳步墀之科舉情懷與慈善事業

一、慈善之都

《衡報》第八號所載《兩廣水災述略》記錄了一九〇八年特大水災的慘狀：

> 廣、肇、韶、惠四府屬，及德慶州屬，患水災者二百餘處，圍堤潰決，徧成澤國。屋宇傾塌，財產一空。災黎不及走避，以至淹斃十數萬家。卽逃生者，無衣無食，無所棲宿，慘不勝言。

> ……至廿二日，潦水漲至二丈餘，附近居民房屋，被水淹沒者數百間，基圍崩決多數。各村人紛紛往救，亦無從救護。所有房舍、農具，均被沖去。

> ……高明縣之三洲圍，於廿一日沖決堤基約七八十丈，五鄉田園廬舍，盡遭淹沒。

> ……至廿三晚，而龍頭、橋頭兩圍，相繼崩決百餘丈，民房倒塌，不可勝數，哭聲震天，到處呼救。

> ……恩平沿河村戶墟市，亦皆被水，深者丈餘，或六七尺，田禾淹沒，計十分之七八。而西坑山亦忽崩裂，聲震數十里。

在這次百年不遇的特大洪災裏，香港保良局總理陳步墀（一八七〇至一九三四）挺身而出，發動了一場香港各界積極參與的，傳統施粥、平糶與新變「義賣」、「義演」相結合的大型賑濟。此次賑濟不僅幫助廣東地區度過了洪災，而且對香港慈善文化（理念和方式）的形成起到了促進作用。

首先，陳步墀撰寫《救命詞》三十首，每天刊登在《實報》上。在內容方面或寫百年不遇的大洪災所造成災難之深巨，「遍野哀鴻喚奈何，哭聲猶甚雨滂沱」，「可憐無罪三千眾，同葬江魚骨莫收」。或寫歹徒趁人之危劫掠婦女，「綠林忍下乘危術，猶駕長龍劫女兒」。或寫災民父母雙亡妻離子散之慘狀，「木桶漂流有小孩，黃金乞命付書哀。何時塊肉生還慶，誓報銜環結草來。」

這三十首《救命詞》，明白如話，入耳能解，寫流離之慘狀，驚心駭目，聲淚俱下，這是有意用了白居易新樂府的方式，「蓋非此不能使人人諷誦，且入人又最深也。」而且利用了當時最先進的媒介方式——報紙，因此取得了「日刊報上，千人聚觀」的巨大傳播效應。在《救命詞》的感召下，香港各界都積極投入到這場大型賑濟中來，義會層出，鉅款爭集。而陳步墀每天又會把賑濟的團體或個人，以及賑濟的款項通過詩詞的方式連載在報紙上。這裏面，既有大型的傳統慈善團體，如九善堂和東華醫院，「若論冒雨迎流賑，第一功推九善堂。「（《救命詞》其十二）「東華合賑力肩任，一閱星期七萬金。」（《救命詞》其十八）也有一些個體的樂善好施者，如官員陳廣守、張安帥等，「太守來敷有腳春，駕輪羅格奉時巡。全圍危急炊無米，賴有思饑搶救人。」（《救命詞》其

保良局

保良局內部

保良局文物展覽

十四）「三千兩撥捐廉款，一萬猶提善後儲。正是廣仁同自治，歡傳節帥恤災書。」（《救命詞》其十五）「九重無計訴天聞，夜奏通明我使君。」（《救命詞》其十六）

樂善好施，是香港一直以來的傳統。一八七七年，中國華北發生百年一遇的特大旱災，東華醫院主席梁安應李鴻章部下福建巡撫丁日昌號召，向本地華商及東南亞華僑勸捐賑災，最後籌得巨額善款。李鴻章及丁日昌事後上奏光緒皇帝，力陳梁安賑災有功。一八七八年，光緒皇帝下旨御賜「神威普佑」牌匾予東華醫院，以示表彰。這是香港自割讓予英國之後第一次獲清帝御賜牌匾，說明清政府重視香港的地位。所以，陳步墀一九〇八年的大型賑災慈善義舉也是淵源有自，是香港慈善歷史的延續。

同時，陳步墀的這次大型賑災慈善義舉，實際上也受到西方慈善慈善公益文明的影響，體現出時代的新變。

「義演」籌款是西洋舶來事物，隨郭嵩燾出使英國的翻譯官張德彝，多次參觀了倫敦的孤兒所、養老院、教會醫院等慈善機構設施。他特別提到了英國慈善醫院善款的來源。「樓房皆巨室捐建，或就地釀金為之。各項經費，率為富紳集款。間有不足，或辟地種花養魚，或借地演劇歌曲，縱人往觀，收取其費，以資善舉」。這即是近代慈善事業募捐常用的義演籌款之法。

「義賣」也是西洋舶來事物，即勸示通城仕商男女捐陳雜貨，如針黹書畫、筆墨紙張、首飾玩物、花木巾扇，以及銀瓷玻璃各種器皿陳設，聚集一處，請人前往觀看。「當肆者皆富家少女，貨倍其值，往者必購取數事而後可。亦有設

跳舞會者，茶酒小食，仍為商賈捐助，飲用值亦加倍，即以其所入惠病人。如是捐來貨值為一倍，售去獲利又一倍，兩倍相並，則所斂者更足矣」。這種以義演、義賣的形式來籌集慈善經費，對晚清的中國而言，可以説是前所未聞的新鮮事兒。

在此次賑濟出現了此前未有的「義演」籌款之法——「玲瓏度曲兩星期，無數紅綃是賑饑。寄語當筵聽歌者，潤蘇巾幗有鬚眉。」而在陳步墀主導下，更是首開「義賣」之風。陳步墀所撰寫的這三十首《救命詞》由李玉芝刺繡參加義賣，得金五百，陳步墀曾專門寫詩以紀之：「已有紅顏繡我詩，我詩多是救災詞」。而且繡詩者不止一人，還有陳步墀朋友的女兒葉賢貞女士。〈謝葉賢貞女士助賑會場繡詩〉記載道：「賢貞吾友女，少小便知名……難得當場度，金針一座驚。」以及馬慧君女士和鍾禹庭女士，〈馬慧君女士會場以絹索詩，云將繡以助賑也，喜賦一章〉和〈鍾禹庭女士繡余題邱水部詩助賑羊城慈善會喜賦〉都記載了當時的盛況。更有彭雪松女士到澳門賣繡（〈手書彭雪松女士繡詩到澳善壚，喜得巨價〉）。甚至汕頭還專門開了賣物助賑會，〈聞汕頭開賣物助賑會喜賦〉道：「鮀城好擬香城俠，傾盡腰囊買繡錢。」

陳步墀在賑災之中，充分借鑒使用了「義演」、「義賣」的籌款方法，把西方慈善事業運作機制，引入到中國的慈善事業中，這對推動中國慈善事業向近代的轉變具有重要意義。

在現在香港保良局博物館的介紹中，首次賣花籌款是在一九三九年，此事刊於當年《工商日報》，被認為是現代香港賣旗制度的先聲。

賣旗籌款，俗稱賣旗，是香港慈善機構籌款的一項模式，約於戰後的一九五〇年代開始出現。慈善機構邀請大量義工，在街頭上向市民募捐，義工身上掛著錢箱，市民捐款後便會獲得一面紅色小旗，後來紅旗變成附上大頭針的紅色雞毛，方便市民扣在衣服上。其後雞毛演變成印有慈善團體標誌的小貼紙，錢箱亦演變成錢袋。義工拿著一個錢袋和大量小貼紙，當市民投放金錢於錢袋後，義工會將小貼紙貼在捐款者的衣服上，作為識別的標誌。賣旗專為慈善機構而設，任何慈善機構進行賣旗活動前必須向香港社會福利署申請，社會福利署會以抽籤形式分配不同慈善機構於不同日子進行活動，每個慈善機構在一個財政年度內只可進行一次賣旗活動。負責賣旗籌款的人士須十四歲或以上，十三歲或以下須由家長陪同進行。

賣旗日的法定依據列明在香港法例第 228 章《簡易程式治罪條例》第 4(17)(i) 條內：任何人士或機構為慈善用途在公眾地方組織、參與或提供設備以進行任何籌款活動，或售賣徽章、紀念品或類似物品的活動，或為獲取捐款而交換徽章、紀念品或類似物品的活動，須向社會福利署署長申請許可證。

從制度保障和以錢易物的方式來看，現代香港賣旗制度確實很像源於一九三九年保良局賣花籌款。然而，仔細考校的話，賣物籌款要推前到一九〇八年。一些被拐賣的婦女解救後，一時沒有尋找到親人，暫留保良局內，保良局教習她們一些手藝。正是在這次大水災的賑災活動中，香港保良局的婦女將所做物品捐出助賑：

本局婦女所織冷絨各品共十件，加紗巾等四條，捐送賣物助賑水災會，所得價值盡捐歸該會助賑，足見救災之舉，婦女盡表同情，見義勇為，良堪嘉許，明日報署。

所以，陳步墀的「義賣」活動有兩種，一種是多名女士刺繡他的《救命詞》售出助賑，另外一種是香港保良局局內婦女將手工藝品捐出助賑。這兩種活動不僅都是開了中國慈善事業的新方式，後一種更成為香港現代賣旗制度的先聲，價值和影響重大且深入。

二、粵港融合

之前所述採用「義演」、「義賣」籌款為災民提供物質保障，然而此次百年不遇的大型洪災還派生了兩類特殊的災民——無依兒童和無家成年女子。

洪災變生肘腋，父母為了給孩子一線生機，把孩子放在木桶中順水漂流，衣服上繫上黃金和書信，以重金為酬懇求所見之人救兒一命，並誓言結草銜環以報：「木桶漂流有小孩，黃金乞命付書哀。何時塊肉生還慶，誓報銜環結草來。」孩子能夠放在木桶裏面，而且需父母寫信懇求，可知最多不過在初生嬰兒和五歲稚子之間。這般年齡的幼兒，最需父母在旁提抱養育，豈可遽離左右。況木桶漂流、黃金買命，大水茫茫，人心叵測，其父母如若不是逃生無望，焉能出此下策？可知此子父母十之八九是萬無生理了。

賣花籌款

賣旗籌款

天災之中，又兼人禍，歹徒趁人之危劫掠婦女，「綠林忍下乘危術，猶駕長龍劫女兒」。除了洗劫財物外，更有強暴和拐賣等惡性案件。

陳步墀不僅僅是關注到這些事件並把它們寫入《救命詞》中刊發出來引人注意，更關鍵的是，他擔任總理的香港保良局有特殊的制度以保障這兩類人的權益：

> 救災公所一書來，為述強徒擄劫哀。慈幼全貞保良局，不教春去送春回。

筆者曾親自前往香港保良局調出陳步墀任期內的所有檔案，發現了關於此事的詳細記錄，是陳步墀等人接到救災公所來函後親自督辦，見西曆一九〇八年六月二十八號檔案：

> 救災公所來函稱，廣肇韶惠各屬女幼孩，既遇水災，復遭強擄，懇嚴查出口各船，免被出洋販賣等。於出洋婦女問話時嚴加盤詰，稍有可疑者即執交來局，待董等再為訊究，以免良家受害。

捐錢捐物，還是其他賑災活動的必有之舉，然而，「慈幼」和「全貞」卻涉及到香港保良局的特殊使命和功能性制度──「領婚」和「領育」。

這必須從香港保良局的設立初衷講起。十九世紀末的香港，拐風日熾，婦女被逼良為娼、轉賣外埠的情況嚴重。數名旅港經商的東莞籍商人，見被拐者多為同邑人，故聯名上

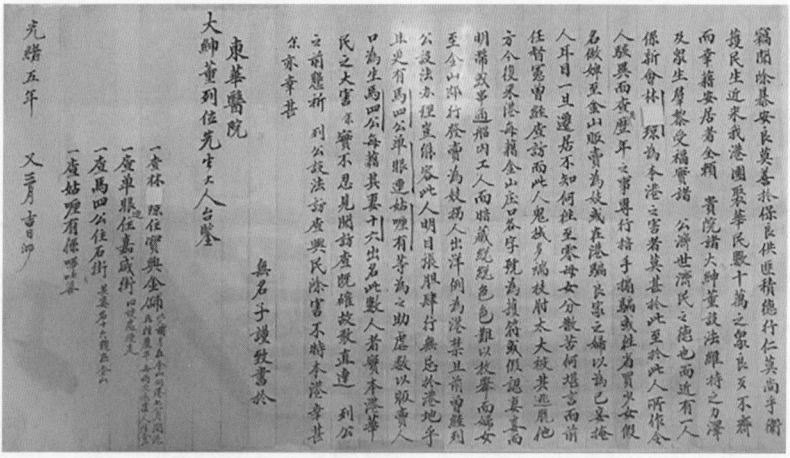

文件記載線人向保良局提供拐帶兒童線索

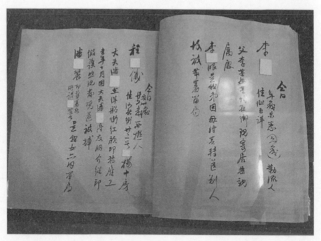

婦孺情況

最後一次領婚

呈港督軒尼詩爵士，請准成立保良局，以防範誘拐，收容無依婦孺，並協助他們尋回家人。一八八二年，政府頒佈《保良局條例》，正式確立保良局為合法組織，並賦予職權。

因此，一九〇八年的大型水災中，除了針對流離失所災民的物資救助，還有在發生趁火打劫婦女幼童之時，香港保良局的嚴查船隻，嚴加盤詰，稍有可疑者即執交來局的人道主義關懷。彼時的女性教育低、出門少、信息閉塞，再遇到大水災與親人失散，很容易被騙、被擄、被賣，正是香港保良局有此權限和作為，使得很多受災婦孺免遭強擄販賣的「二次傷害」。

保良局成立之初，專責處理拐帶案件，救助被拐婦孺。獲救的婦孺會暫由保良局收容，由局方協助聯絡其親屬領回，或安排其他出路。無依兒童會等候合適人家領養；而無家成年女子則按其意願安排婚配，即香港獨特的「領婚」制度：「凡被拐之婦女、幼童等，須要遣之回籍，其無家可歸者，則設法以妥其終身。」

隨著社會進步，領婚服務於六十年代逐漸式微。保良局的最後一次領婚於一九七一年舉辦，由當年主席梁王培芳女士主持。時移世易，領婚已於七十年代初結束，但本港及海外領養仍繼續推行，為無依孤雛謀幸福，即現代的領養制度。

如前所述，香港保良局應救災公所來函的懇請，嚴查船隻，無依孤雛和被劫婦女將暫留香港保良局中。而根據受災情況，「淹斃十數萬家」；「附近居民房屋，被水淹沒者數百間」；「五鄉田園廬舍，盡遭淹沒」；「民房倒塌，不可勝數」；「西坑山亦忽崩裂，聲震數十里」來看，這些無依的孤雛和被

劫掠的婦女很有可能親屬死亡失散，或者再也找不到家人。在這種情況下，他們很有可能被領育和領婚。

領育也許還能理解，領婚恐多有格格難下之感。然而，彼時是一九〇八年，人是社會中的人，一個人要想離開社會而生存，那正像拔著自己的頭髮想離開地球一樣不可能。因此必須結合時代背景來充分理解這一特殊時期特殊制度的意義和價值。

雖然一九〇七年一月，秋瑾等人在上海創辦《中國女報》，呼籲婦女解放，然而畢竟只是少數先行者。何況北洋政府時期出台的《民國民律草案》第一千一百二十四條中明確規定：妻子「不屬於日常家事之行為，須經夫之允許。違反前項規定之行為，夫得撤銷之」。《商人通則》中也有相關規定，女性經營自有商業須在其夫或法定代理人的允許下，才能呈報註冊。可知女性以工作謀生之少之難。

一九一九年《星期評論》雜誌曾經以「女子解放應該從甚麼地方做起」為主題，進行了一場專題討論，胡適、廖仲愷、戴季陶等人先後參與討論，其中尤以主張女子教育的佔多數，其次就是經濟獨立。一九二三年魯迅在北京女子高等師範學院的文藝會上發表演講，對這個問題進行了直接回應——「她還須更富有，提包裏有準備，直白地說，就是要有錢」。《婦女雜誌》於一九二四年開設了「職業問題」專號來探討這一問題，登載的許多文章都主張女子謀求職業是獲得經濟獨立的唯一途徑。其中有一篇文章是這麼說的：

女子能夠得到經濟的獨立，就可以做人，一日能得

到經濟的獨立，就算是在世上做一日的人。預想得到經濟的獨立，就不能不有一種職業。有職業就可以生產，可以不依賴男子，而委屈在男子勢力之下，或家長勢力之下；苛刻虐待的情形，都可以永遠脫離，而得到人間真的快活。

此時許多婦女團體將爭取女性職業權利視作實現婦女解放的重要手段。如最早成立的廣東女界聯合會，將「提高及改善婦女職業事項」寫入了具體章程之中。一九一九年徐宗漢、李果等人發起成立的上海中華女界聯合會，也在一九二一的「改造宣言及章程」中明確提出「男女同工同酬」的主張。

但是，這些呼籲女性教育權利和工作權利的主張要遲至一九一九到一九二四年左右才集中出現，而且多只是討論和章程。可知一九〇八年期間女性教育和工作之難，在此情況下，出身於普通人家，沒有受過甚麼教育的女子，又能如何謀生呢？「父母之命，媒妁之言」雖然是盲婚啞嫁，好歹還有父母為其主張，而在洪災中連父母親人都失去的成年女子呢？

香港保良局出面，暫時承擔了無家成年女子的「父母」角色，而在尋覓未婚夫的過程中，嚴加核查。

香港保良局要求領婚男子申請時提供之個人資料一覽表：

一、姓名、年齡、籍貫

二、父母、兄弟姊妹年齡及狀況

三、職業、工作地點、薪金

四、房產（房舍及田地）

五、日後定居的地方

六、婦女未來的家庭職責

七、擔保（店鋪、土地擁有人、名士）

根據香港保良局的規定，「無論領育或領婚，申請人均需提供家庭背景及職業等資料，並自覓店鋪擔保，由局方核實」，可見程式之嚴謹。

一是確保身家清白，申請人均需提供家庭背景及職業等資料；二是有正當工作，從統計中可見，領婚男子遍及各種行業，領婚並不低人一等。其中，一九〇五年申請領婚男子之職業類別：店員為 40%；小販、小商戶為 20%；農夫、漁夫為 17%；工人（打鐵、泥水）為 13%；專業人士為 6%。三是有一定經濟實力，據保良局統計，領婚男方的一般收入在十元左右。而當時的物價是豬肉每磅 0.3 元，砂糖每磅 0.08 元。而且男方需有房產；四是願意領育和領婚的申請人，一般來說比較有愛心。而且是「自願留局擇配」，還需被領婚的女子同意才可，保良局並不會硬性指派。

而且，香港保良局對於領婚的儀式也非常嚴格。男方備禮包括：獲得華民政務司許可；備書帖；備花轎、妝奩。領婚女子上轎前對於梳頭也有規定：梳頭／女工利是：2 毫；局中姊妹利是：1 仙。這是為了表明，香港保良局確實是以領婚女子的幸福為前提，而非從她們的婚姻中牟利。所以，香港保良局對於領婚男子「向來不收分文」，對於領婚女子則只規定給梳頭女工和局中姊妹 2 毫 1 仙等利是意思意思，討

個吉利而已。

故而,「領婚」雖然達不到現代建立在愛情上面的婚姻的高度,但是,在「父母之命,媒妁之言」盲婚啞嫁還存在的社會環境中,「領婚」毋寧說還是在萬不得已之下一條比較好的出路了。

根據香港保良局的統計資料:

香港之外的領婚男子籍貫分佈為:廣州、增城、順德、東莞、歸善、開平、恩平、新寧、新會等。

在本港領婚男子籍貫分佈為:上水、大埔、錦田、坪洲、荃灣、沙田、西貢、蠔湧、將軍澳等。

從中可以發現,領育和領婚還有其更深遠的重大意義——是非常重要的「粵港融合」。

粵港融合有多種方式,有逃難來港,有工作來港,有生子來港,也有投資來港,但這些相對來說都是顯性的,當事人並不避諱,甚至必須公開才能獲得合法身份,如生子或投資。然而,從這次大型賑災透視出的另外兩種方式——領婚和領育,可能是隱性的粵港融合。被拐賣的婦女兒童大多來自東莞等廣東地區,領育除了海外領養之外,很多是留在本港領養;而領婚則基本上都多在本港進行。根據香港保良局留下的檔案,領婚者都留有記錄,但是姓名和地址等資料都進行了貼糊處理以保護隱私,然而,領婚和領育的事實是確鑿存在的。也就是說,起碼從香港保良局成立之日開始到一九七一年,領育及領婚就成為了粵港融合的方式之一。領育及領婚當事人可能為了保護隱私不再提起,或者時間久遠而被人淡忘,所以這種方式相對來說非常隱蔽。然而,繼子

繼女繼承養父姓氏，領婚婦女誕下子女，子子孫孫再婚喪嫁娶，粵地血脈真正融入了香港，何分彼此？工作來港可以離開，投資來港有可能發達或失敗離港，他們的流動性是較大的，然而，被領育的孩子本身就是無依孤雛，被領婚的婦女本身就是無家可歸，通過領育領婚他們獲得了合法身份和地位，有一個相對溫暖的家庭，因此，這種通過領婚領育方式進行的粵港融合無疑非常牢固持久。

三、「紳商」轉型

以商人身份出任香港保良局總理的陳步墀，其行為不止賑災、領婚、領育，還包括了通過恩科和興辦教育，實際上還承擔了地方官或者地方鄉紳的一部份職能。在此意義上，他可以說是光緒廢科舉之後，不能夠學而優則仕的一部份讀書人，從「士子」轉型為「紳商」，將「民胞物與，修齊治平」的理念予以現代化轉型及實踐的典型。

一九〇九年，宣統恩貢，陳步墀獲得了資格。恩貢是科舉制度中由地方貢入國子監的生員之一種。明、清定制，凡遇皇室慶典，據府、州、縣學歲貢常例，加貢一次作為恩貢。貢生在國子監修讀六至十二年後方可參加考試，合格者即授予官職：

> 清代的科舉，從一六四五年（順治二年）乙酉科起，至一九〇三年（光緒二十九年）癸卯科止，共舉辦了一百一十一科。一九〇五年（光緒三十一年）袁世凱等

奏請推廣學堂，先停科舉，清廷即諭令停辦科舉，並廢各縣學額；聲明以後人才取自學堂，限年畢業，獎給舉貢，不拘額數。實則，一九〇三年以後，只進士科、舉人科（當然也包括五貢中的副貢）未再舉辦，恩拔歲優貢的考選則繼續舉行，一九〇九年（宣統元年）為了優恤士子，補行優貢、拔貢一次，凡生員出身者，不論是學堂教員、法政講習科或師範科之學生，均可應考。⋯⋯優拔貢的考選經這次考試後停止，恩貢、歲貢則分別於一九一〇年（宣統二年）、一九一一年（宣統三年）後停止。

這段時間，港督盧嘉爵士促在香港興建大學，但財政非常緊絀，於是成立不同的籌款委員會募集捐款。於是一九〇九年，從事進出口生意的乾泰隆捐款六百元籌建香港大學。該收據更訂明，若最終建校不成，捐款者可憑收據要求原銀奉還，而乾泰隆正是陳步墀的商業公司。

香港大學徐立之校長透露，有歷史系舊生聯絡校方，捐出一張在本港古玩店購得、百年前港大向捐款者發出的收據。該收據由港大華人勸捐董事局簽發，給予著名老牌華商乾泰隆的收據連信封，涉及捐款六百元，若以當年一幢房屋價值四千元推算，估計相當於二〇一〇年的一百萬元。

陳步墀一直鍾情於舉業，少年之時，曾經師從多位宿儒學習。他的家教業師王景仁（一八四三至一八九五），字寬益，號壽岩，是澄海外砂東溪人。景仁頗有文名。同治十年（一八七一）辛未歲試，取進澄海縣學第三名。陳步墀亦曾

早年的總理穿上清朝官服的合照。因為總理皆有向清廷捐官。

早年保良局總理的名牌

遠赴東莞、番禺兩地就學於陳伯陶、許之班兩位名師，可惜陳步墀雖然詩文俱佳，很早考中秀才，後卻一直失意科場。一九〇五年九月二日，清廷頒上諭，自丙午科為始，所有鄉會試一律停止，各省歲、科考試，亦即停止。中國歷史上延續了一千三百年的科舉制度，就此突然結束。陳步墀的仕進之路，戛然而止。於是他轉投到商業領域，在商業帝國裏也取得了巨大的成就。然而擁有龐大商業帝國的陳步墀依然不能夠完全忘情於舉業與仕途，他進入了香港保良局出任總理，在一九〇八年百年不遇的大水災中親自領導賑災，並呼籲香港社會各界參與。一九〇九年又通過光緒恩貢；以及捐款興辦香港大學，實際上是承擔了地方官或者地方鄉紳的一部份職能。

陳步墀的所作所為，與青少年時期所受的科舉薰陶和儒家教育不無關係。今天我們談到八股時文和明清科舉，多是以否定為主。然而不可否認的是，清人的態度卻多是肯定和推崇的，如劉大櫆認為：「夫文章者，藝事之至精；而八比之文，又精之精者也。」又如姚鼐云：「即今之文體，而通乎古作者文章極盛之境。經義之體，其高出詞賦箋疏之上，倍蓰十百，豈待言哉！」尤其方苞一語道破，八股文是學子依據四書五經，揣摩古人思想口吻而進行寫作的。在此過程中，學子正心誠意，耳濡目染，漸漸達到以聖賢之心為心的境界：「制義之興七百餘年，所以久而不廢者，蓋以諸經之精蘊，匯涵於四子之書，俾學者童而習之，日以義理浸灌其心，庶幾學識可以漸開，而心術群歸於正也。」八股文正式名稱為「經義」，藉由八股文將傳統經典教育普及推廣，如俞長城

所言：「裁六經題以為制義，獨重於科目者，為其明義理、切倫常，實可見諸行事，非若策論之功利、辭賦之浮華而已」。

從效果上來看，起碼在陳步墀那裏，是頗見成效的。晚年時期，他將自己所作的八股時文結集成書，命名為《半讀堂文存》，可見他對自己時文的自矜和自珍之意。名為「半讀」，也頗有深意：「平生不好新書，只尊古訓，謂之『半讀』，亦無不可」。從他現存的時文來看，頗有「民胞物與」之心。如他作〈力無有不足說〉，認為只要存仁之心，正心誠意，則力無有不足。只有怠惰才會不足，只有自畏才會半途而廢：

> 正心誠意，自覺行己而無慚，是仁為我之本也，力為我之所有也，用其力於仁，亦操之乎在我也。謂曰力不足也，我見乎哉。而無如自棄者，偏怠惰以安也。大抵遊戲之端，每覺精神之日進，及責以躬修內省，撫己

《半讀堂文存》

即為之缺然，而猶飾詞於人曰：「力迫我以不能也」。謂為不能，似不能也，而無如自畏者，又中道而廢也。

他的行仁、力行的信念，在他一九〇八年大水災賑濟中可謂得到了完美的體現。而領婚、領育、興學等行為，更是體現了士子向「紳商」的轉型。

在他所撰寫與編選的《繡詩樓叢書》中，還選了很多和他同氣相求，鼓勵「仁民愛物」、「惻隱之心」的作品，如許振的〈善人是富論〉，認為只有讓財富歸於善人，方是勸勵天下的治世之道：

> 三代以下之開國者，知賞功而不知賞善，知賞一人之善而不知賞天下之善。非天下之善不可盡賞也，規模宏遠異乎先王也。先王之賞也及乎民，後王之賞也止乎臣。……（先王）不曰賞功，而曰富善，其存心也公，其為惠也廣，豈非欲使天下之人有所勸哉？！……天下之治也，小人窮而善人富；天下之亂也，小人富而善人窮。……為善者與之富，天之道也；為善者不求富，人之道也。是故君子盡乎人，而明主法乎天。

隨著近代社會的急劇變革，原有的社會格局被打破，傳統的「義利觀」解體，「義」、「利」並重，紳士、商人之間出現對流互動，出現「紳商」群體。而陳步墀也正是「紳商」之表表者，他本擬通過時文取得功名，但一九〇五年意外的廢科舉終結了他的仕進之路。然而，他通過「恩貢」取得功名，又投身近代工商業，成為開辦兩家海外私人銀行的香港商界

鉅子。陳步墀的「恩貢」考卷突出展示了他關心民瘼的情懷與抱負，而作為「紳商」的他又投身了香港的慈善事業，希望在近代社會中通過商界鉅子的地位和影響，把在科舉未竟的民胞物與的儒家情懷進行曲折的表達。

「廢科舉的社會意義就是從根本上改變了人的上升性社會變動取向，切斷了『士』的社會來源。使士的存在成為一個歷史範疇，直接導致了傳統四民社會的解體。」同時，由於四民社會的解體，以及近代經濟變動，原來一些處於社會邊緣的社群，如商人逐漸進入到社會的中心。

科舉時代，紳士往往承擔著鄉村公共事務的發動、維持、管理等任務。譬如在興辦學務，設館授徒，修建社學、義學，維持官學校舍，貢院等事務中往往都是紳士扮演主導者角色。地方義學，公學，私塾甚至包括地方誌的修撰等主要被紳士把持。還有紳士受政府委託，負責對地方公眾財產，經濟事業如育嬰堂，粥廠，義倉，社倉等進行管理。此外地方的橋樑，津渡和水利設施等工程建設也往往由紳士操辦。在一些跨越縣域的較大型工程中，雖然政府官員會出面協調這些工程，也往往主要由紳士負擔。

在科舉制度下，鄉村與城市的差異是相對的，並且二者之間借助科舉制不斷進行人才、信息與資金的流動。一代代平民遵循著「耕讀傳家」的古訓，編織著「布衣卿相」的夢想，但是能夠真正進入仕途的機會畢竟有限，所以他們多數人將沉積在鄉間成為鄉村的紳士。

對於那些退職的官員來說。他們最後也大多葉落歸根，並同樣以鄉紳身份退守田園。帝國時代鄉村紳士在享受特權

的同時，也在地方文化教育事業，甚至橋樑、水利、賑災等方面發揮了領袖作用。

但是，一九〇五年科舉制度廢止以後，紳士通向官府的仕途被阻塞了，由於學堂取代科舉，新的士紳產生機制不復存在。同時，在近代城市化過程中，隨著鄉村經濟的凋敝，鄉村中的士紳、資本紛紛湧進城市。

在這種大背景下，「紳商」應運而生。一部份讀書人在廢止科舉之後，中止了向士子或紳士的上升台階，被分流到商人階層，甚至也發家致富，取得了不錯的經濟地位和社會地位。然而，他們的心中畢竟有所缺憾，亦不能完全忘情於地方性公共事務的主持與參與。他們終於還是以商人的身份，行使了「紳士」的職能，轉型成為了「紳商」。

我們現在提到科舉，每每從它的反面因素著眼。內容腐朽，形式刻板，消耗莘莘學子大量時間皓首窮經，是帝王的馭人之術。但是它有沒有正面的積極意義呢？從另一種視角，它也鍛煉了學子的修辭藝術，更是把仁民愛物之心通過考題、通過學子的不斷書寫、通過考官的評贊，不斷鞏固訓練，直到化成了他們血脈中的一部份。當然，這其中不乏有像商偉教授提出的「二元禮」的道貌岸然實藏奸險的偽君子，但是一定也有「苦節禮」等古板志誠之士。像陳步墀這樣只不過取得恩貢資格，卻至死不忘忠誠於溥儀朝廷，不僅在溥儀大婚時進貢一萬銀兩，而且在後期溥儀壽誕等還不斷進獻——且是在明知溥儀不可能東山再起的情形下。且終生不把「中華民國」連寫，不禮民國官員。我們可以說他是愚忠，但又不能不相信他的忠誠。

不禁想起了胡適和王國維。學者大多把胡適接到溥儀電話而欣喜，以覲見溥儀而倍感榮耀認為是污點，而對王國維自沉在惋惜之餘不免責其不明。然而再和陳步墀以及陳步墀身邊的師友小圈子的行為聯繫起來看，「成為帝師，致君堯舜，為天地立心，為生民立命」——這正是他們那一代人的信仰。

陳步墀非常重視科舉制義，視為自己的精神寄託。所以他刊刻了《半讀堂文存》等八股文文獻。而正由於他真的相信，那些科舉制義中體現的儒家思想化為了他的血液，成為了他的人生準則，他的「仁民愛物」、「惻隱之心」等，都可以從這裏找到根源。

科舉廢除了，陳步墀獲得恩貢資格只不過是迴光返照，之後清廷都覆亡了，他終究不能像他的名字那樣，步上丹墀，進入廟堂，出將入相，關懷民瘼。他最終走上了經商的道路，甚至在海外都開有兩家私人銀行，也當上了香港保良局的總理，在慶典之際可以和港督、奧國王子等等觥籌交錯（〈辛亥三月五夕為香江西商會五十年紀念之期，大燕來賓。港督水提將軍、奧國王子及余皆與其盛。日本楠本武俊座談最歡，翌晨以冊索書，題此歸之〉），然而，如果世人豔羨他何等富可敵國，他卻必以為「燕雀安知鴻鵠之志」。所以他在廣東水災的所作所為，其實也是處江湖之遠，卻依然不忘憂國憂民的體現。

李嘉誠先生的觀音廟與《三國演義》

　　週末的時候，我有幸遊覽了慈山寺，香港人親切地稱之為「誠哥的觀音廟」。這是因為一則慈山寺是李嘉誠先生花費十七億修建而成的，二則這裏有一座比山還要高的大觀音。

　　沒來之前，我一直很好奇，這尊大觀音有七十米，底座有六米，總共有二十七層樓那麼高。是一整塊石頭雕刻而成的？還是用混凝土澆築而成的？聽了導賞義工的介紹，才知道是用銅片堆疊而成，外面又刷了白漆。這白漆是噴氣式飛機專用的，因此不懼風雨，不用拂拭，可保大觀音十幾年光亮如新。我覺得這原理大概也相通了佛理——「何處惹塵埃」？

　　我非常喜歡慈山寺的兩個地方，一是不燒香，二是使我對佛理還有《三國演義》都有了新的認識。

　　我雖然沒有孫悟空的本事，卻有孫悟空的毛病——怕煙薰火燎。慈山寺禁止一切燒香，真是正合我意。慈山寺背山面海，山則雲霧繚繞，海則水靜如鏡，聽人講已是風水絕佳之地，現在又不燒香，空氣更是清新。

　　慈山寺既嚴禁燒香，那用甚麼來供佛呢？原來是花和果，而且都是有寓意的。供花是有助於啟思善眾「花無百日紅」的道理，供果是有助於啟思善眾「因果輪回」。輪回不單是指轉世才是輪回，假如說你討厭的人，不希望發生的事卻一再遇見，那也是輪回，而輪回不是無故發生的，就是因果。

汝必有因，方釀此果；欲解此果，先消其因。

　　慈山寺既嚴禁燒香，那用甚麼來禮佛呢？原來是「供水」，在前往觀音像的大道上，寺方設有供水處，大家可以隨意拿起小木缽注滿水，小心捧著一步步走到觀音像前的另一巨型銅缽內倒下水祈願。寺方如是說：「供水的修持，以水喻心，提醒我們最珍貴的，往往是最基本的，唾手可得。在供水的時候，我們不再向外追求，當下回歸初心，照顧自己真正的需要……透過照顧水，去照顧自己的心，你會體驗到：滴水不漏的關鍵就在於覺察、專注和放鬆。澄淨如水的心，方向明晰，能讓我們踏上快樂之道。」

　　參與供水者，拿著水缽走到觀音像前，再倒進這巨型銅缽中便可。寺方稱這裏為「千應處」，英文是 Thousand Wishes Pond，盛載著眾生的願望。

　　慈山寺是一個極有文化的所在，觸處皆是靈機。

　　寺內絕大部份的牌匾都是國學大師饒宗頤先生親筆題寫，寺中並供奉有饒先生的珍貴墨寶《心經》。

　　山門前是哼哈二將把守。很多寺院的哼哈二將通常是相向而立，但慈山寺都是面朝門外，據說有降魔之意。很多寺院的哼哈二將都敷有彩繪，但慈山寺卻僅用精銅鑄造，然而其肌肉虯起，神情生動，可謂「不著一色，盡得神采」。

　　寶殿內的四大天王，其中東方持國天王魔禮海，掌碧玉琵琶一把，而那琵琶連琴弦都是真的，並且如果懂音樂的人去看，就會發現那琴弦調得不鬆不緊，正合彈奏。而四大天王分別掌管「風調雨順」，東方持國天王魔禮海其職正是「調」，至此真不禁令人讚嘆慈山寺的雕塑果然精妙。

觀音廟門前

　　本以為嘆為觀止，但一見到釋迦摩尼佛，所有人又忍不住讚嘆。我仔細琢磨了一下，發現屋頂有意建成了銳角斜下，而世尊幾乎高與屋齊，並非僅僅頭帶佛光，而是佛座環身，從頂至踵，遍及佛座，金光耀眼，寶相莊嚴，而且微微傾身下俯，其宏偉慈悲，令人一見油然而生頂禮之心。

　　慈山寺裏還有一尊韋馱像，韋馱雙手合十，降魔杵橫放臂間。原來韋馱的降魔杵有三種擺放姿勢：一是橫放臂間，一是扛在肩上，一是杵在地下。這不同的姿勢竟然大有奧秘，行腳僧人來到不同寺院，先看該寺韋馱雕像的降魔杵是如何擺放，橫放臂間是任住，扛在肩上是可借宿一晚，杵在地下是恕不留宿。降魔杵原來還反映了不同寺院的實力呢。

　　韋馱的腳下擺放著一隻小小的關公像，但是這關公像極其特殊的是，不是紅臉的，這是甚麼緣故呢？原來關公敗走麥城，被人殺死，頭顱丟失，關公的魂靈十分委屈，常常大

觀音像

叫還我頭來。普淨老和尚於心不忍，就點化他說，你以前也曾殺死過顏良文醜很多人，他們很多也沒了頭顱，他們問誰還去？關公於此頓悟，後來修成了伽藍菩薩。

這可真是有趣，剛好我最近講《三國演義》，趕緊把這個見聞跟學生分享一下，也希望學生有機會去慈山寺遊覽。因為慈山寺不光有我講的這些，還有用唐代藍本塑造的彌勒佛，用 3D 列印技術複製的堪稱原物再現的唐宋壁畫，以及外國首腦贈送的釋迦牟尼佛成佛之時的菩提樹親本的第三代，本煥老和尚一〇四歲題寫的匾額和一〇五歲題寫的對聯等等，非常值得一觀！

而且讓人想不到的是，慈山寺還有露天茶座，裏面則是清一色的長木椅、木桌，角落的水吧免費供應各式咖啡和熱茶。卡布奇諾、拿鐵、特濃咖啡、美式咖啡……還有各種款式的熱茶，比如桂花烏龍、龍珠茶……全部免費。義工非常

熱情地招呼，而且咖啡質素完全不輸於外面售賣的品種。

由於水準太超出期望，有遊客忍不住問了兩次：「真的不用給錢？」據說李嘉誠先生是這樣回答的「不用。您平時去百佳、豐澤，已經好幫襯我喇。」嘩！我覺得李嘉誠先生情商真高啊，一句話就被他圈了粉，讓我瞬間領悟了「取之於人，用之於人」的道理。

但是，但是，因為我不知道有這個福利，因此一點半之前已離開啦！後來知道，心都碎了。知道你們一定心裏在偷偷笑話我，雖然我也吃了好吃的素菜包和午齋，可是咖啡麵包是另一種好嗎？沒吃到總覺得就像寫論文竟然忘了寫結語似的，就是遺憾嘛。而且預約去參觀一次不容易，聽說有人約了半年都沒約上，所以將來如果有朋友去，一定記得把我那份咖啡麵包吃回來。切記啊！

沙田新舊香港人

　　沙田可以算是我所知道的香港最繁華的地段之一，不信你去巴士站看一下，那裏的人龍排的，都拐了好多個彎，而且各式各樣往不同方向的大巴小巴，大家都在翹首以待。

　　這人龍圍得裏三層外三層，外面的人還能看到車來了，但是裏面的人怎麼辦呢？我當時還正在好奇，這時候剛好有一輛小巴進站，坐在路口的一個黑衣老婦人突然站了起來，把手裏的鵝毛扇往左一揮，說道：「喺邊！」於是外層的人龍迅速向她鵝毛扇所指的方向移動。

　　大家知道香港的小巴一輛大概只有十六個座位，所以雖然接連來了兩輛小巴，可是上了三十多個人之後，人龍還遠遠沒有上完，也沒有座位了，但是排在人龍後面的人並不知道，所以還在繼續往這邊移動，那老婦人把鵝毛扇向右一壓，說道：「咪住，等等先啊。」於是人龍乖乖地等在原地等候她的調遣。

　　這調度隨著小巴的幾次到來重複了幾遍，人龍隨著這老婦人的鵝毛扇，忽西忽東，忽止忽行，我簡直被這位老婦人給迷住了。

　　我這時候突然反應過來，這位老婦人其實是充當了交警的工作，然而，我仔細打量這個老婦人，我想她大概是在做義工。因為一來她根本沒有穿任何制服，二來她打扮得非常講究，似乎也根本不是為了領工資工作的。

只見她戴著黑墨鏡，染著黃頭髮，上身穿著一件絲質黑色薄紗提花跌膊 T 恤，下著水洗牛仔藍七分裙褲，腳上是一雙黑色波鞋。穿戴更是珠光寶氣，脖子上掛著翡翠和蜜蠟，手指上好幾個嵌寶戒指，一雙手腕上，左腕上戴著白陶瓷手錶和檀香手串兒；右腕上戴著老銀、粉晶、翡翠三個手鐲，右手握一柄八卦黃柄鵝毛扇。

而她手持鵝毛扇意定神閒調度指揮，真有諸葛孔明運籌帷幄調遣百萬雄兵的氣勢，直到上了車，我還忍不住默默回想。那天的天氣非常炎熱，一般人早就恨不得躲在空調屋裏享受冷氣，而這位老婦人就坐在室外的馬路邊一把凳子上，而且每當一有車來，就趕緊站起來指揮。不要説做義工，就是有報酬，一般人大概也不願意受那個罪。瞧她的穿衣打扮應該大致是衣食無憂的，何必受這份兒暴曬與辛苦？但看她神情儀態卻彷彿樂在其中，倒叫我對她很有幾分好感。

今天是去學校答辯，答辯完我才知道，原來有一個學生是跟我們兩位老師都住在沙田附近的，於是一同坐車回去。在車上閒聊的時候，學生無意中説起，説「我的老婆只有高中學歷」。我一笑，説：「喲。那你是不是早戀啊，跟老婆是高中同學嗎？」

沒想到學生卻説：「不，老師，我是大學畢業後和她網戀認識的。」這麼時尚啊？他説，我小時候生活在農村，家裏很窮。所以，如果不是考上了重點本科，家裏都不會同意我去念的。因為家窮也不善交際，所以大學的時候也沒有談過女朋友。大學畢業後，他在網上認識現在的老婆，聊得覺著不錯就結婚了。

「我是重點本科，她是高中學歷，外人都說我們不般配，但是我自己覺得挺幸福的。」他之前在深圳創業，有一個小公司，賺了錢就交給老婆，老婆攢下來買房子，在深圳買了一個，後來在香港又買了一個。現在他在香港讀了一個碩士，又留在香港工作。

他說現在的工作雖非大富大貴，只是賺點小錢，但是也沒有很多應酬。老婆在家管教一雙孩子，他讀書工作之餘也有時間關心孩子的成長。像今天他本來就是跟孩子約好一起吃晚飯的，現在我們坐車回去，女兒還在家等著他，他回家給她下麵條兒吃。

閒聊中同行的老師介紹說我是北大畢業的，大陸的學生或多或少都有一點北大情結，所以當然他還是恭維了兩句。我不好意思的說：「哪裏哪裏，我可是比我的校友們差多了。遠的不說，就說那些比我大十來歲的師兄師姐。聽聽人家平常都在聊甚麼？要麼是對美國問題的應對，要麼是對邊疆問題的思考。古人云『修身齊家治國平天下』，看人家都還是以國家興亡為關懷的，看我只不過只剩下前半截的修身齊家而已。著書都為稻粱謀，所以實在是很慚愧的。」

沒想到學生卻突然正色說：「老師，我覺得也倒不一定。您的校友那麼優秀，或許人家的起點本身就不一樣。也許我們沒有做甚麼轟轟烈烈的大事，可是我們通過自己的努力改變了自己的命運，我們每個人做好自己，每個人哪怕前進一點點，但是實際上這個社會也會向前進步了。」

我莞爾一笑。正好此時車又來到沙田，我不由又想起上午那位老婦人，和現在這位我們自己的學生，那位老婦人是

舊香港人,而我的學生是新香港人,他們的出身可能迥異,然而此時卻匯聚到這裏。

美國有部著名的電影叫做《聞香識女人》,我倒覺得,此刻可應景改為「聞香識同道」。一種城市品格是有感召力的,同聲相應,同氣相求,它會感召有相似氣質的人匯聚到一起。

現在隨著大陸其他幾個城市的崛起,有些人對香港的未來不免有了一些憂慮。然而我想,這些愛著香港的、默默服務社會的普通新舊香港人,恐怕才真是一個城市的脊樑。天時不如地利,地利不如人和,人,才是決定城市未來發展的中堅。

城市者,非有大樓之所謂也。房子不是家,眾志方成城!

老婦人

印象麗江

　　你見過麗江的水草嗎？

　　在沒有親眼得見之前，我一直對徐志摩的〈再別康橋〉中的一句詩風過無痕——「在康河的柔波裏，我甘心做一條水草。」

　　我家鄉河中的水草是從下往上豎著生長的，也並不纖長，在河中蕩漾搖擺之時，甚覺美感有限。所以我最初讀徐志摩的這句詩，以為他只是單方面直抒胸臆了他對康橋是何等的傾慕，哪怕做一條卑微的無人留意的水草都願意！

　　但是看看麗江的水草吧！

水草

它竟然是一條條橫著搖曳在澄澈的清水之下，姿態是這般嫵媚，枝條是這般纖長，簡直像一雙雙多情的手牽人裾袖。古人折柳送別，原是因為「柳」諧音「留」，以表達依依不捨的深情，據我看來，這纖柔細軟的水草比柳絲更情意綿綿，所以我頓時了悟了徐志摩的「我甘心做一條水草」。從詩的全篇意境來看，這樣的水草，才能和前文「夕陽中的新娘──金柳」珠聯璧合，才能和後文的星輝、笙簫相稱；從徐志摩的個人心願來看，這樣的水草，才能形象地表達出「惟願長留此鄉」的心聲。

麗江的水果也是絕對值得一試。也許有人會不屑，水果？香港的超市滿坑滿谷，應有盡有，有何必要千里迢迢跑

水果

到麗江去吃？想一下，香港儘管雲集了不但是全中國甚至是全世界的水果，但是，為了長途運輸和儲存的緣故，一般不會選完全成熟的，而且，從採摘地到香港，最起碼也經過了數天。哪怕現在的冷藏技術再先進，數天儲藏和樹上摘下在色澤和香味上也是有著不小的差別的。麗江的水果看起來嘗起來都像是自然成熟新鮮摘下的，色彩飽和，形狀飽滿，豐美多汁。哪怕最普通的黃瓜番茄，也是青瑩瑩紅馥馥得照眼明。長長的攤子上，一籮籮一盆盆，深紫、粉白、鮮紅、杏黃、油綠……打翻了七彩調色盤似的，好像在熙熙攘攘地叫著「吃我，吃我」！遊客的饞蟲似乎要從喉嚨裏伸出手來，自然不由自主地慷慨解囊了。

來到麗江，怎能不一登久負盛名的玉龍雪山？玉龍雪山被認為是情侶們的極樂世界。在東巴經裏曾經記載了感人的玉龍第三國的傳說。傳說「久命」是第一個為愛情而死去的人，她與「羽排」相親相愛，但受到「羽排」父母的阻撓，「久命」雖然做了種種努力，但都無濟於事，絕望之時，她憤然殉情，被居住在「玉龍第三國」的愛神「遊主」接納，在那裏過著幸福自由的生活，後來「羽排」也殉情而來，他們從此便在開滿鮮花的愛情國度裏生活。

自此以後，玉龍雪山成為納西人無限崇敬的十二歡樂山，是多少癡情男女選擇在此殉情的山。據說在這裏遍地開滿鮮花，沒有痛苦憂愁，在這裏「白鹿當坐騎，紅虎當犁牛，野雞來報曉，狐狸做獵犬」，在這裏有情人可以自由結合，青春的生命永不消逝，情侶們永無塵世的悲傷……

十年前，攀登玉龍雪山還需要騎馬；現在拜現代科技所

賜，乘索道就可上山，當然登頂還要走上一段。可是站在玉龍雪山，我卻並不認同這個美麗的傳說。我想，父母為甚麼要干涉「羽排」和「久命」的婚事，雖傳說中不講，但無非金錢、地位、宗教幾種。可是，既然他們以死殉情，死都不怕，還怕活著嗎？為何不一走了之，去到廣闊的新天地裏開始新的人生，何必一定要死呢？

同行的老師中有人說，可能他們根本沒有離開過這小村子，不知道外面的世界，可能是「其奈出門無去處」。有人說，這是因為價值判斷不同，也許在他們心中，殉情才代表了對愛的最高境界。

然而，我還是不能同意，尤其為甚麼還虛構一個死後「白鹿當坐騎，紅虎當犁牛，野雞來報曉，狐狸做獵犬」的開滿鮮花的愛情國度？這豈不是鼓勵更多的情侶受挫時一死了之而不是勇敢地面對和解決問題嗎？我無意冒犯，但我想，如果今生都沒有能力幸福，還奢求甚麼來世？就像前兩年香港突然連續自殺了十幾個學生，我雖不知具體原因，但是我想，告訴他們真相或許有助於他們直面人生：一、只要活著，就還有翻盤的機會。二、歷史都是活著的人寫的，死去的人不管目的多崇高，實際上連發言權都沒有。

想跳下玉龍雪山的人，不妨聽聽唐玄宗《今生緣》的故事。

開元年間，唐玄宗命宮女為前線戰士縫製征衣。有一兵士在自己分到的短袍中發現一首詩：「沙場征戍客，寒苦若為眠；戰袍經手作，知落阿誰邊。蓄意多添線，含情更著棉；今生已過也，重結後生緣。」

兵士不敢隱瞞，把詩上交給元帥，元帥又呈給了玄宗。唐玄宗下令把詩傳示六宮，並告知：「作詩之人不必隱瞞，朕不怪罪。」有一宮女出首招認，自言萬死，玄宗深憫之，於是把此宮女賜給那位得詩兵士，笑言「朕為汝結今生緣！」

所以，在懸崖之上，不管是山頂的懸崖還是人生的懸崖，轉念一想吧！人身難得今已得，佛法難聞今已聞，今生不借此身度，更待何生度此身？

珍重今生緣！

玉龍雪山

太守情懷總是詩：蘇軾敲門
要來的那杯茶

簌簌衣巾落棗花，村南村北響繅車，牛衣古柳賣黃瓜。
酒困路長惟欲睡，日高人渴漫思茶，敲門試問野人家。
——蘇軾〈浣溪沙〉

那應該是初中一個燠熱的夏日午後，昏昏欲睡之際讀到這首詞，神奇地，似乎一下置身於長林野外，我就是那個旅人。

你也有過吧？有的人，有的地方，從未見過，從未來過，卻無端端很熟悉很親切的感覺。

我想我那時應該還沒有見過棗花，然而不知怎的，我就知道它是一種米粒大小的青綠色的小花，這樣細碎地落在衣襟上，發出索索落落的沙沙聲。

村南村北都是繅車的響聲，反而襯得這路好長，四圍空曠而寂靜。陽光穿過柳葉，在身上臉上打出一個個光點，眼睛都忍不住要眯起來了。有個賣黃瓜的農人，草帽蓋著臉，靠著瓜車打盹，那黃瓜似乎也曬得有點發蔫，不復青翠的模樣，於是又往前走了。

路途遙遠，酒意上湧，昏昏然只想小憩一番，艷陽高照，無奈口渴難忍，想隨便去哪找點水喝，於是敲開一家村民的屋門，問：可否給碗茶？

那詞中人酒意上湧想小憩，若我，不用飲酒，也被太陽照得昏昏欲睡了。

這也是一幅人生中年圖景吧，據說有「二八理論」，這個也一樣，「簌簌衣巾落棗花」，人生中細碎的小驚喜小確幸只占百分之二十，百分之八十的是那「繅車」和「賣瓜」的苦辛。

「欲睡」，想歇歇了；「思茶」，老的要孝，小的要養，柴米油鹽，醫療繳稅，哪一樣都是伸手的，去哪裏找「水」呢？

少部份人是浪漫主義，像那些創業者和大老闆，他們去「敲門試問野人家」，獲得了投資，或許是天使的，或許是魔鬼的，從此走上人生巔峰或者陷阱。

絕大部份人只能是現實主義，或者默默地捱著，或者只能撸起袖子加油幹，直到靠自己找到一片水源或者打了一口井。

《孟子》提出「知人論世」——「頌其詩，讀其書，不知其人，可乎？是以論其世也。」從文本詮釋學來說，所謂「知人」，就是要瞭解作者其人，以走進他的精神世界；所謂「論世」，就是要瞭解作者所處的時代，以便將文本置於具體的歷史情境中來理解，誠哉斯言！

這首詞是蘇軾四十三歲在徐州（今屬江蘇）任太守時所

敲門試問野人家

棗花

作。公元一〇七八年（北宋元豐元年）春天，徐州發生了嚴重旱災，作為地方官的蘇軾曾率眾到城東二十里的石潭求雨，得雨後，他又與百姓同赴石潭謝雨，在赴徐門石潭謝雨路上蘇軾寫成組詞〈浣溪沙〉，題為「徐門石潭謝雨道上作五首」，皆寫初夏農村景色，此為其中第四首。

茶可以是很昂貴的，像大龍團小龍團，「武夷溪邊粟粒芽，前丁後蔡相籠加」，歲貢皇帝飲用；也可以是很卑賤的，「早起開門七件事，柴米油鹽醬醋茶」，它不但是百姓的日用之物，還排在最末，是吃飽了才追求的點綴。

「簞食壺漿，以犒王師」，中國的百姓真是一種令人落淚的生物，只要你對他一點點好，他都這樣深切地銘記著，提著壺拎著水捧著籃端著菜跑來歡迎你。

所以，蘇軾能修到「為報傾城隨太守，親射虎，看孫郎」，滿城的人都來追隨他，也許最初就是因為驕陽道上，他曾經為百姓祈雨走了那麼長的路，焦渴之際不過只討了那一茶飲。

红学研究专家张惠

宋代制茶

白先勇先生親身揭秘電影《金大班的最後一夜》

　　二〇一九年三月二十二日，香港大學中文學院、香港大學文學院、香港《明報月刊》主辦講座——「從小說到電影：《金大班的最後一夜》的蛻變」。

　　我有幸在香港大學觀看了電影《金大班的最後一夜》，並在影片結束後，聆聽了白先勇先生的講座。我在學校任教「中國古典小說」、「中國古典戲曲」和「兩岸四地文學」時，白先生的《白先勇細說紅樓夢》、青春版《牡丹亭》、《白羅衫》和《孽子》、《台北人》都是我向同學們推薦的書目，此前，我和同學們不僅詳細閱讀了上述書目，也多次近距離接觸聽他講述；今日，承蒙《明報月刊》賜票，更要聽聽白先生解析這另一篇名作。

　　本來影片已經讓我很驚奇，因為它是改編自白先勇先生的名作〈金大班的最後一夜〉。一般來說，從小說改編成電影，原意或多或少都有缺失或添加。但是這部電影竟然把小說演繹得絲絲入扣，所謂增之一分則嫌長，減之一分則嫌短；敷粉則太白，施朱則太赤，怎麼那麼恰到好處？讓我對之後白先勇先生的講座充滿了期待。

　　因為這次講座是金聖華教授和劉俊教授主持，白先生主講，《金大班的最後一夜》的主演姚煒女士對談，不僅要把小說改編成電影的來龍去脈和盤托出，還有很多不為人知的內

幕向我們披露。

白先勇先生首先笑談説，《金大班的最後一夜》是他的第一部電影，那時候不懂行情，以為把自己的小説首拍成電影，那就是自己的電影，所以一切親力親為，甚麼都要管一管，比如説在跟電影導演簽合同就指明，女主角一定要自己同意。電影導演多次跟白先勇先生見面，多次磋商，但是就是因為選角兒的問題，最終沒有談攏，第一位導演就沒有拍成。換了第二位導演，白先生還是堅持女主角的人選必須經過自己同意，最終才定了姚煒女士。

那麼姚煒女士為甚麼被公認是金大班的最佳人選呢？隨著談話的深入，真讓人感覺到是不是冥冥中自有天意。原來劇中的金大班是上海人，姚煒女士也是上海人。劇中金大班的名字叫金凱麗，而姚煒女士的真名叫金佳麗，只有一字之差。這部影片八四年才開拍，但是八三年的時候，《明報月刊》刊登一張姚煒女士穿旗袍的照片，其他人就驚呼説，這不就是白先勇先生筆下的金大班嗎？那時候姚煒女士聽到時，還不知道金大班是誰，結果第二年接到拍片的邀請，從頭到尾通讀之後，一下子便被小説征服了，非常爽快地答應了。然而因為她拍《金大班》推掉了其他兩部片子的拍攝，激怒了她所在的公司，慘遭公司雪藏，從當紅走向寂寂，所以這《金大班的最後一夜》也變成了她的最後一夜，真是讓人唏噓感嘆！

除了女主角，男主角的人選，白先生也非常上心，後來定了歐陽龍。歐陽龍以前從來沒有過出演電影的經驗，白先生卻覺得正好，因為劇中的歐陽龍飾演的就是一個不諳世事

的富家少爺。結果證明，白先生選角的眼光很準，歐陽龍確實把一個富家少爺的青澀演得活靈活現。後來不僅歐陽龍演藝大紅，之後他還從了政，他也就是現在你們很熟悉的歐陽娜娜的爸爸。

《金大班的最後一夜》中還少不了插曲和主題曲，這些插曲和主題曲白先生推薦讓蔡琴來演唱，因為他覺得蔡琴的聲音是低音，而且很有滄桑感，能夠傳達出金大班的神韻。導演不同意，他們想讓當紅歌星鄧麗君來演唱，但是白先勇先生認為鄧麗君的聲音不適合，因為她是個甜姐兒。白先生和導演誰也說服不了誰，導演就想耗著，等白先勇先生回了美國，他們就換鄧麗君來演唱。可是白先勇先生堅持不走，一直等這些歌曲都錄好了，才回了美國。事實證明，白先生的堅持是有道理的，金大班作為一個從花魁到遲暮的有故事的紅舞女，也必須是蔡琴這樣淒美又滄桑的聲音，才能壓得住啊。而且巧的是，當時蔡琴正是和未婚夫分手，所以據說她錄製歌曲的時候，常常也唱得泣不成聲。後來多年過去，蔡琴過上了平順的生活，白先生再聽她唱歌，發現已經沒有了那種滄桑的感覺，所以那一刻的歌聲，看來也都是可遇而不可求的。

我非常佩服的是，女演員都害怕把自己畫醜，尤其怕畫老，君不見，多少影視片裏面的女演員畫的所謂的老妝，只不過是在頭上添上幾綹白頭髮，而臉部則永遠是紅顏永駐。但是《金大班的最後一夜》裏，女演員連妝容都非常有層次。劇中金大班，四十歲的時候，和一個出海的大副二十多歲的秦雄好上了。大副秦雄出海歸來一進門，正在看報紙的金大

班放下報紙，所有觀眾都倒吸了一口冷氣，只見金大班頂著一頭剛卷好的刨花頭，脂粉未施，眼袋和淚溝非常明顯，嘴角向下耷拉，再配上不修邊幅的睡衣，十足一個老太太，和二十多歲高大俊朗的秦雄真是立刻有母子即視感。

這一幕是高超的化妝師的傑作嗎？不是的，竟然是姚煒女士自己的設計。姚女士接到拍片邀請後，把小說從頭到尾通讀了好多遍，一直讀到感覺自己就是金大班，並且把其中的很多細節自己都反覆考慮過了。除了這一幕，還有和秦雄分別的那一幕，以及訓練年輕小姐的時候，都刻意顯露了自己老態一面。因為姚女士認為，金大班在舞廳裏、在家裏、盛年時、和遲暮時，怎麼可能容貌永遠不變呢？

尤其是大副要四十歲的金大班再等他五年，五年後他當上了船長，就可以申請上岸，過上安穩的生活，這時候就和她結婚。但是帶著大副買衣料的金大班，遭到了以前的小姐妹、現在的綢緞莊老闆娘的奚落，說她是在自己花錢養小白臉。而這個綢緞莊老闆娘所嫁的人，還正是當年金大班心高氣傲看不上結果被她撿了漏的。但現在人家是衣食無憂的老闆娘，金大班卻身無寸土年華將晚，並且秦雄還讓她再等五年。對未來終於心生倦懼的金大班，遇到了一個以前的多金恩客，如今妻死年暮，願娶她以娛終老。

她對秦雄是真心的，而早年喪母的秦雄對年長的她的愛，哪怕有戀母情結的成分，也是真心的。但是做舞女的金大班手裏沒甚麼錢，秦雄也沒有甚麼錢，而且年輕英俊的秦雄對即將萎謝的她的愛能維持多久？更何況還要她再等五年。眼前的這個老年多金恩客她並不喜歡，而且跟了他就只

能聽他的在家裏供香案擺搖椅過暮氣沉沉的日子，可是他有錢供得起她過體面的生活，而且他願意把陽明山一棟別墅過戶到她的名下以表明他的誠意。

思來想去，百般權衡，對未來的恐懼，在小姐妹那兒受的氣，還有虛榮心，終於壓倒了她。她答應了恩客，回頭去找秦雄做個了斷，決定最後陪他一次，從此消失不見。秦雄對此毫不知情，喜悅得像個孩子。姚女士在這一場，特別地畫了一個非常憔悴的妝，憔悴得把導演都有點嚇到了，急忙叫燈光師趕緊打光。姚女士趕緊制止，一打光又是容光煥發，這感覺就不對了。此時的金大班自己心知肚明，又要瞞著秦雄，強顏歡笑，此時，只有這非常憔悴，才能表現出金大班既年華老去又心有愧疚的雙重性。

通過這講述，我感到姚女士真是吃透了這個人物，只有這麼揣摩盡意，才能夠行笑坐臥，無不肖也，難怪四十五天的拍攝期，她二十二天就完成了。

當然，電影中也並不全都是這麼哀傷的，其中還有很搞笑的，比如說還有兩場牀戲。啊？牀戲？怎麼剛才沒看到？原來我們在香港大學看的這場《金大班的最後一夜》是一個潔本。本來白先勇先生認為，這兩場牀戲是跟劇情有緊密聯系的，因此一直堅持要給我們看全本。但是不知道為甚麼放了沒一會兒，那個全本就卡帶放不出來了，只好把另一個備選的潔本放給我們了。因此，這兩場牀戲及其重要性，只能通過白先生和姚女士的對談呈現給我們了。

第一場是跟富家公子月如。當時剛下海沒多久的金大班坐在黃包車上的時候，手絹被風吹落到地下，富家公子月

如撿起還給了她，對她一見鍾情，尾隨而去，沒想到她卻是夜總會的紅舞女。然而，幾次面見之後，兩人互生情愫，終於還是突破界限，金大班發現月如還是一個童男子，非常感動，因此對他從頭吻到腳，最後抱著他的腳流下了眼淚。

那這一幕應該很感動，可笑之處在哪裏呢？原來當時的攝影技術不發達，姚女士好容易釀醞好了感情，從頭吻到腳，最後抱著腳流下了眼淚，一切一氣呵成，沒想到這時候導演説「卡！」因為穿幫了，把姚女士遮擋胸部的胸貼給拍進去了，沒辦法，只好重拍。但是醞釀感情可不容易，怎麼樣從頭再來，還要最後抱著腳的時候，剛剛流下眼淚，這可真難拿捏。但是姚女士的演技真夠過硬，依然是從頭吻到腳，到抱腳的時候，剛剛好流下眼淚。但是導演又説「卡！」因為不小心又穿幫了。姚女士真是有些崩潰，因為扮演月如的男演員歐陽龍非常高，而且當時沒有移動設備，所以姚女士只能吻一會兒，往前挪動一下，再吻一會兒，再挪動一下，這還要再從頭吻到腳！本來這牀戲是既香豔又傷感的，但是聽著姚女士的講述，真是讓我們把肚皮都快笑破了。

第二場牀戲就是金大班和秦雄分別之際的了。那這場牀戲搞笑在甚麼地方呢？原來這竟是姚女士接拍這部片子拍的第一個鏡頭。姚女士也覺得十分不解，就算是拍電影首先先拍牀戲，但是為甚麼不拍跟月如的第一次呢？導演很有意思地回答說，他不知道第一次應該是甚麼樣子的，所以他需要時間好好想想，那麼就先拍和秦雄激烈的那一次。姚女士剛開始確實放不開，因為不僅是開拍的第一個鏡頭，而且這男演員她根本就第一次見。但是導演又刁鑽的很，姚女士拍了

好幾次，這導演就是不收貨，認為表現的不到位。沒有辦法，最後姚女士只好豁出去了，自己覺得都演得有點兒瘋狂過火了，但是導演和白先勇先生都覺得演得很到位，也許覺得這樣才能表現出金大班對秦雄的不捨、愛戀、抱歉和愧疚吧。

但是究竟這兩種牀戲是甚麼樣子的，我們只能盲人摸象式的聽一聽。然而我們從白先生和姚女士對談的描述裏，確實感覺這兩場牀戲不是噱頭和色情，而是藝術和真誠。

影片終於到了金大班離開的最後一夜了，想當年，她寒著一張清水臉，穿著一身白旗袍，豔冠群芳地踏入這燈紅酒綠的歌舞場；到如今，她拎著一隻小皮箱，罩著一身黑旗袍，燈火闌珊冷冷清清地出門而去。臨去那一回頭，發現沙發上坐著一個初來歡場局促不安的少年子弟，那眉眼，那神情，酷肖了當年的月如。想當初，初下海的她，為了月如山盟海誓，珠胎暗結，妄想著打破這金羅網從良嫁到他家去從此洗手做羹湯，卻不料月如家不聲不響地把他從同居的小屋搶走送他到了國外留學，自己家的姆媽和哥哥逼她喝了墮胎藥送她再入歡場。此一別山長水遠，再回頭身已百年！她終於忍不住走近那少年，邀他再跳最後一支舞。那少年羞澀地說：「我不會，我第一次來。」她微微一笑說：「我教你」，就像她當初見月如時候的對話一樣。跳著跳著，眼前是這少年青澀的臉，但又分明是月如深情的眼，耳邊蔡琴的歌聲是一萬年回不去的滄海桑田，她忍不住紅了眼眶，輕輕地抱緊眼前這少年，跳完這一支，就是真正的曲終人散！

《金大班的最後一夜》拍好之後，在台灣的金像獎影院，一天五場，場場滿座，足足上映了一個多月。然而這部叫好

又叫座的電影，在當年的金馬獎角逐中，卻意外敗北，真是讓人意外又遺憾，不過，沒有得獎的《金大班》，歷經三十五年之久，仍然讓人公認是一部好電影，不管是主角、配角、音樂、歌曲，甚至包括其中的旗袍，都讓人感覺盡善盡美，也許這就是人生吧！

不僅是影片和講座，就連之後的提問都非常精彩。有人問白先勇先生把舞廳寫得那麼活靈活現，是經常去嗎？白先生幽默地回答，很遺憾，只去過一次。有人提問到，金大班有沒有原型呢？白先生回答說還真有，是一位從上海百樂門到台北夜巴黎的女子，也是大班，也是上海人，不過她姓丁。我覺得這算是一則小說史料學了，有興趣的學者可以關注一下這個問題。還有人問，劉曉慶也演過舞台劇版《金大班的最後一夜》，白先生怎麼評價？白先生很機智地回答說，劉

白先勇與姚煒對談

曉慶也是一位非常好的演員，她演得也非常好，不過因為劉曉慶是四川人，所以她演的金大班，是一個麻辣味兒的金大班，在場觀眾被逗得哄堂大笑。

最後，姚煒女士還貢獻了一個彩蛋。她說，這幾天她一直接受記者長時間的採訪，日有所思，夜有所夢，以至於夜裏做夢記者都在採訪她，最後，記者問了一個問題，姚女士，這麼多年來，你還有甚麼心願希望實現？姚女士脫口而出：「我要嫁給白先勇老師！」話一出口，姚女士在夢裏都差點被自己嚇醒，但是沒想到白先勇先生真的回答了！姚女士說到這兒，略一停頓，側臉朝著我們，波光流轉地問道：「你們想不想知道，白老師是怎麼回答的？」我們當然屏息以待了。姚女士嫣然一笑，「白老師說，我早就答應了呀！《金大班的最後一夜》就是我和你的孩子呀！」大家又驚、又笑、又鼓掌！

姚女士不愧被稱為「永遠的金大班」，這問題對大家心理的拿捏，這回答的分寸深淺，真是舉重若輕風流婉轉，真真是花魁娘子的派頭！白先勇先生選角兒的眼光——毒！

《金大班最後一夜》電影海報

種芹人曹霑畫冊項目申請始末

我雖然早就知道《種芹人曹霑畫冊》，但是真正引起興趣是紅學群裏的一場討論。那天一大早的時候，大家在紅學群裏就《種芹人曹霑畫冊》的第六幅展開了激烈的爭論，爭論的焦點是第六幅畫的是西瓜，是甜瓜還是甚麼瓜？畫冊中的其他畫都是曹霑所畫，但是詩是別人題寫，只有這第六幅詩與畫都是曹霑所作，所以關注度很高。但是畫冊中都是寫意畫，尤其是這一幅所畫的瓜，不是我們印象中圓滾滾的樣子。而且詩中所寫是「冷雨寒烟臥碧塵，秋田蔓底摘來新」，是秋天的瓜。這樣一來，紅學群裏面就爭論開了，因為覺得西瓜都是夏天為盛，這個瓜怎麼會是秋天的呢？而且長得看起來也不像是西瓜。

我一邊看群裏討論，一邊心裏想，中國地大物博，各地瓜也是各種各樣。比如說，即使就我所知，西瓜就有花皮兒的，也有黑皮兒的；有正圓的，有橢圓的，還有枕形的；瓤也是有紅瓤的，有黃瓤的，似乎不應該根據外表判斷它不是西瓜。再說了，這個是文人寫意畫，像蘇軾以前不都說過嗎？「論畫以形似，見與兒童鄰」。群裏面還討論說那個時候沒有現在的大棚技術，反季節瓜果應該不常見，所以秋天怎麼可以有西瓜呢？但《紅樓夢》裏也有寫賈府中秋節的時候吃西瓜。七十五回裏寫道：「次日起來，就有人回，西瓜、月餅都全了，只待分派送人，賈珍吩咐佩鳳道：『你請你奶奶看

著送罷，我還有別的事呢！」佩鳳答應去了，回了尤氏。尤氏只得一一分派遣人送去。」賈珍第二天到榮府見了賈母，賈母告訴他：「昨日送來的月餅很好，那個西瓜看著好，打開卻也罷了。」

在《紅樓夢》成書的清代，交通沒有這麼發達，種植技術也沒有這樣先進，因此中秋節吃的西瓜應該是黃淮以北地區出產的。在黃淮地區，西瓜六月上、中旬播種育苗，中、下旬定植，八月中、下旬收穫，這茬西瓜上市的時間正值中秋節。六七月份是北方的雨季，因此賈政說今年雨水勤，西瓜不太甜。但這說明在清代，秋天也是可以有西瓜的。

不過接下來我覺得群裏面的討論開始引向學術的方向。大家開始搜索歷代畫家所畫的和瓜有關的畫，截圖發到了群裏，從中可見很多畫家所畫的瓜確實和西方的寫生畫不同，很多是奇形怪狀，不一而足。因為有爭論，也有圖畫，所以印象很深刻。

之後收到了新的一期《曹雪芹研究》，其中有一個專題，是集中談《種芹人曹霑畫冊》的，收了三篇文章：胡德平先生的〈關於《種芹人曹霑畫冊》的幾點意見〉、沈治鈞先生的〈王虞鳳詩「輕紗」實例跋尾──三談《種芹人曹霑畫冊》〉、樊志斌先生的〈論《種芹人曹霑畫冊》的真偽及研究中存在的幾個問題〉。這說明《種芹人曹霑畫冊》開始漸漸受到大家的關注，而且從這幾篇文章來看，學者們從不同的角度，傾向於認為《種芹人曹霑畫冊》是真的。

但我真正萌生了研究《種芹人曹霑畫冊》的念頭，是在香港的一次講座上。這次講座是香港城市大學主辦、香港紅

樓夢學會協辦的，講座的題目是《曹雪芹唯一詩、書、畫、印俱見的真迹再現》。這次講座邀請了台灣中央研究院黃一農院士，浙江大學文化遺產研究院薛龍春教授、貴州師範大學吳鵬教授三位學者。從不同的角度，介紹《種芹人曹霑畫冊》發現的過程、對真偽的爭辯、以及他們自己獨到的心得。這次講座還展出了《種芹人曹霑畫冊》，當然，真迹是鎮館之寶，放在貴州，但是這些畫作是採用高清技術還原複制的，觀眾可以近距離地觀賞甚至觸摸這些畫作，引起了陣陣驚嘆。

　　在黃一農院士演講之後，我提出了一個可以結合畫冊和題詩證明此曹霑是曹雪芹的旁證。黃一農院士頗感驚訝，他認真地聽了我的想法，建議我把它寫成文章。因此，我在教學之餘，開始陸續收集《種芹人曹霑畫冊》的資料並撰寫關於種芹人曹霑是曹雪芹的旁證的札記。

《曹雪芹唯一詩、書、畫、印俱見的真迹再現》講座

　　轉眼又到了一年一度申請香港研究項目的時間，香港的研究項目是我們先提前填好計劃，交到學校研究處，院長副校長審核我們的申請，並由他們組成一個評審團，單獨對我們提出意見，並要求我們當場答辯。那一年的申請，我本來提交的也是關於《紅樓夢》研究的，但我忽然想到這個《種芹人曹霑畫冊》意義和價值都比較重大，內地雖然有一些研究文章，但現在還沒有專門的的研究項目，那香港可不可以首先去做研究呢？主管研究的俞副校長很支持我的想法，但是他有一個憂慮，認為這麼短的時間內，換一個新的研究計劃，能夠做到嗎？我說請您讓我試一下。在兩個星期之內，我把新的研究計劃寫好，交到了學校。當然這個計劃寫得快，是因為這段時間一直都比較集中地在思考這個問題，因此我深刻體會到之前張宏生老師所說：「先想清楚再下筆，想清楚了，下筆是很快的」。新的計劃提交之後，院長和副校長們都表示贊同，於是將這個《種芹人曹霑畫冊》的計劃申請提交到了香港的研資局。當年的九月就傳來了喜訊，這個研究計劃不但得到了研資局資助，而且金額較大，為六十多萬港幣。

　　得到這筆資助，我一方面覺得香港研資局的評審團確實很有眼光和遠見，來資助《種芹人曹霑畫冊》的紅學研究；另一方面也頗感一些壓力，心想一定要努力的好好完成。因此，一方面我在參加《紅樓夢》學術會議的時候，和所有能見到的發表《種芹人曹霑畫冊》論文的學者，都積極展開交流。有的學者開心又意外地跟我講：「張老師，我跟你的意見看法不一樣啊，那我的論文你也會參考嗎？」我笑著說：「當然要

東陵瓜

參考了，因為有爭議才有發展啊。」另外有一些資料我現在找不到的，也積極地向北京的曹雪芹學會尋求幫助，曹學會的秘書長位靈芝女士，將一些罕見的資料，親自從北京快遞給我。

與此同時，我也用研資局批核的經費聘請了研究助理。我們所做的內容之一是建立一個網站，在這個網站上把種芹人曹霑的繪畫、書法、印章，還有學者們的研究文章，以及相關的活動、會議等等，分門別類都展示出來。一方面，我會積極按時完成這個項目，成果將是論文的形式。但是另外一方面，有了這個網站，就不僅僅局限於學術的範疇，將會把《種芹人曹霑畫冊》的影響更加發揚光大，不論是學者，還是非學者，只要打開這個網站，希望都會有所獲益。

（本文受到香港研究資助局資助項目「《種芹人曹霑畫冊》文化生態學研究」（項目編號：UGC/FDS13/H02/19）的資助。）

輯二：小說斷章

魯智深與比卡超

請用一句話形容一下魯智深。

好的。一個字：皮。兩個字：皮皮。三個字：比卡超。

皮⋯⋯比卡超？張老師，你是認真的嗎？

你這以後叫我對魯智深和比卡超如何直視？

你不要這樣看不起人家比卡超好不好？他們倆表面上看起來這麼不同，實際上非常相似。

首先，他們都很萌！

比卡超不用多說。你看看魯智深，他打抱不平要拳打鎮關西，來了先不打，先萌萌噠地吩咐鎮關西說，要十斤精肉，切做臊子，不要見半點肥的在上頭。「不要那等醃臢廝們動手，你自與我切。」鎮關西不知道他葫蘆裏賣甚麼藥，好聽話地整整地自切了半個時辰，用荷葉包了，正說要送到府裏。魯智深道：「送甚麼！且住，再要十斤都是肥的，不要見些精的在上面，也要切做臊子。」鎮關西丈二和尚摸不著頭腦：「剛才要精肉，怕府裏要包餛飩。肥的臊子何用？」魯智深又萌萌噠睜著眼道：「相公鈞旨分付洒家，誰敢問他。」鎮關西道：「是。合用的東西，小人切便了。」又選了十斤實膘的肥肉，也細細地切做臊子，把荷葉來包了。整弄了一早晨。等這都切完了，魯智深又說：「再要十斤寸金軟骨，也要細細地剁做臊子，不要見些肉在上面。」直到這會兒鎮關西才回過味兒來——「你莫非特地來消遣我？」一場惡戰之前，先把

觀眾的肚皮都笑破了。

第二次更搞笑，不過也更像《西遊記》裏的孫悟空。

《西遊記》裏豬八戒是入贅，要娶高小姐；《水滸傳》裏桃花山小霸王也是入贅，要娶劉小姐。

孫悟空看到高太公煩惱，問明原來因為是八戒要娶他的女兒，於是自告奮勇前去降豬八戒。

魯智深看到劉太公煩惱，問明原來因為是周通要娶他的女兒，於是自告奮勇前去降小霸王。

而且孫悟空和魯智深都哄騙太公說要對方知難而退好合好散。

行者道：「這個何難？老兒你管放心，今夜管情與你拿住，教他寫了退親文書，還你女兒如何？」

智深聽了道：「原來如此！小僧有個道理，教他回心轉意，不要娶你女兒如何？」太公道：「他是個殺人不眨眼魔君，你如何能勾得他回心轉意？」智深道：「洒家在五台山真長老處，學得說因緣，便是鐵石人也勸得他轉。」

而且孫悟空和魯智深都叫太公把小姐藏起來，自己假扮小姐，之後都是一場惡鬥。

魯智深萌就萌在，打就打唄，偏不，還要戲弄對方一下。故意滅了燈，「將戒刀放在牀頭，禪杖把來倚在牀邊，把銷金帳子下了，脫得赤條條地，跳上牀去坐了。」

那大王推開房門，見裏面黑洞洞地，大王道：「你看我那丈人是個做家的人，房裏也不點碗燈，由我那夫人黑地裏坐地。明日叫小嘍囉山寨裏扛一桶好油來與他點。」魯智深坐在帳子裏都聽得，忍住笑不做一聲。那大王摸進房中，叫道：

「娘子，你如何不出來接我？你休要怕羞，我明日要你做壓寨夫人。」一頭叫娘子，一面摸來摸去；一摸摸著銷金帳子，便揭起來，探一隻手入去摸時，摸著魯智深的肚皮。

所以，說魯智深像比卡超一樣萌，你服不服？

但是光以為他們萌，那你又錯了。他們的戰鬥力一級。比卡超會放電，而且還能召喚來雷電，分分鐘劈了你。

魯智深呢？三拳竟然把鎮關西打死了，自己都很意外，「俺只指望痛打這廝一頓，不想三拳真個打死了他。洒家須吃官司，又沒人送飯，不如及早撤開。」

小霸王周通被魯智深就勢劈頭巾帶角兒揪住，拖倒在牀邊，拳頭腳尖一齊上，打得大王叫救人。

當然，魯智深像比卡超只是表面，你看水滸一百單八將，先是花團錦簇地聚義梁山，結果被招安後，今天破遼國、打田虎、明天滅王慶、征方臘，到後來死的死，殘的殘，殺敵一千，自損八百，不過是中了官府「驅虎吞狼、鷸蚌相爭」之計。就是剩下的幾個，盧俊義膳食被下了水銀暴斃，宋江被賜了藥酒毒發身亡，臨死還拉了李逵做墊背，而最後能得到善終的，竟然卻是一個看來蠢萌蠢萌的粗魯漢子——魯智深。所以傻乎乎的外表下，他實際上卻是一個有大智慧的人。

你從不覺得奇怪嗎？魯智深似乎處處遇貴人。

他打死了鎮關西，逃亡之際在十字街口人堆裏正遇到捉拿自己的海捕榜文，卻正好被金老兒攔腰抱住，拖離了是非之地。又遇到了趙員外，推薦他去五台山出家。又遇到智真長老，又推薦他去東京大相國寺。到了相國寺看管菜園，遇到二三十個潑皮原本想打服魯智深，不料反被智深降服。林

沖遇到麻煩時，智深提著鐵禪杖，引著那二三十個潑皮，大踏步搶入廟來——可見這些潑皮對他是真的心服口服，挨了他打都反而成了他的小弟。

所以魯智深的了不起在於——他沒有敵人！你看梁山好漢，差不多的都有敵人，比如林沖的敵人是高俅，晁蓋的敵人是宋江，武松的敵人是潘金蓮，石秀的敵人是潘巧雲……只有魯智深，可能真應了這句話——「臣一路走來，沒有敵人，看見的都是朋友和師長」，這真是一種了不起的本事。

但是這本事哪來的？不是魯智深命好！

你看你正高高興興和朋友喝酒，旁邊一對賣唱的父女在那嗚嗚咽咽地哭，攪了你的興頭，一般人可能立馬叫酒保把他們趕走。就是知道了金翠蓮父女被欺騙強佔了還要賣唱還鎮關西的錢，一般人聽聽唏噓兩聲都完了，最多好心點的給幾個錢。為啥沒有其他人像魯智深那樣拍案而起又給盤纏又放走他們最後還替他們痛打了鎮關西出氣？你看你剛剛認識林沖，不過一面之緣，有沒有可能在他遇到麻煩時立即趕來相助？沒兩天林沖就得罪了炙手可熱的高太尉被刺配滄州，你會不會一路暗中護送並且攪黃了高太尉害死林沖的詭計？

和金翠蓮父女、林沖都不過只是萍水相逢毫無交情，有啥必要替他們出頭？鎮關西是城中一霸，高太尉是當朝權貴，得罪了他們不是給自己找麻煩？這都是我們一般人的想法，不是很流行嗎？「小孩子才分對錯，成年人只看利弊。」但是魯智深就像一個憨直的小孩子——只講本心，不講利害。所以得了他恩惠的人感激他，挨了他打的人過後想想也佩服他。否則，金老兒怎麼會立了魯智深的長生牌位又冒著

風險在通緝告示前把他從人堆中拉走？林沖怎麼最終選擇了留在杭州六和寺，守著魯智深的骨灰度過餘生？所以智真長老說他「此人上應天星，心地剛直。雖然時下凶頑，命中駁雜，久後卻得清淨，正果非凡，汝等皆不及他。」

「漫搵英雄淚，相離處士家，謝慈悲剃度在蓮台下，沒緣法轉眼分離乍，赤條條來去無牽掛。」魯智深表面魯莽簡單，剛直純正，內心卻滿含慈悲，普度眾生。他嫉惡如仇，行俠仗義，懲惡揚善，奮不顧身。他綽號「花和尚」，卻是因為一身花繡刺青，與那些強佔民女眠花宿柳的「花」完全不同。他不守戒律，喝酒吃肉，卻是名副其實的「酒肉穿腸過，佛祖心中留」，可愛更可敬。

然而，這麼一個人，《水滸傳》給他的封號是「天孤星」。這樣的人何其少啊！正因為少而更覺其可貴。天孤星，一個「孤」字，是不是正是作者對此的感嘆呢？！

天孤星「花和尚」魯智深

失敗的英雄需要的不是同情：《水滸傳》楊志

　　如果不是課前的一次備課，我對《水滸傳》的講述本來應該是另外一個樣子！

　　那天我準備帶學生精讀的篇目是〈智取生辰綱〉，我認為那是《水滸傳》中極其精彩的篇章之一，而且主人公楊志還剛好符合了兩種類型——「智鬥」類型和「末路」類型。

　　智鬥型故事，智者與傻瓜鬥是沒有意思的，勢必是「棋逢對手，將遇良才」才好看。這篇〈智取生辰綱〉裏的大 Boss「智多星」吳用，滿腹經綸，通曉六韜三略，足智多謀；時常以諸葛亮自比，道號「加亮先生」。但他的對手楊志不但精明，還相當警惕。在押送生辰綱時，他知道現在世道不太平，所以假扮商隊，把禮物裝在擔子裏，讓士兵扮成挑夫，自己也扮成生意人，不引人注目。也知道黃泥崗這裏不會安全，於是就制止手下人買酒：「到來只顧吃嘴！全不曉得路途上的勾當艱難，多少好漢，被蒙汗藥麻翻了！」

　　所以吳用怎麼騙過楊志，就是一場心理戰了。吳用、晁蓋、公孫勝、劉唐和三阮一夥扮成販棗子客人，見到楊志等人先驚慌失措問是不是歹人，扮豬吃老虎消除楊志等人的戒心。白勝扮作賣酒漢子擔酒來賣，吳用等人故意當面買來吃，喝完一桶酒後，劉唐又從另一桶裏偷酒喝，這是故意做給楊志看，讓他們死心塌地。吳用去松林裏取出蒙汗藥來，

抖在瓢裏，又來舀酒，把瓢去兜時，藥已攪在酒裏，假意也來兜半瓢吃，那白勝劈手奪來，把藥酒倒回桶裏。楊志尋思道：「俺在遠遠處望這廝們都買他的酒吃了，那桶裏當面也見吃了半瓢，想是好的。打了他們半日，胡亂容他買碗吃罷。」終於上了連環圈套，被麻翻在地，眼睜睜地看著吳用七人都把這生辰綱金珠寶貝裝了去，只是起不來，掙不動，說不得。

至於「末路」，楊志也夠悲催。他本是楊家將後人，信奉「邊庭上一刀一槍，博得個封妻蔭子」，早年曾應武舉，官至殿司制使官。後押送花石綱，卻在黃河裏翻船失陷，不敢回京赴命，只得避難江湖。裘敝金盡，不得已插標賣刀，「楊志賣刀」與「秦瓊賣馬」幾乎成了英雄失路的代名詞。好容易受命梁中書，差押生辰綱，又盡被劫去，楊志萬念俱灰，「如今閃得俺有家難奔，有國難投，待走哪里去？不如就這岡子上尋個死處。」撩衣破步，望著黃泥岡下便跳。

如果用現代語言來講，楊志就是不但遇見了神一樣的對手，還搭配了豬一樣的隊友。那愚昧的軍漢、蠢笨的虞侯、顢頇的老都管，不聽他炎日趕路以避盜賊的正確主張，不理會他不要買酒的真知灼見，動不動撂挑子、擺臉色，無一不是死死拉著楊志的後腿，把他拖到失敗的深淵裏去。

當然，我也會談談《水滸傳》的評點者金聖嘆。他因為「哭廟案」被殺，臨刑前笑道「砍頭，痛事也；喝酒，快事也，砍頭前喝酒，痛快痛快」。兒子來送別他，他還出一個上聯「蓮（憐）子心中苦」要兒子對，兒子哽咽無法作對，他說：「我替你對了吧。梨（離）兒腹內酸」。還故作機密說有一要事要傳於兒子，其子屏息以待，他卻道：「豆腐乾與花生米同

嚼，大有火腿滋味，此法一傳，我無遺憾矣。」（一說是「鹽菜與黃豆同吃，大有胡桃滋味」）真是要把幽默進行到底了。不過，人到極其無可奈何的時候，往往會生出這種比悲號更為沉痛的滑稽感

在四大名著《水滸傳》、《三國演義》、《西遊記》、《紅樓夢》的評點者中，金聖嘆是最有參與感的。即使脂硯齋和曹雪芹同時，甚至也參與了《紅樓夢》的修訂，比如他因為秦可卿有魂托鳳姐賈家後事二件，豈是安富尊榮坐享人能想得到者？其事雖未行，其言其意，令人悲切感服，姑赦之，因命芹溪刪去秦可卿淫喪天香樓一事。刪了多少呢？他又在一處眉批中說：「此回只十葉，因刪去天香樓一節，少卻四五葉也。」但起碼脂硯齋還是很明確自己評點者的身份的，他對原著的干預也要通過曹雪芹來完成，而且是對原著部份地予以刪減。在他之前的金聖嘆可算是大刀闊斧了，因為不滿《水滸傳》的結局，他乾脆「腰斬」了《水滸》——把全書終止於梁山泊英雄聚義，而把招安及以後情節一概刪卻。為了完結此書，他加上了一個「驚噩夢」的尾巴。他寫盧俊義與眾人聚義後，大醉歸帳，夜得一夢，夢見一個自稱嵇康的人，「手挽寶弓」，前來剿捕。盧在夢中掙扎不得，被打傷捉去。宋江等用苦肉計救他，一齊自縛投案，請求招安，被嵇康斥罵一通，全部處斬。盧魂不附體，見堂上懸一匾，上書「天下太平」。

所以，他實際上「改寫」了《水滸傳》，形成了一個新的版本——「金聖嘆批評第五才子書施耐庵水滸傳」。它於明崇禎十四年，由貫華堂刊刻，所以也稱「貫華堂本」。當然他的評點如此高妙，以至於有清近三百年間，市面上流行的《水

滸傳》大多是此本，誇張一點講就是「此本一出，他本盡廢」。

但是金聖嘆不承認他對文本動了手腳，而是狡獪地宣稱他得到了施耐庵原作的「古本」，所以我覺得開創這個手法的金聖嘆簡直成了晚清民國某些新小說家或者翻譯小說家的鼻祖，他們也常常故作驚人地聲稱自己得到了某種「古本」。

他對《水滸傳》，甚至一百零八位好漢的態度都是很矛盾的，從藝術上，他極其喜愛；但回到現實世界裏，他又覺得他們是亂臣賊子，勢必誅之而後快，這其實是金聖嘆一貫的思想。順治十七年，蘇州吳縣新任縣令任維初一面以嚴刑催交賦稅，杖斃一人，一面大舉盜賣官米，中飽私囊。吳中百姓不堪其苦，以金聖嘆為首的幾個秀才，因同情農民的遭遇，寫了「揭帖」到文廟中的先聖牌位面前痛哭流涕，發洩自己的怨恨與牢騷。然而，秀才們哭廟之際正值順治帝駕崩之時，當時皇帝逝世的哀詔已然到達蘇州，秀才們的舉動被認為是觸犯了順治帝的靈位，犯下了大不敬之罪，金聖嘆與諸生因此被捕，「不分首從斬決」，這就是與「通海案」、「江南奏銷案」合稱「江南三大案」的「哭廟案」。恐怕金聖嘆直到死，都認為自己是正義的、忠直的，所為也儘是正義、忠直之事，所以他就是批書，也見不得亂臣賊子，所以要把他們盡數殺了。但是偏偏，金聖嘆所盡忠的朝廷判了他自己的死罪。金聖嘆在談到自己為何「腰斬」《水滸》加上一個「驚噩夢」的尾巴：「晁蓋七人以夢始，宋江、盧俊義一百八人以夢終，皆極大章法。」他認為，人生既已如夢，寫人生的文學作品自當如夢，作品乃虛構成文，尤應突出夢幻的意味。他走向自己匪夷所思的死亡時，或許懷抱同樣無力、無奈的虛

幻和荒誕。

　　他在評點上是很有功力的，他總結出的種種「背面敷粉」「草蛇灰線」等等手法都被後代評點者繼承。但我認為，即使再饒上一個《金瓶梅》的評點者張竹坡，金聖嘆也應該算是最有鮮明個人特色的。後人學到了他的手法，卻無法學到他的眼光、熱情和「代入感」。比如，在描述兩人電光石火之間的打鬥，大概只能通過現代電影的「特寫」和「平行蒙太奇」這些手法來表現，但是《水滸傳》其實已經有了類似的手法，金聖嘆注意到並指出了這一點。其次，《水滸傳》他不但是全文點評，對於他特別喜歡的章節，金聖嘆恨不得句句點評，字字點評。再次，他就像一個隨行的解說員，步步跟隨書中人物，渲染環境，點明意義。如談到武松打虎，「一步步上那岡子來；回頭看這日色時，漸漸地墜下去了。」【金夾批：駭人之景。我當此時，便沒虎來，也要大哭。】他的熱情和「代入感」和他的經歷直接相關，他十一歲，身體時時有小病，病中以讀《水滸》自娛，無晨無夜不在懷抱者，於《水滸傳》可謂無間矣。「吾猶自記十一歲讀《水滸》後，便有於書無所不窺之勢。」認為「天下之文章，無有出《水滸》右者；天下之格物君子，無有出施耐庵先生右者。嚴羽《滄浪詩話》曾云：禪家者流，乘有小大，宗有南北，道有邪正。學者須從最上乘、具正法眼，悟第一義，若小乘禪，聲聞辟支果，皆非正也。」不得不說，金聖嘆是一個奇才、偏才，說他是奇才，是因為他的入學之門是一本小說，而也能取得很高的成就，他臨刑前的幽默之語也屬此類。說他是偏才，是因為他對於文化、政治、生活之間的聯繫似乎沒有比較全面和完整的認

識，以至於不能審時度勢，全身遠害。

我本來準備這麼講，覺得作為一個傳統型的老師，這麼講算得上是不過不失了吧，所以一開始還美滋滋的。但是課前，雖然自覺對〈智取生辰綱〉已經是熟極而流了，我還是習慣性地又掃視了一遍。可就是這一遍，我一下冷汗全下來了，文字還是那些文字，但我的感覺和認識怎麼和十幾歲時完全不同了？！楊志應該 Blame himself（難辭其咎）？！

迅速地定定神，我覺得我會從三個關鍵詞來重新給學生講述這件事。

一，溝通。楊志作為一個上級，儘管他智高一籌，他卻沒有跟他的下級——軍漢們好好解釋為甚麼他要求這樣做而不是那樣做，他只是下命令，而一旦他們沒有執行，他的方法是開口就罵，抬手就打，造成了下級的不解怨恨，離心離德。

二，尊重。楊志作為一個下級，對於老都管實際上是看不起的。因為楊志出身高貴，是楊家將的後人，而老都管只是梁中書家的奶公，但楊志沒有意識到，老都管這次跟隨前來，是代表梁中書的。楊志這種托大的作風，且不說那些軍漢和虞侯不滿，進而影響了他們的積極性，就算楊志成功地押運了生辰綱，他對老都管的得罪也給他的未來埋下了定時炸彈。

三，合作。楊志忘了，不管這些軍漢、虞侯、老都管多麼愚昧、蠢笨、顢頇，令人失望，但是現在他們是一個 Team（團隊）了，而他們的 Aim（目標）是一致的：成功地把生辰綱運送到東京太師府！這也是一場「把信帶給加西亞」之旅

啊，哪怕不知道加西亞是誰，在哪，但是正是能夠完成幾乎不可能完成的任務，才是真正的優秀和卓越啊。在這個大前提下，楊志不僅要對外防範，也要對內斡旋，上下一心，眾志成城，那麼，即使吳用這些神一樣的對手運用心理戰，又有何隙可入呢？

在〈智取生辰綱〉的最後，準備跳崗的楊志沒有死，這一步是對的，我希望我的學生也記住，哪怕再慘痛的失敗，只要不死，就還有翻盤的機會！所以永遠不要自殺，死都不怕，還怕活著嗎？

但是還有一步，楊志沒有做對。《水滸傳》裏有一句套話「若是說話的同年生，並肩長，攔腰抱住，把臂拖回」，通常用在書中人物「險些兒死無葬身之地」的危險之前。但是我覺得，看得見的危險是危險，看不見的危險更是危險啊！對於楊志來說，自始至終，他沒有認識到自己性格上的弱點，以至於似乎處處碰壁。不要說之前的花石綱翻船、賣刀、生辰綱被劫，就算到了梁山上，他的排名也是第十七，從個人角度初看來是不合理，因為和武松相比，武松都是第十四位，而楊志卻只是第十七位。論武力，武松僅僅是打過一隻虎，但楊志卻是能跟林沖戰個平手的人物。論出身，武松僅為縣刑警隊長，而楊志卻是名門楊家將的後代，本人曾擔任過政府軍團、營級軍官。就連當時在二龍山，楊志的位次也是在武松之前。所以，有人認為楊志的這個排名讓人有些不解。但是我想，這個排名和他性格上的弱點恐怕也不無關係，不能很好地溝通、尊重、合作的話，就算出身高、武藝強，也會常常所遇不如人意。所以，我多麼希望，也有一

位說書人，能夠點醒楊志啊！因為失敗的英雄需要的不是同情，而是查漏補缺，東山再起。

在我看來，那些能夠抵禦歲月沖刷流傳至今的經典名著，必然是裏面蘊含了一些深刻而沉痛的道理（這一點，即使是淫書《金瓶梅》也不例外，因為它要說的是「酒色財氣」對人自身和家業的戕害），對於這一點，有的作者有這個自覺，比如《紅樓夢》，曹雪芹認為「欲將已往所賴天恩祖德，錦衣紈綺之時，飫甘饜肥之日，背父兄教育之恩，負師友規訓之德，以致今日一技無成，半生潦倒之罪，編述一集，以告天下。」有的作者沒有這個自覺，他只是覺得這些事件可驚可嘆，所以寫去作奇談。但是，他雖然沒有這種大能力揭示，但這些深刻而沉痛的道理是保存在他記錄的文獻中，於是德國康茨坦斯大學文藝學教授堯斯（Hans Robert Jauss）「接受美學」就大有用武之地，作者沒有說出，或者沒有意識到的種種意蘊，讀者幫他發掘出來。正是一代代讀者的召喚，

電視劇裏的青面獸楊志

用自己的審美經驗參與了作品的理解和再理解，甚至可以說是一種再創造，名著才能常讀常新，才能 Stand out（如此傑出）。

誠然，小說的地位遜於歷史多矣，原因之一大概就在於「小道」、「小言」，不能鏡鑒古今，明辨得失。實際上，就是史傳，也大概司馬遷有特別的自覺，他認真地指出了項羽「匹夫之勇，婦人之仁」的性格弱點，喜歡殺戮以至喪失天下民心，吝於賞賜而不獲將士擁戴。那是因為他特別喜歡項羽，多麼希望項羽沒有自殺而能察納雅言，覆而再起。那麼，我們又何妨以歷史的眼光來讀小說？讀出那些深刻而沉痛的道理，讀出一部部作為接受史的《水滸傳》、《紅樓夢》？

孫悟空的爸爸是誰？

《西遊記》一上課，我劈頭問道：

「同學們，請問孫悟空的爸爸是誰？」

同學的表情如下：

孫悟空有爸爸？報告老師，我受到了一萬點驚嚇！

良久，一個女生怯生生地説：「女……女媧？」

我一愣，旋即領悟：「你的意思是女媧曾經煉石補天，而悟空是石頭縫裏蹦出來的。嗯，有想法！」

但是，我語音一轉：「可是女媧是女的誒，頂多算孫悟空的媽媽，可是老師問的是他的爸爸是誰啊。」

不知道？書裏明明寫了啊！

老師你騙人！書裏明明説他無父無母！

好，上節課我們講到唯一不吃唐僧肉的男妖精，我們先講完這個，然後給你們揭曉孫悟空的爸爸是誰。

我們知道，因為唐僧是十世金蟬子轉世，吃他一塊肉就能長生不老，因此，西遊路上，基本上是個妖精都想吃他一口。但是唯一有一個清新脫俗的男妖精，根本對唐僧肉不感興趣。

作為一個妖精，他愛的居然是佛門之物——唐僧的袈裟。

這妖精住的洞府是：

煙霞渺渺，松柏森森。煙霞渺渺采盈門，松柏森森

青繞戶。橋踏枯槎木，峰巔繞薜蘿。鳥銜紅蕊來雲壑，鹿踐芳叢上石臺。那門前時催花發，風送花香。臨堤綠柳轉黃鸝，傍岸夭桃翻粉蝶。雖然曠野不堪誇，卻賽蓬萊山下景。

比蓬萊還好？蓬萊可是仙山，這妖精的胸襟氣度如此不凡？

門前一幅對聯：

　　靜隱深山無俗慮，
　　幽居仙洞樂天真。

大喇喇以「仙洞」自居，那把門的小妖，對悟空開口閉口也是：「你是何人，敢來擊吾仙洞？」

最後悟空也說他「這廝也是個脫垢離塵、知命的怪物。」「沒甚妖氣」、「修行成仙」。

另外，我們知道，《西遊記》中，沒背景的妖精基本上都是一棒打死，有背景的妖精最後都被主人收走。

比如金毛犼本來是觀音菩薩「跨的個金毛犼。因牧童盹睡，失於防守」下界為妖，後攔住悟空不讓打死收了回去。

青牛精本是太上老君坐騎青牛，趁著牛童兒瞌睡之際，偷走老君的寶貝金鋼琢下界到金兜山金兜洞為妖，最終也只是「老君辭了眾神，跨上青牛背上，駕彩雲，徑歸兜率院」。

無底洞的金毛白鼻老鼠精是托塔李天王的義女，所以最後也只是拿回天庭，不傷性命。

但是這個妖精，明明與仙界、佛界沒有任何瓜葛，他的朋友白衣秀士白花蛇精和老道人淩虛子蒼狼精都被悟空一棒打死，而唯獨他，不但沒被打死，反而被觀音收了，「卻把一個箍兒，丟在那妖頭上。」「我那落伽山後，無人看管，我要帶他去做個守山大神。」「又與他摩頂受戒，教他執了長槍，跟隨左右。」

菩薩只有三個金箍，一個給了悟空，一個給了這個妖精！

觀音收金毛犼回去仍舊是坐騎，但是收了這個妖精竟然讓他做「守山大神」，未立寸功從妖直接封神了？嚯嚯嚯，這是甚麼操作？

這個妖精，不一般啊不一般，他到底是誰？！

他就是孫悟空的爸爸！

這個是甚麼精？——黑熊精。

不在妖界又修煉成黑熊精？上窮碧落下黃泉，這個極特別的黑熊精就是——治水的大禹！

大禹治水之際，化為熊形開山疏導，不想妻子塗山氏送飯的時候，見到黑熊以為丈夫被吃了，驚慌而逃，化為石頭。塗山氏已經懷孕，大禹向石乞求，石裂生子。

《漢書・武帝紀》顏師古注引《淮南子》：

> 禹治洪水，通轅山，化為熊。謂塗山氏曰：「欲餉，聞鼓聲乃來。」禹跳石，誤中鼓。塗山氏往，見禹方作熊，慚而去，至嵩高山下化為石，方生啟。禹曰：「歸我子！」石破北方而啟生。

而且，孫悟空的金箍棒本身是甚麼？「那是大禹治水之時，定江海淺深的一個定子。」

剛剛上映的電影《海王》看過了吧？神兵認主！海王的三叉戟只能海王之子才能拿到。

這個重一萬三千五百斤的「如意金箍棒」，悟空要它大就大，要它小就小，不是爸爸的兵器他能這麼趁手？

悟空後來和黑熊精交戰時候，乒乒乓乓打了三百回合，三藏道：「你手段比他何如？」行者道：「我也硬不多兒，只戰個手平。」這孫悟空可是「歷代馳名第一妖」，齊天大聖美猴王，拿著金箍棒還和這黑熊精只戰個平手？那只能是悟空打不過他，金箍棒不敢傷他，非其父非其主豈會如此？

再說了，大人物都是從父親的頭部誕生的。比如西方的雅典娜，她的父親宙斯，在妻子墨提斯懷孕之際，擔心預言成真，會產下一個超越自己的「天王」，於是便將妻子整個吞下！此後宙斯就一直頭痛難忍，一日實在難以忍受劇烈的疼痛，宙斯只好要求火神赫菲斯托斯劈開他的頭顱，火神照做了。令諸神驚訝的是：有一位體態婀娜、披堅執銳的美麗女神從裂開的頭顱中跳了出來，光彩照人，儀態萬方，那便是雅典娜。因為雅典娜的母親是智慧之神，她又是從宙斯的頭顱裏出生，因此，雅典娜不僅是智慧女神，同時也是女戰神。

而悟空則是變作丹藥騙黑熊精吃下，「那妖才待要咽，那藥順口兒一直滾下。現了本相，理起四平，那妖滾倒在地。菩薩現相，問妖取了佛衣，行者早已從鼻孔中出去。」

有同學有疑問了，老師老師，爸爸是黑熊，兒子是猴子？這做得到嗎？

看，一聽你就不懂中國傳統生物醫學。請問麒麟是怎麼來的？是牛和龍生出來的。大禹的妻子是塗山氏，塗山氏是甚麼？狐狸啊。因此，中國傳統生物醫學的排列組合如下：

牛＋龍＝麒麟

熊＋狐狸＝猴子

再說了，禹，是猴子的一種。敲黑板！在甲骨文與金文中，「禹」和「禺」是同一個字。

而「禺」是甚麼？猴子啊！

《山海經·南山經》：「有獸焉，其狀如禺。郭璞注：禺似獼猴而長，赤目長尾。」

《莊子·天下》又說了：「昔禹之湮洪水，決江河而通四夷九州也。名山三百，支川三千，小者無數，禹親自操橐耜而九雜天下之川。腓無胈，脛無毛，沐甚雨，櫛疾風，置萬國。禹，大聖也。而勤勞天下也如此。」

看到沒有？在《莊子》裏面，老百姓為了歌頌治水的大禹，稱呼他甚麼？——「大聖」！孫悟空是不是沿用了這個稱號？

大禹為甚麼被推舉出來治水？

《山海經·大荒東經》：「黃帝生禺猇，禺猇生禺京，禺猇處東海，禺京處北海，是為海神。」禺猇和禺京都跟水有關，一個是東海神，一個是北海神。

總之這一窩猴子，或者叫猴子的熊熊們，是那個時代御用水利局領導。所以大舜在位時，發洪水問群臣的意見，大

家才一致推薦鯀，鯀治水失敗，大家還是推薦他的兒子大禹。

　　最後，黑熊精大禹為甚麼要選擇留在觀音身邊？而且是「執了長槍，跟隨左右」？

　　因為悟空在西行每當遇到困難的時候，第一選擇就是求觀音菩薩搭救。那黑熊精隨侍菩薩左右，才能最多時間見到悟空！

　　他來時是急難求助，他走時是災厄消除，所以盼著他來，又盼著他走。

　　兒憂則憂，兒喜則喜。吾兒悟空，爸爸愛你。——《西遊記》裏，隱藏著你想像不到的深情！

大禹治水圖玉山子

孫悟空被壓山下五百年都在想啥？

孫悟空被壓山下五百年都在想啥？

俺老孫被你們騙了！被你們騙了！

你的第一反應肯定是他恨啊！

恨被玉皇大帝，西天佛祖騙了！

恨從此不得自由，不知何日得脫生天。

那悟空朝思暮想，時時吟唱——〈他多想是棵小草〉

不意一日醒來，真變做一株小草——「唯有白石花欄圍著一棵青草，葉頭上略有紅色，但不知是何名草，這樣矜貴？」「只見微風動處，那青草已擺搖不休。雖說是一枝小草，又無花朵，其嫵媚之態，不禁令人心動神怡，魂消魄喪。」（惠批：可知為何葉頭上略有紅色？實猴臉猴屁股紅色不能盡變之故也。）

不意石頭化成神瑛侍者，看見靈河岸上這棵絳珠仙草，十分嬌娜可愛，遂日以甘露灌溉，這絳珠草始得久延歲月。後來既受天地精華，復得甘露滋養，遂脫了草木之胎，幻化人形，僅僅修成女體，終日游於離恨天外，饑餐秘情果，渴飲灌愁水。（惠批：可知秘情果、灌愁水是何物？悟空愛面子，其實就是他壓在五行山下吃的鐵丸子和銅汁啊！）

只是還未曾感謝神瑛侍者，聽說他已下凡投胎，悟空是個知恩圖報的猴子，只因尚未酬報灌溉之德，故其五內便鬱結著一段纏綿不盡之意，因說道：「他是甘露之惠，我並無此

水可還。他既下世為人，我也去下世為人，但把我一生所有的眼淚還他，也償還得過他了。」

不想一念差了，竟真投胎林府，幼年母喪，送入賈府。只是因投胎之故，之前的金箍棒與七十二般神通統統不見。眾人見黛玉身體面龐皆怯弱不勝，便認為她有不足之症。（惠批：卻不想想猴子哪能和人比大小？況且又是在五行山下壓了好多年沒飯吃餓的。）

那神瑛侍者一見悟空，便笑道：「這個妹妹我是認得的」，從此兩小青梅竹馬，不意沒過多久，竟來了一寶釵，悟空一見，怒火萬丈，原來竟是六耳獼猴。這六耳獼猴化成一副鮮豔嫵媚的樣子，天天去招惹神瑛侍者，不知悟空為此流淚多少，這六耳獼猴還偷了悟空的金箍棒變成一個金鎖天天掛在胸前在他面前招搖，險些把悟空氣破胸脯。

不料氣悟空還是假，原來爭奪神瑛侍者才是真，寶釵以金鎖為憑，散佈與寶玉有「金玉良緣」。最終薛寶釵出閨大婚，而悟空氣病在牀，流淚對紫鵑說：「我在這府裏沒有親人，你好歹送我回花果山去。」

紫鵑哽咽道：「姑娘可是病糊塗了？這府裏舅舅舅母誰不是你骨肉親？何況那花果山又誰知是甚麼地方？」

悟空長嘆一聲，心中終於清明——那賈政王夫人原來就是玉皇大帝和王母娘娘。難怪賈政平日又誇黛玉的瀟湘館好：「若月夜坐此窗下讀書，不枉虛生一世」；又把黛玉擬的匾額「凸碧」、「凹晶」一字不改用了，這和當初封他「弼馬溫」、「齊天大聖」又何區別？都說婚姻之事是「父母之命」，連迎春姐姐的婚事都是因大老爺賈赦做了主，連老太太都

阻攔不得，可知賈政對黛玉，便是當初玉皇大帝對悟空封虛銜，是一片虛情假意了。

突然，悟空杏眼圓睜，突然領悟了王熙鳳竟然就是——西天佛祖！你看她平時又是假說老太太心裏早看中了，又是打趣「你既吃了我家茶，如何不與我家做媳婦？」而最後竟然使出了掉包計，讓寶釵頂了黛玉的名字出嫁。原來就是他！指鹿為馬李代桃僵，把六耳獼猴當成悟空，又一次把俺騙了！不由大叫一聲：「如來，你好，你好……」

悟空大叫一聲，冷汗淋淋，但見赤日炎炎，芭蕉冉冉，石山崩塌，他被炸倒在一個和尚面前，這和尚酷肖剃度了的寶玉，正執了他的手，又分明說著《紅樓夢》裏的句子道：「色不異空，空不異色，因空見色，自色悟空，以後，你就叫做悟空吧！」

悟空恍恍惚惚站起身來，朦朦朧朧還記得一些前塵往事，但是無論如何，不能夠清清楚楚。難道那五百年是做了一場紅樓夢，如今醒了？但是為何現在自己又是一隻猴子？眼前這師傅又分明是寶玉呢？

悟空心中十分狐疑不定，然而那和尚在前面頭也不回只是一徑地走，悟空無奈地牽著白馬，沉默地跟在後面，終於忍不住問道：

「師傅，你到底是寶玉，是情僧，還是唐僧？」

「你剛才讓我跟你去西天取經，我為甚麼要跟你去西天取經？」

那唐僧悠悠地說：

「誰扮誰，誰就像誰；我看我，我亦非我。有緣人終成

眷屬，有緣人終會見面，今生所有的遇見，都源於前世的量子糾纏。」

「悟空，其實你還沒有悟，也還沒有空，所以你要跟我去西天取經，取到了真經，你就悟空了。」

「悟空，其實我們今生還在一起，不是嗎？」

「悟空，我們是去西天的，我們每個人都是去西天的。走吧。」

悟空被壓五指山下

沙僧吃人與西天取經的關係

昨天提到，大聖在山下壓了五百年，終於等到唐僧前來，唐僧依次收了孫悟空、豬悟能、沙悟淨三個徒弟。

有一個問題：沙僧初次見到唐僧時，他脖子上戴著甚麼？

同學答：「佛珠」。

後期所見，沙僧確實是戴著佛珠。

但是，佛珠之前是甚麼呢？也就是流沙河做妖怪時期的沙僧戴的是甚麼？有同學觀察得非常仔細，是骷髏頭，那麼，這些骷髏頭哪來的？那是沙僧吃的人，還不僅僅是淹死的人被沙僧拿來做了裝飾品。

然而，甚麼樣的人會被沙僧吃了呢？不是小孩子。認為吃的是小孩子的同學，是覺得細皮嫩肉好吃是嗎？但是吃小孩這個橋段是用在《西遊記》後期的第七十八，七十九兩回，比丘國國王被妖魔所纏，身染重病，昏庸的國王聽信妖言，要用一千多個男孩的心肝做藥引。後來我才想明白，同學是見沙僧戴的骷髏頭很小，所以才猜測吃的是小孩子的，觀察得很用心。

請注意，《西遊記》是一本哲學之書。所以，請注意看，沙僧究竟吃了甚麼人。

我們回到原著：

在原著第八回，觀音前往長安尋找取經人，結果在流沙

河遇見了沙僧，沙僧這樣告訴她：

> 菩薩，我在此間吃人無數，向來有幾次取經人來，都被我吃了。凡吃的人頭，拋落流沙，竟沉水底。這個水，鵝毛也不能浮。唯有九個取經人的骷髏，浮在水面，再不能沉。我以為異物，將索兒穿在一處，閒時拿來頑耍。

在原著中，沙僧吃了九個取經人，他戴的骷髏頭共九個。請問唐僧是甚麼轉世？金蟬子。幾世？十世。其實，被沙僧吃掉的是唐僧的九個前世。因此，為甚麼唐僧能夠成為取經團隊的核心，是因為他道心堅定。

你看在那「鵝毛飄不起，蘆花定底沉」的流沙河，別的東西都沉底了，只有那九個取經人的骷髏頭，「浮在水面，再不能沉」。——那是唐僧死也要渡過去！

到了第二十二回，菩薩通過木叉吩咐沙僧：「叫把你項下掛的骷髏與這個葫蘆，按九宮結做一隻渡船，渡他過此弱水。」那悟淨不敢怠慢，即將頸項下掛的骷髏取下，用索子結作九宮，把菩薩給的葫蘆安在當中，請師父下岸。那長老遂登渡船，坐於上面，果然穩似輕舟。左有八戒扶持，右有悟淨捧托，孫行者在後面牽了龍馬半雲半霧相跟，頭上方又有木叉飛行擁護，那師父才飄然穩渡流沙河界，浪靜風平過弱河。真個如飛似箭，不多時，身登彼岸，得脫洪波，又只見那骷髏一時解化作九股陰風，寂然不見。——那唐僧最終是以自己為筏，把自己渡過去，也把眾生渡過去！

他雖然能力本領遠遠不及三個徒弟，但是只有他是最堅定的「道」。故而能收伏「心猿」、「意馬」，念念前往靈山。

試想，假如你是取經人，被吃掉了九次，你是否還有勇氣前來？

好的，下面我們倒回去看他如何解救孫悟空。

由於唐僧揭去了六字真言，悟空得以從五指山下逃出，出於感恩，悟空拜唐僧為師，說要保他去西天取經。但是，僅憑感恩就能夠支持漫長的西天之路嗎？

所以，下面就是背叛和試探，而在背叛和試探的過程中，才是道心堅定的過程。

師徒二人遇到了強盜，孫悟空抱著除惡務盡之心，將強盜全部打死。而唐僧懷抱慈悲之心，指責悟空這不是出家人所為，使得心高氣傲的悟空大為光火，憤然離去。

我問同學：「這是孫悟空和唐僧的第一次爭執，爭執的焦點是該不該打死強盜。你認為呢？」

我們班八成的同學都贊成直接打死，占絕對多數。

其實，這也說明我們和孫悟空一樣，還處於孩童階段，甚麼都是黑白分明，所以感覺師父對自己恩將仇報，是非不分，心中充滿了委屈，因此一走了之。

但是同時，我們必須承認，善良的成本太高了。唐僧主張原諒，主張改過，記得佛家一句著名的話嗎？「放下屠刀，立地成佛」。但是不要忘記，唐僧在輪迴中被吃掉了九次，所以，沒有能力的善良是一場災難，所以唐僧必須需要孫悟空的保護，否則不要說十世，十八世他自己也到不了西天，取不了真經。

　　但是，僅有孫悟空行嗎？又不行。因為恃才傲物，受不了一點委屈，輕易就會放棄，孫悟空自己也去不到西天；不了解慈悲的含義，就是見了佛祖也拿不到真經。

　　因此，能力與慈悲必須相輔相成，這也是《西遊記》在漫長的旅途中首先要教會大家的東西。

孫悟空是怎麼變成林黛玉的！

我告訴你，林黛玉是孫悟空變的！

你還不信？

你細想想，他們倆是不是都還沒成年就沒了父母？

他們倆是不是都是本領高強？基本上遇不到甚麼對手？一個是「四海千山皆拱伏，九幽十類盡除名」，一個是「菊花賦詩奪魁首，海棠起社鬥清新」。

他們倆是不是經常被人背後說壞話？

他們倆是不是都很愛哭？！

林黛玉愛哭是出了名的，寶玉不理她了她哭，寶玉理了寶姐姐她哭，寶玉理了雲妹妹她也哭……

然而其實，你想不到的是，孫悟空也愛哭！

第二回因為在眾人面前顯擺七十二變被第一個師父菩提祖師趕走時他哭：「悟空聞此言，滿眼墮淚道：『師父，教我往那裏去？』」

第二十七回因為三打白骨精被第二個師父唐三藏趕走時他也哭：「獨自個淒淒慘慘，忽聞得水聲聒耳，大聖在那半空裏看時，原來是東洋大海潮發的聲響。一見了，又想起唐僧，止不住腮邊淚墜」

第八十六回誤以為師父已經被妖怪吃了他也哭：「孫行者認得是個真人頭，沒奈何就哭。」

他們倆是不是都有一雙火眼金睛？！

孫悟空不用多說，二郎神變成動物（魚鷹）；白骨精變成人（少女、老婦、老丈）；六耳獼猴變成他自己（假孫悟空），他都能一眼看穿！

林黛玉也不遑多讓！

她能看穿底下的婆子丫頭們：「你看這裏這些人，因見老太太多疼了寶玉和鳳丫頭兩個，他們尚虎視耽耽，背地裏言三語四的，何況於我？」（《紅樓夢》第四十五回）

能看穿趙姨娘：趙姨娘走進來瞧黛玉，黛玉「便知他是從探春處來，從門前過，順路的人情。」（《紅樓夢》第五十二回）

能看穿王熙鳳：黛玉不見鳳姐探望捱打的寶玉，心裏思忖「便是有事纏住了，他必定也是要來打個花胡哨，討老太太和太太的好兒才是」。（《紅樓夢》第三十五回）

你看，曹雪芹必然是參考了孫悟空，才塑造出林黛玉的！相信我！

（老師你快跑吧！曹雪芹的棺材板都快壓不住了！）

哈哈，以上推論，純屬搞笑，如有雷同，實為巧合！

但是，我雖然不知道孫悟空是怎麼變成林黛玉的，但是我卻知道怎麼可以是孫悟空，卻變成林黛玉的！

那麼問題來了，孫悟空和林黛玉這麼這麼像，怎麼長著長著就變了，一個西天成佛，一個淚盡而逝？！

毀掉一個人，從自憐開始！

你看同樣無父無母，沒有人（猴、妖、神、仙、佛）時時提及，孫悟空自己也並不自憐自怨。

而林黛玉呢，一進賈府大家都圍著哭，王熙鳳更是一語

給定了性——「只可憐我這妹妹這麼命苦，怎麼姑媽偏就去世了！」其實對一個經歷喪親之痛的人，這不但是又揭開了血淋淋的傷口，還給她種下了一顆自傷自憐的種子。

種子一旦種下，遲早終將生根發芽。

寶玉挨打之後黛玉看到眾人都去關心寶玉，忽然就想起自己原來是孤身一人，寄人籬下，「黛玉看了不覺點頭，想起有父母的人的好處來，早又淚珠滿面。」

寶琴、邢岫煙等人來到賈府後，黛玉見了，「先是歡喜，次後想起眾人皆有親眷，獨自己孤單，無個親眷，不免又去垂淚。」

寶釵鑽在薛姨媽懷裏撒嬌，黛玉看到，流淚嘆道：「他偏在這裏這樣，分明是氣我沒娘的人，故意來刺我的眼。」

失去父母，不是不能傷心，不該傷心，但是僅僅只會傷心的話，有用嗎？就是哭死，父母也不會復活了。所以人生啊，要往前看！這樣天天哭，就算父母在天上，也不得安心。而應該反過來一想，只有過得愈來愈好，才讓父母真正放心。

接下來是遇到挫折時。

孫悟空遇到的挫折大不大？紅孩兒差點燒死他，鐵扇公主一扇子差點扇死他，太上老君的金剛琢差點打死他，觀音菩薩的緊箍咒差點疼死他，黃眉怪的那副鐃鈸差點把他化成膿水……

林黛玉挫折也不少，時不時有人說說壞話，老婆子說她「真真這林姐兒，嘴比刀子還尖。」趙姨娘說她「怨不得別人都說那寶丫頭好……若是那林丫頭，他把我們娘兒們正眼也不瞧，哪裏還肯送我們東西？」史湘雲說她「專挑人的不好，

你自己便比世人好，也不犯著見一個打趣一個。」薛寶釵偷聽到小紅的私情事為了摘出自己就說「剛才我見林姑娘蹲在這兒玩水來著」……更不用說寶釵有金鎖也有金玉良緣之念常常去怡紅院找寶玉，而最後大家設個掉包計假說是給寶玉娶黛玉實際上卻送去了寶釵。

這挫折大不？對一個少女來說確實大，黛玉怎麼辦呢？又回到自憐的老路上：

> 既你我為知己，則又何必有金玉之論哉；既有金玉之論，亦該你我有之，則又何必來一寶釵哉！所悲者，父母早逝，雖有銘心刻骨之言，無人為我主張。

但是問題是，寶釵也是青春少女，寶玉和她是未娶未嫁，她就算追求寶玉也是正常，那麼大家競爭也就是了。但是黛玉的缺點是，又歸咎於自己沒有父母。如果是一個現代版的你，有父母就保證能嫁到意中人？有父母就保證婚後一定幸福？顯然最重要還是得靠自己嘛！

而且黛玉的更大問題是，有甚麼事自己慪著，不但不積極尋求幫助，還要把幫自己的人趕跑。紫鵑忠心耿耿為她的婚事謀劃：「我倒是一片真心為姑娘。替你愁了這幾年了，上無父母下無兄弟，誰是知疼著熱的人？趁早兒老太太還明白硬朗的時節，作定了大事要緊。……若娘家有人有勢的還好些，若是姑娘這樣的人，有老太太一日還好一日，若沒了老太太，也只是憑人去欺負了。」但是黛玉甚麼反應？──黛玉聽了，便說道：「這丫頭今日可瘋了？怎麼去了幾日，忽然

變了一個人？我明兒必回老太太退回去，我不敢要你了。」

當然，你會說，張老師，林黛玉是封建淑女，封建淑女就得是這個調調，死不承認是因為害羞是因為端莊，瞧你，以為我真說林黛玉呐！說的就是你，讀《紅樓夢》要學林黛玉的做派，恐怕就是林黛玉的下場！

相比而言，林黛玉的挫折比孫悟空小多了，就算人家想你死，起碼也不敢明火執仗過來燒死你毒死你，就是要讓你膈應讓你鬱悶讓你生氣慢慢慪死你，那你就非得上這個套兒？

別的地方咱也不熟悉，仍以敝校兩個學長為例。那北大中文系狀元陸步軒後來以賣肉為生，受邀回母校演講時說，「我給母校丟了臉、抹了黑，我是反面教材。」那北大數學系的張益唐在美國因為導師不給寫推薦信找不到工作，只能在餐廳遞盤子、洗碗，送快遞，沒有固定工作和收入，溫飽都是問題，常常窮到兜裏摸不出一分錢，只能借住在朋友家的地下室，做了個籍籍無名的臨時講師做了十四年！

這世界上，誰不曾被生活打得體無全膚，為生存吃盡千辛萬苦，這一點，即使你考上北大也不能幸免。啊，多麼痛的領悟！但是，陸步軒、張益唐和孫悟空都不認輸啊！

最後的故事你也知道，當年被嘲笑的豬肉佬出了好幾部新書，如《北大屠夫》、《豬肉行銷學》、《屠夫看世界》；還有他賣豬肉賣到分店開到全國各地，身家已經過億。張益唐以一篇〈素數間的有界距離〉封神，在沉寂三十年後，終於名揚世界，又獲得麥克亞瑟天才獎，並得到美國普林斯頓高等研究院訪問學者的邀請，被直接聘為正教授。孫悟空為甚麼封

「鬥戰勝佛」？只因我執甚深，在修行途中必需不斷秉持「無我」正見，與「我要、我想、我厭、我畏」奮鬥，直至戰勝一切挫折考驗打擊磨難，戰勝一切恐懼憂鬱憤怒消沉，直至金甲披身。

正義可能遲到，但永不缺席。但是你啊，總得熬得過去。

親愛的朋友，難得這短暫一生，不要做林黛玉，做孫悟空吧！讓你、你的親人、還有我們，見證你，百煉成聖、鬥戰封佛！

《屠夫看世界》

《北大屠夫》

如何消解「空白筆記本比《紅樓夢》貴三倍」的亂象？

二〇一七的香港書展講座上，梁文道先生拋出了一個驚人的觀點——空白筆記本比《紅樓夢》貴三倍！

事情緣自梁文道先生和設計師陸智昌先生一起在幫出版社研究怎麼去做一些文創產品，很多人就建議做筆記本，因為一本甚麼都沒印的空白筆記本居然可以比《紅樓夢》貴三倍！

為甚麼？！

梁文道先生痛心不已、不肯去做，而陸智昌先生一下就點出來背後的道理。他說，買這些筆記本的人，其實都很少用完，大部份收集了很多筆記本放在那裏。為甚麼他們還要這麼買？因為他們相信，自己將來要寫在這個筆記本上的句子，要比曹雪芹還重要，還要值得被留下來，所以這本筆記本配得上一個比《紅樓夢》還要貴的價錢。

無疑，這是一個亂象！因為雖然要鼓勵少年有「不想當將軍的士兵不是好士兵」的豪情壯志，但是也不要忘了「站在巨人的肩膀上」更能登高望遠。

青少年不懂《紅樓夢》，不喜歡以《紅樓夢》為代表的傳統歷史文化，原因之一是青少年覺得不重要，沒用處。然而，法國都德《最後一課》說道：「亡了國當了奴隸的人民，只要牢牢記住他們的語言，就好像拿著一把打開監獄大門的鑰

匙。」其實更進一步的是,掌握自己的歷史文化資源,是拿到一把打開新世界大門的鑰匙,因為數往有助知來,溫故方能知新!

現在大陸和台灣都認識到這個問題,因此二〇一七年北京高考語文以《紅樓夢》為作文題;二〇一七年台灣高考國文以《紅樓夢》為閱讀理解題——要求考生讀完相應的《紅樓夢》選文後,從五個選項中作出不定項選擇。

《紅樓夢》作為高考考生的必讀書目,列入考生必答題的範疇,不但是增加《紅樓夢》的閱讀人數,更能改善目前速食文化、碎片化表達的現狀,《紅樓夢》變得和青少年息息相關,從閱讀經典中潛移默化地智化思維。

青少年不懂《紅樓夢》,不喜歡以《紅樓夢》為代表的傳統歷史文化,原因之二是青少年覺得老古董,沒趣味。有意思的是,正正也就在這次香港書展上,出現了與之相反的「紅樓夢文創產品」!

今年的香港書展主題是「旅遊」,並以「從香港閱讀世界 人文 山水 情懷」為題,主推旅遊文學,舉辦超過三百場活動,讓你身在香港,心在世界。其中,南京設計廊以「文都南京——跟著名作游南京」為主題,用南京設計的文創產品為載體,向世界訴說南京的文學故事,那些關於紅樓夢的點點滴滴。現場還另設 VR 體驗區,來到南京設計廊展位的觀眾們,不但能從文創產品讀懂南京,還能直觀地感受到南京的城市風光。其中,有用《紅樓夢》提到的雲錦製作的錢包、手包、背囊、藍牙音箱;也有紅樓故事的手帕、水杯,以及十二金釵的玩偶等等。

　　雖然據我看來，還可以再有一些筆記本、筆袋、書籤等等，而且十二金釵的玩偶可以做得再精緻一些，但是它的首倡之功已經達到，也就是縮短了名著和少年的距離。青少年可以直觀地觀摩這些紅樓文創紀念品、伴手禮，並通過 VR 體驗區了解《紅樓夢》和曹雪芹的故事，宛如一條甬道，帶領他們曲徑通幽，一路鳥語花香中，不知不覺登堂入室。

　　「知之者不如好之者，好之者不如樂之者」，讓青少年真正體味到了學之樂趣，方能持久，有望大成。

　　非常高興香港書展意識到了這個問題，更是驚嘆香港書展積極著手解決這個問題！

　　為香港喝彩！

「文都南京──跟著名作游南京」

空白筆記本

堂吉訶德與林黛玉

少年的時候，只覺得堂吉訶德可笑，荒謬！跟著他的桑丘也只是腦袋不靈光！要不然怎麼會投靠這樣一個主子？

堂吉訶德是以當騎士為己任的，可是他既不相貌堂堂，做事也瘋瘋癲癲，竟然還要大戰風車！跟著這樣的主子有甚麼奔頭？

然而，等到長大了，想法可能會有所改變。

舉一個小例子，驢子們的個性都比較軸，這也與它們的生活習性有關。由於經常獨自生活，它們的性格比較敏感，只有這樣才能及時發現捕食者，所以很難像駕馭其他馴化動物那樣，讓驢幹些它認為危險的事情，想讓驢子聽從指揮，你得先取得了驢子的信任。

所以想想《堂吉訶德》裏馱著桑丘衝向風車的驢，得是多信任桑丘。

驢尚如此，人可得知！桑丘對堂吉訶德該是多麼信任呢！所以堂吉訶德是幸福的，在落魄潦倒，夕陽西下的時候，還有桑丘這麼一個死心塌地的朋友跟隨著他遠走天涯，不離不棄。但是反過來一想，堂吉訶德一定是有他的人格魅力的，所以才能感召到這樣的朋友。

在《紅樓夢》中，也有這樣有缺陷、但是非常有人格魅力的人，那就是林黛玉。

要看一個人真實的一面，要看他（她）怎麼對待身邊

的人。

紫鵑喜歡林黛玉，首先就是她的日常生活的精緻和優雅。她住的瀟湘館，是賈政認為：「若能月夜坐此窗下讀書，不枉虛生一世。」滿地竹影參差，苔痕濃淡，糊窗的是霞影紗，學舌的是白鸚鵡。劉姥姥到了她這兒，「只覺得滿屋子的東西都只好看，都不知叫甚麼，我愈看愈捨不得離了這裏」。要知道她是剛看完賈母的倉庫，裏面奇珍異寶無奇不有，但是又來到林黛玉的屋子，依然覺得美不勝收，甚至都捨不得離開，那可見裏面陳設之優雅精緻了。

不光如此，黛玉和寶玉拌了嘴，生著氣，還不忘叮囑侍女紫鵑：

> 把屋子收拾了，摔下一扇紗屜子來，看那大燕子回來，把簾子放下來，拿獅子倚住，燒了香就把爐罩上。

那個平時有點尖酸，心眼又小又講話不留情面的姑娘，在自己氣到「哭了半晌」的時刻，猶能記得要等燕子歸來再放下門簾。

心理學上有個名詞，叫做「踢貓效應」，指的就是典型的壞情緒的傳染，由地位高的傳向地位低的，由強者傳向弱者，無處發洩的最弱小的便成了最終的犧牲品。

而在失意之時，也能不輕賤比自己弱小的人或物，不拿別人撒氣，在翻湧的情緒中依然保留一絲悲憫與自制，這是善良。

她對飛來的燕子都那麼的充滿憐愛，更不要說對她身邊

的人了。

　　寶玉急了會給開門的丫頭一個窩心腳，迎春趕走了司棋，惜春攆走了入畫，王熙鳳更不用説，火上頭來用簪子紮丫頭的嘴，連身邊的平兒都要挨打，就連公認是最平和寬大的寶釵，也是當面罵了靛兒，不分青紅皂白地喝斥了鶯兒，但是翻遍全書，你應該從來找不到林黛玉打罵下人的描寫。這是因為她身體羸弱打不了別人嗎？就是打不了，至少也能罵吧？何況她是久病，又兼久咳傷肺、不寐傷肝，容易動肝火，照理更容易對身邊的人發脾氣，然而通篇我們也找不到她罵身邊丫頭的記録。

　　一個人能忍住對外面的人不發脾氣，那或許是還有趨利避害的可能性存在，但是一個人能忍住對身邊的人不發脾氣，尤其對身邊的下人不發脾氣，那是真正的有涵養，所以紫鵑喜歡她生活優雅，更敬重她品格貴重。

　　紫鵑看中林黛玉的第二點，是林黛玉重人不重物。賈寶玉來看林黛玉，他自己有一個玻璃繡球燈，但是這麼一個貴公子，因為覺得這燈太貴重，而捨不得用，林黛玉怕他下雨路滑摔跤，因此把自己的玻璃繡球燈舉手相贈。

　　黛玉聽説，回首向書架上把個玻璃繡球燈拿了下來，命點一支小蠟來，遞與寶玉，道：「這個又比那個亮，正是雨地裏點的。」寶玉道：「我也有這麼一個，怕他們失腳滑倒了打破了，所以沒點來。」黛玉道：「跌了燈值錢，跌了人值錢？……怎麼忽然又變出這個『剖腹藏珠』的脾氣來！」寶玉聽説，連忙接了過來。

　　我們知道，薛寶釵曾經為史湘雲安排了一頓螃蟹宴，這

頓螃蟹宴，讓劉姥姥念佛不止，因為這一頓飯就夠莊戶人家過一年的，要二十五兩銀子，可是這玻璃繡球燈，能讓打碎了不知多少玻璃缸瑪瑙碗的貴公子都心疼得不捨得用，可見它一定是比這個螃蟹宴還要昂貴得多了。

那幾簍螃蟹是夥計送給薛蟠的，所以寶釵只是用哥哥的禮物慷他人之慨，並沒有動用到自己的東西，可是這玻璃繡球燈是林黛玉自己的。

一個人有一百萬願意給你花一萬，和一個人自己有一百萬願意給你花一百萬，這個是很不同的。

紫鵑第三看重，也是最看重林黛玉的是，林黛玉對人的好是真心的，不計較得失，無所謂利益。

賈政在外面當官，捎來了家信，說很快就回來了，這邊寶玉著了急，因為父親回來就要查問他的功課，可是他現在連每天該練的字都沒有寫。立即寶釵和探春就站出來笑著說，這有甚麼當緊，我們每個人臨兩篇給他也就是了，這一下可讓王夫人心頭的石頭落了地，寶玉不會挨打罵了。

之後寶玉每天突擊用功天天寫字，寶釵和探春也送來替他寫的兩篇，可是到了最後還有五十張字沒有著落，正在著急之際，沒有想到林黛玉托丫頭偷偷送來了五十張：

> 誰知紫鵑走來，送了一卷東西與寶玉，拆開看時，卻是一色老油竹紙上臨的鍾繇王羲之蠅頭小楷，字跡且與自己十分相似，喜的寶玉和紫鵑作了一個揖，又親自來道謝。

要說會做人，還是寶釵會做人，當著眾位大人的面，公開表態說要給寶玉幫忙，寬了王夫人的心，贏得了賈母的歡喜，最後幫了嗎？幫忙寫了兩張。這樣一對比，林黛玉肯定是不會做人的，要說當天林黛玉也在場，寶釵和探春表態的時候，林黛玉卻一聲不吭。在大人的印象中她只會和寶玉吵架，不會為寶玉分憂，然而，實際上她卻給寶玉寫了五十張，而且都是模仿著寶玉的字跡來寫的。

不管練過還是沒有練過書法的，試試就知道了，寫一張字不容易，要模仿別人的筆跡寫一張字就更難了，何況是寫五十張呢？這五十張字不能寫的太好，寫的太好不像寶玉寫的。又不能和寶玉寫的水準一樣，那會看起來毫無進步，也會讓舅舅生氣的。於是呢，她必須跟寶玉寫得非常相似，但又比寶玉寫得要好一點點，這樣能讓舅舅看出寶玉每天果然有進益了。

而且我們不要忘了林黛玉是個病人，從小常年有病的，所以賈母接了她來，連讓她做針線都捨不得，怕她勞碌著了，「舊年好一年的工夫，做了個香袋兒，今年半年，還沒見拿針線呢。」就是希望她好好靜養。

寶玉一個健康人，天天用功還有五十篇做不出來，但是為了給寶玉趕這個功課，她一個病人，一邊咳嗽，一邊日趕夜趕模仿寶玉的筆跡掙命似的給他寫了五十張，這個時候，在一旁研墨伸紙的是誰呢？那幾乎一定是紫鵑。

紫鵑知道，為著姑娘的病體，應該勸她不要寫，但是更知道為著姑娘的心，她必須容許她寫，就在這漫漫長夜，咳嗽聲聲中，從她的字裏行間，紫鵑照見了林黛玉的真心。

寶玉挨打的時候，送過來一丸丸藥的是寶釵；寶玉做不出功課的時候，自告奮勇代勞的也是寶釵；寶釵會做人，人人都看在眼裏，別人也都記著寶釵的好。但是林黛玉不會做人，她只會背著人哭紅了眼睛，也只會背著人偷偷地給寶玉送上五十篇寫好的字；別人都記得林黛玉不周不備的地方，卻往往不知道林黛玉默默地站在背後全心全力的妥貼與好處；然而日久見人心，紫鵑和寶玉作為當事人終究是感受得到的。

從不當著大家的面兒露好，寶玉得了甚麼榮譽別人也根本想不到有她的功勞，反而自己還花了時間累了病，這姑娘咋這麼傻！

但是不知道為甚麼，這姑娘這麼傻，他們卻這麼感動，這麼懷念她！

空對著山中高士晶瑩雪，終不忘世外仙姝寂寞林！

《堂吉訶德》第四版扉頁　　現代西班牙新出版《堂吉訶德》書封面

林黛玉死於肺結核？非也！

　　説林黛玉死於肺結核（肺癆），很可能最早來源於魯迅先生，在他的〈論照相之類〉裏説：「我在先只讀過《紅樓夢》，沒有看見『黛玉葬花』的照片的時候……我以為她該是一副瘦削的癆病臉。」

　　肺結核派彷彿得了金科玉律，魯迅先生，學醫的，醫生都這麼説，你懂哦？

　　但是肺結核派往往選擇性忽略魯迅先生在學醫方面的不嚴謹，魯迅先生自己在〈藤野先生〉裏面説：

　　　　可惜我那時太不用功，有時也很任性。還記得有一回藤野先生將我叫到他的研究室裏去，翻出我那講義上的一個圖來，是下臂的血管，指著，向我和藹的説道：

　　　　「你看，你將這條血管移了一點位置了。——自然，這樣一移，的確比較的好看些，然而解剖圖不是美術，實物是那麼樣的，我們沒法改換它。現在我給你改好了，以後你要全照著黑板上那樣的畫。」

　　　　但是我還不服氣，口頭答應著，心裏卻想道：

　　　　「圖還是我畫的不錯；至於實在的情形，我心裏自然記得的。」

少年之時自然左祖魯迅先生，老師們大人們一點藝術美

感都沒有！但是現在再反觀，哇，萬一得了白內障或心臟搭橋，可不敢麻煩魯迅先生，別說他移了一點位置，就是偏差一兩毫米，那我是瞎得很美觀呢還是死得很美觀呢？

所以，魯迅先生說林黛玉是肺結核（肺癆），未為實據。

其次，很多人贊同是肺結核，是因為似乎它是一種「雅病」。魯迅先生又說過──「由兩個丫鬟攙扶著去看海棠，吐半口血，才算天下第一等雅事。」

在西方，肺結核曾被稱為「藝術家的疾病」。得此病的患者身材消瘦，臉孔白晰，下午因低燒臉頰會泛起淡淡的紅暈，患者因虛弱而在語言、動作上都顯得溫文爾雅，因此在科技很不發達的十九世紀，肺結核竟一度成為浪漫主義藝術家追求的一種時尚。

「瞧那可憐的拜倫，垂死之時也是那麼好看。」這是英國大詩人拜倫的渴望──渴望成為一名肺結核患者，以博得貴夫人的憐惜。

哇，以此而論，你看曹雪芹筆下的林黛玉──「態生兩靨之愁，嬌襲一身之病。淚光點點，嬌喘微微，閒靜時如姣花照水，行動處似弱柳扶風」；「林黛玉還要往下寫時，但覺渾身火熱，走至鏡台前一照，只見腮上通紅，真合壓倒桃花」，這不是一名典型的肺結核患者嗎？

然而，論者往往忘了，肺結核是一種傳染性疾病，它的發生需滿足傳染源、傳播途徑、易感人群三個條件。

公元一五〇〇年後，意大利醫生 Fracastoro 論述了健康者與肺結核病人一起居住可發病，病人的衣服兩年後仍有傳染性，使用病人衣服可傳染肺結核病。一七二〇年，另一

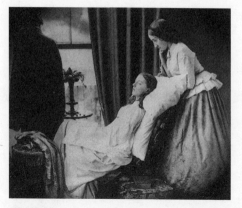

歐洲肺結核

位意大利醫生 K. Marten 提出肺結核病是由眼睛看不到的小生物引起的，一八七九年，英國人用無可辯駁的科學實驗證明，肺結核病是由微生物感染導致的傳染病。

　　林黛玉生活環境中沒有結核病患者，在大觀園這種人口密度極大的公眾場合，也沒有新發的結核病人，寶玉和紫鵑常常與她朝夕相處，尤其紫鵑，往往與她同榻而眠，林黛玉要是肺結核，豈非寶玉和紫鵑早就傳染了？

　　肺結核是慢性咳嗽，與季節無關，而林黛玉的咳嗽卻有明顯的季節特點；肺結核咯血量大，而林黛玉卻以痰為主，零星帶血；沒有經過規範治療的結核病患者，往往死於惡病質，這些特點與林黛玉的臨牀症狀也不符。

　　那她究竟是甚麼病？林黛玉有「心病」，這個「心病」既是喻指，是她和寶玉「木石前盟」的情感羈絆，又是實指。林黛玉去世時僅有十七歲，且家族中人才凋敝，林家是世家，自然有不少妾室，但其父親林如海卻是獨子，又在四十歲左右死亡。林黛玉母親的死亡時間大概在三十歲以下。林如海

本人也有妾，但沒有庶出的子女，林家的兒子在三歲夭折。以上迹象表明，林府及賈府中有遺傳性或先天性心臟病的概率較大。

一、先天畸形或遺傳因素，眾人皆知林黛玉發育不良，與同齡人相比顯得弱小，「身體面龐皆怯弱不勝」，所以都認為她是有「不足之症」，這種特點恰好指向先天性心臟病。

二、勞累及情緒可加重症狀，這些其實是心力衰竭常見表現。寶玉曾這樣嘆道：「好妹妹，你別哄我。果然不明白這話，不但我素日之意白用了，且連你素日待我之意也都辜負了。你皆因總是不放心的原故，才弄了一身病。但凡寬慰些，這病也不得一日重似一日。」

三、與季節相關的咳嗽，且晚期出現端坐呼吸——黛玉一面喘一面說道：「紫鵑妹妹，我躺著不受用，你扶起我來

黛玉吐血

靠著坐坐才好。」夜間陣發性呼吸困難,「黛玉一翻身,卻原來是一場惡夢。……扎掙起來,把外罩大襖脫了,叫紫鵑蓋好了被窩,又躺下去。翻來覆去,那裏睡得著?只聽得外面淅淅颯颯,又像風聲,又像雨聲。又停了一會子,又聽得遠遠的吆呼聲兒,卻是紫鵑已在那裏睡著鼻息出入之聲。自己扎掙著爬起來,圍著被坐了一會,覺得窗縫裏透進一縷涼風來,吹得寒毛直豎,便又躺下。」

這些症狀符合左心衰表現,而咯血、痰中帶血則提示患者可能合併有嚴重肺動脉高壓。

因此,林黛玉早期症狀可能為動脉導管未閉所致進行性左心衰竭。心衰進入失代償期後,表現為反覆發作的急性肺水腫、端坐呼吸、夜間陣發性呼吸困難。晚期則因長期肺高壓進一步引起肺小動脉及肌肉型肺小動脉內膜及中層增厚,血管腔變窄,出現咯血、右心衰竭等艾森曼格綜合症表現。

千金買馬骨

——從《紅樓夢》小廚房私房菜談起

在《紅樓夢》中，尚未出閣的寶釵在接受王夫人委託和探春、李紈一起理家期間，因喜歡吃油鹽炒枸杞芽，曾吩咐小廚房另作，為此單獨給了柳嫂子五百文。蔣勳先生曾指出，寶姐姐應給幾十錢卻給到五百文，是顯示自己不公器私用，但是蔣先生亦不無促狹地加上一句，是不是寶姐姐尚處於試驗期才如此表現呢？

曾經額外讓小廚房做東西給自己吃的，不止寶釵一人，就如金聖嘆所說，在「同於不同處有辨」，曹雪芹通過類似的事件卻描摹出三位女孩兒不同的性情，而且深入來看，寶釵的做法又確實是其中最高明的。

我們知道，司棋曾經想一碗燉得嫩嫩的雞蛋吃，結果問小廚房去要卻遭到柳嫂子一頓搶白：「今年這雞蛋短的很，十個錢一個還找不出來。昨兒上頭給親戚家送粥米去，四五個買辦出去，好容易才湊了二千個來。我哪裏找去？你說給他，改日吃罷。」同時卻發現柳嫂子在菜箱裏私藏有十來個雞蛋。司棋不忿，前去大鬧，司棋便喝命小丫頭子動手，「凡箱櫃所有的菜蔬，只管丟出來喂狗，大家賺不成。」小丫頭子們巴不得一聲，七手八腳搶上去，一頓亂翻亂擲的，把小廚房砸了個稀巴爛。再然後，司棋又謀劃讓嬸娘秦顯家的頂

替小廚房之職，以柳嫂子的女兒五兒涉嫌盜竊為由，火速安排秦顯家的頂替柳嫂子的差事。但事與願違，平兒不想冤屈好人，明察暗訪最終將大事化小，小事化無，讓柳嫂子回去照舊當差。秦顯家的空興頭半天，「送人之物白丟了許多，自己倒要折變了賠補虧空」，花了不少錢，卻竹籃打水一場空，「連司棋都氣了個倒仰，無計挽回，只得罷了」。

　　少年時看，一定為司棋的快意恩仇擊節不已。然而過些時日再看，司棋本身就不佔理，因為這雞蛋是司棋額外去要的，並且沒有給付分文。雞蛋雖是不昂貴的東西，但賈府偌大人口，你也去要，我也去要，一個小廚房的廚娘如何承受得來呢？這就可見司棋不能體貼人情了。而且，當雞蛋沒有要來後，司棋不但沒有反思自己的做法，反而覺得是傷了自己身為大丫頭的自尊和臉面，因此帶人大鬧了小廚房，毀壞了許多東西。這些損失看起來，柳嫂子因為畏懼司棋而不敢不自己賠償，是柳嫂子吃了虧；然而柳嫂子心中怨恨否？旁邊看熱鬧的丫頭婆子們心中又如何想呢？及至後來，司棋指使親戚謀奪小廚房的職位，可能是希望自己以後要茶要水方便，卻不想這樣做就不僅僅是讓柳嫂子損失半年工錢的問題了，直接是斷了人家財路，無異於與虎謀皮，柳嫂子到了這一步，心中又焉能不恨乎？是以無怪乎司棋事敗被趕出大觀園之際，落得如此下場了：

　　　　司棋因又哭告道：「嬸子大娘們，好歹略徇個情兒，
　　　如今且歇一歇，讓我到相好的姊妹跟前辭一辭，也是我
　　　們這幾年好了一場。」周瑞家的等人皆各有事務，作這

些事便是不得已了，況且又深恨他們素日大樣，如今哪裏有工夫聽他的話，因冷笑道：「我勸你走罷，別拉拉扯扯的了。我們還有正經事呢。誰是你一個衣胞裏爬出來的，辭他們作甚麼，他們看你的笑聲還看不了呢。你不過是挨一會是一會罷了，難道就算了不成！依我說快走罷。」一面說，一面總不住腳，直送出角門子去。司棋無奈，又不敢再說，只得跟了出來。

再一位是林妹妹，寧煩侍女，不累他人：「那粥該你們兩個自己熬了，不用他們廚房裏熬才是……我倒不是嫌人家醃髒。只是病了好些日子，不周不備，都是人家，這會子又湯兒粥兒的調度，未免惹人厭煩」，也就是不敢麻煩別人。以林妹妹謹慎敏感的個性，這些也未嘗不知，「你看這裏這些人，因見老太太多疼了寶玉和鳳丫頭兩個，他們尚虎視眈眈，背地裏言三語四的，何況於我？況我又不是他們這裏正經主子，原是無依無靠投奔了來的，他們已經多嫌著我了。如今我還不知進退，何苦叫他們咒我？」甚至也不是不願花錢，不見給送燕窩的婆子抓了一把錢，「給他幾百錢，打些酒吃，避避雨氣」。然而，一個人的天性是很難改變的，就算勉強做了出來，自己也覺得不自然，接受的人也不舒服。所以林妹妹就盡量地不麻煩別人，於是除了最親近的人，和外界的接觸愈來愈少，既不能從外界得來有用的資訊，也使外界的中傷變得沒有成本——反正林妹妹根本不知道外面發生了甚麼。

所以相比而言，寶姐姐的做法真的是高明極了。請注

司琪

寶釵

意，枸杞芽只需三二十個錢的，寶姐姐給的是——十六到二十五倍！就算是加上購買和製作的費用，三四倍應該也是足足有餘了，寶姐姐為甚麼要給二十倍呢？這應該有在王夫人委託自己理家之際表現「不公器私用」的意味，但是，不越雷池一步不是更好嗎？況且，這是探春和她商量了來做的，探春做得不當的地方，比如把大觀園竹林、花果等承包給家裏的某些老婆子們管理，寶釵立即就指出這可能引起沒有取得承包權利的另一批老婆子心生不滿，因此建議立下規矩，讓取得承包權的老婆子分一部份利潤給沒有承包權者，從而皆大歡喜。這一次如果是探春先提議，則寶姐姐的做法很高明，既不能回絕，免得傷了現在的合夥人和未來的小姑子的面子，又不落小廚房下人的褒貶。這一次如果是寶釵先提議，則寶姐姐的做法更高明。接駕為何在賈府一提再提？小廚房下人為何對五百錢的枸杞芽念念不忘？性質是一樣的——因為那是一種非常的隆遇！

古語中説「相由心生」，原是指心地決定長相的，心好就能長得好；但是「相由心生」是不是還有另一重含義呢？想法決定立場，心裏覺得某人好，看著他（她）也愈來愈順眼了。所以《紅樓夢》要先説寶釵「品格端方」，再説「容貌豐美」，「人多謂黛玉所不及」。君不見賈府中人人不待見的趙姨娘都感念寶釵的好：「怨不得別人都説那寶丫頭好，會做人，很大方。如今看起來果然不錯。他哥哥能帶了多少東西來？他挨門兒送到，並不遺漏一處，也不露出誰薄誰厚。連我們這樣沒時運的，他都想到了。要是那林丫頭，他把我們娘兒們正眼也不瞧，哪裏還肯送我們東西？」，就可知寶釵這

次的五百錢絕非無心之舉——商人信奉「有錢能使鬼推磨」，可是一位成功的商人，絕對會考量成本和收益，五百錢買枸杞芽太多，買好名聲又何其太廉！

《戰國策‧燕策一》中提到以五百金買馬骨的故事：古之君人有以千金求千里馬者，三年未得。有人願為其君求之，至三月後方尋得一千里馬，然馬已死。其人乃以五百金購其首，歸以報君。君大怒曰：所求者生馬，安可以此死馬而費五百金乎？其人對曰：死馬尚且值五百金，況生馬乎？天下必以王能重金購馬，今馬當至矣。果然年餘左右，千里馬相繼而至者三。

寶姐姐的做法何其相似，買物哉？買名哉？

千金買馬骨

蘇軾與妙玉：茶中人生兩境界

紅樓夢裏，妙玉算是個矯情的。

櫳翠庵品茶之時，嫌劉姥姥髒，要把她用過的茶杯丟棄；嫌林黛玉俗，連泡茶用的是雪水還是雨水都嘗不出來。嫌寶玉喝得多，「豈不聞一杯為品，二杯即是解渴的蠢物，三杯便是飲牛飲驢了」。

這倒也奇，她的觀點和「茶仙」盧仝的觀點大相徑庭。盧仝的名作〈走筆謝孟諫議寄新茶〉膾炙人口：

> 一碗喉吻潤，二碗破孤悶。三碗搜枯腸，唯有文字五千卷。四碗發輕汗，平生不平事，盡向毛孔散。五碗肌骨清，六碗通仙靈。七碗吃不得也，唯覺兩腋習習清風生。

按照盧仝的說法，一杯一杯接一杯，直待通天成神仙呢。

其實，這也代表了不同年齡階段所體認的不同人生境界吧！

就如蘇軾，年輕時對茶精益求精：「小龍得屢試，糞土視珠玉。團鳳與葵花，碔砆雜魚目。」名品諸如甚麼小龍（小龍團）、團鳳（龍團、鳳餅）、葵花（蜀葵、花誇），哥統統嘗試過！

又自矜地提到：「沙溪北苑強分別，水腳一線爭誰先」；

「緘封勿浪出，湯老客未嘉」。

水腳原意是指水路運輸費用或船隻吃水的部份，水腳用於點茶中是指茶湯泡沫消散後露出的水痕，水腳出現的早晚是衡量茶的品質和點茶技巧的一項重要標誌，常用於鬥茶中。所以，「水腳一線爭誰先」可以看出蘇軾早年對茶的品質和技巧是一個特講究的人。

妙玉

「崎嶇爛石上，得此一寸芽。緘封勿浪出，湯老客未嘉。」是指自己將十分珍貴的曾坑芽茶，贈送給朋友朱博士，希望他好好保藏，不要隨便處置；飲用時也一定要嚴格按照《茶經》所說的煮水候湯，否則湯老了就不好喝了。

這妙玉不就是年輕時的蘇軾麼？那或許不是矯情，而是一種卯足了勁兒的風雅，雅是雅的，只是有點用力太過，反叫人有點掩口葫蘆了。

但是蘇軾到了後來歷盡風波、看淡生死之時，這些風雅的習慣、細緻的講究都被一種大的境界取代了，那就是不執著、不固執、不拘泥，一切聽其自然。哪怕是故人千里迢迢寄來的上等好茶，被不諳此道的老妻稚子按照北方習慣「一半已入薑鹽煎」，他也毫不以為意，反道：「人生所遇無不可，南北嗜好知誰賢？」好一個「人生所遇無不可」！

晴雯與茶：結構象徵上的雙重寓意

　　中國古典小說巨著《紅樓夢》中描寫了鐘鳴鼎食、詩禮簪纓之家的茶文化，前八十回中共有五十八處運用茶文化寫人言事，或是表現不同的人物身份，如賈母不吃「六安茶」而吃「老君眉」，妙玉吩咐將劉姥姥用過的成窯茶杯擱在外頭去，並聲稱「若我使過，我就砸碎了也不能給他」。或是渲染了富貴優雅的生活，如第四十一回櫳翠庵品茶中出現的茶具珍品瓟斝、點犀䀉。或是刻劃了人物性格，如妙玉將前番自己日常吃茶的那隻綠玉斗來斟與寶玉，其中似乎深藏一分畸零無望的密意；第三回「盥手畢，又捧上茶來，這方是吃的茶」，「黛玉見了這裏許多事情不闔家中之式，少不得一一改過來」，表現了寄人籬下孤女的小心和敏感。亦有雙關儀禮風俗和情節發展，如第二十五回王熙鳳用「你既吃了我們家的茶，怎麼還不給我們家作媳婦？」來打趣黛玉，既是舊時女子受聘稱「吃茶」禮俗的體現，又反襯了後文寶黛有情人不成眷屬。或是借茶事描寫再現了賈府的典型環境，如第五十三回除夕祭宗祠，賈母端坐高堂，長房長媳尤氏用茶盤親捧茶與賈母，長房長孫媳秦氏給賈母同輩的祖母們獻茶。然後，尤氏又給邢夫人等人、秦氏又給眾姐妹上茶，鳳姐和李紈等只能在底下伺候。獻茶畢，邢夫人等起身服侍賈母，賈母吃茶，閒話片刻離座回府。長幼有序，尊卑有別，等級分明，一絲不苟。凡此種種，不一而足。然而這些探索基本

上還停留在「現象──文化」的層面，也就是解釋了茶事所蘊含的文化之後就「言盡意止」，鮮有和小說的整體結構發生關聯。這些雖然有助於解釋《紅樓夢》的百科全書性質，然而，以茶入書的明清小說不勝枚舉，僅以《金瓶梅》而論，提到茶就多達六百二十九處，也有以茶待客，以茶作禮，以茶為聘，以茶消食的茶事活動，這些茶事活動也有刻劃人物，交代故事情節，以茶代言，以茶傳情的作用，即以談茶的百科全書性質而論，似乎也不遑多讓。那麼，《紅樓夢》和以《金瓶梅》為代表的小說所描寫的茶事真的只有多寡之別，而沒有巧奪天工的構思而使兩者有雲泥之判嗎？

自唐至清，飲茶已經和詠詩、觀畫、聽曲一樣成為國人的文化修養、文化品格的特有展示和標識方式。《紅樓夢》正是在這種深刻的人文背景上產生的，紅樓中人在飲茶中所獲得的已不僅僅只是口腹的滿足，更多的是情趣的寄託、精神的享受、審美的愉悦，體現了迥異於其他小說的「人文化」、「雅化」的特質。

第三十八回寫賈母等至藕香榭，只見欄杆外竹案上，放著茶具，兩三個小丫頭在煽風烹茶。賈母忙道：「這茶想的到」。老太太讚賞的原因，主要在茶境上。這藕香榭建在水中央，四面有窗，左右有曲廊，四周碧水清澈，亭中十分寬敞。人坐亭中，眼睛也清亮起來。山坡上還有花木暗香浮動，風清氣爽，遠處音樂之聲穿林度水而來，顯得分外清幽。

在此境界中置爐烹茶、品茶不是把天、地、人、茶融通一體了嗎？誰能說清是在品茶、品境、品氛圍、品情調？天趣悉備，樓神物外，清心神而出塵表，人完全沉浸到情景交

融的詩畫境界中去了。

進而，《紅樓夢》中的茶事往往又不是孤立的，早在幾十年前，就有兩位大家爭論《紅樓夢》中茶和人物的巧妙勾連，妙玉曾經分別用瓟斝和點犀䀉作為招待寶釵和黛玉的茶具。沈從文先生認為，明代以來，南方的士紳階層中，流行用葫蘆和竹篾器塗漆而成茶酒飲器，講究的還要仿照古代的銅玉器物，範成形態花紋。因此，「瓟斝」即是用「匏瓜仿作斝形」的茶杯，與以青銅、陶瓷為質地的飲器相比自然是假的。且「瓟斝」諧音「班包假」，而俗語有「假不假？班包假；真不真？肉挨心」之說，故沈從文先生認為此杯隱寓妙玉做作、勢利、虛假。至於「點犀䀉」，則是宋明以來，官僚貴族為鬥奢示闊，用犀牛角做成高足酒器，犀牛角本白線貫頂，做成杯則白線透底；用以象徵妙玉「透底假」。他認為《紅樓夢》第四十一回這節文字：「重點主要在寫妙玉為人，通過一些事件，見出聰敏、好潔、喜風雅，然而其實是有些做作、勢利、虛假，因之清潔風雅多是表面上的。作者筆意雙關，言約而意深。」

周汝昌先生同意沈從文先生以物寓意的解釋方法，但不同意說妙玉「凡事皆假」，「我以為，特筆寫出給釵、黛二人使用的這兩隻怪杯，其寓意似乎不好全都推之於妙玉自己一人，還應該從釵、黛二人身上著眼，才不失作者原意。」寶釵用「瓟斝」，暗含這位姑娘的性情是「班包假」，與書中「罕言寡語，人謂藏愚，安分隨時，自云守拙」的描寫正合。而「點犀䀉」，周汝昌先生說庚辰本、戚序本皆作「杏犀䀉」，用之於黛玉，則是「性蹊蹺」的隱語，當喻指黛玉的「怪僻」、

「多疑」、「小性」。

　　兩位紅學大師的分析使我們得以窺見《紅樓夢》卓然於他作之上的精妙之處。沿著這種思路推進，不局限於一事一回而是通讀全文來看，另一個人物和茶之間錯綜複雜的關係，將更進一步揭開《紅樓夢》深邃文化的面紗之一角。晴雯與《紅樓夢》中三次顯現出來的不同的茶，不僅縮結起了全文的結構和象徵，更體現了作者在構思上的體大思精。

　　在晴雯出場和謝幕之時，茶都或隱或顯地伴隨在她周圍。這些描寫，在結構上，是一種照應筆法，也是千紅一「哭」由隱到顯的層層推進；在象徵上，是一種「顛倒」，是理想世界走向幻滅的縮影。晴雯與茶的精心結撰，也是曹雪芹十年辛苦不尋常的精益求精。

　　和《紅樓夢》中其他人物不同，在晴雯出場和謝幕之時，茶都或隱或顯地伴隨在她周圍，這並不是一種偶然的現象，相反，茶是晴雯本人從風流靈巧到讒謗壽夭命運的寫照。晴雯初次出場是在第八回，伴隨她的是一種罕見的茶──楓露茶，這種茶據寶玉說「是三四次後才出色的」，而且為此茶寶玉還大動干戈，摔了杯子，罵了茜雪，還揚言要回了賈母，攆了自己的乳母。可見這種罕見的楓露茶的設置，是襯托了晴雯的嬌寵地位。

　　也正像「三四次後才出色的」楓露茶一樣，晴雯在《紅樓夢》中，逐漸顯露出是寶玉心上第一等女孩兒的地位。她撒嬌地抱怨說，為把寶玉寫的字貼在門斗上，手都凍僵了。寶玉趕緊攜了晴雯的手替她焐著，抬頭同看貼在門斗上的字。這舉動顯得極為親昵，反映出寶玉對這個丫鬟的疼愛。對

晴雯，寶玉沒有甚麼做主子的架子。他可以和穿著緊身小衣的晴雯在牀上互相胳肢，可以任意讓晴雯拿硬話頂撞而不生氣。相反，要是晴雯生了氣，他會低聲下氣，百般逗哄，甚至撕扇子作千金一笑。晴雯的地位漸至和「副小姐」相侔，故而差不多在《紅樓夢》一書的中段，也是晴雯短暫一生的中段，茶再次出現並對晴雯形成了暗喻。那是在第五十一回，在怡紅院中，門上吊著氈簾，晴雯只在熏籠上圍坐，讓麝月伏侍著她漱口、吃上好細茶。

接著是急轉直下的落差，第七十七回因王善保家的進讒言，勾起了王夫人回憶起晴雯削肩膀水蛇腰「妖精似的」長相和「正在那裏罵小丫頭」的掐尖要強、尖酸刻薄的個性，挑動了王夫人一直以來對「好好的寶玉」「被這蹄子勾引壞了」的擔憂，導致了病重的晴雯被攆出大觀園，回到哥嫂家中，無人照料，草簾蓬戶，在外間房內爬著，睡在一領蘆席上。再一次，茶又悄然登場。晴雯因渴了半日請寶玉代為遞茶，寶玉看時，雖有個黑沙吊子，卻不像個茶壺。只得桌上去拿了一個碗，也甚大甚粗，不像個茶碗，未到手內，先就聞得油膻之氣。所謂的茶是絳紅的，也太不像茶，並無清香，且無茶味，只一味苦澀，略有茶意而已，以至於東觀閣本特意點出——「怡紅院無此茶。」

曹雪芹特別善於借昔是今非的巨大反差三致意焉，書中第十九回寫襲人母兄已是忙為寶玉另齊齊整整擺上一桌子果品來，襲人卻見總無可吃之物，脂硯齋夾批道：「以此一句留與下部後數十回『寒冬噎酸虀，雪夜圍破氈』等處對看」；第二十六回寫到「只見鳳尾森森，龍吟細細」時，甲戌、庚

辰、戚序、蒙府等本都有雙行夾批曰：「與後文『落葉蕭蕭，寒煙漠漠』一對，可傷可嘆！」但是今本與脂硯齋所見之本不同，因此難以領略到曹雪芹所希望給予讀者的審美震撼。然而在晴雯與茶的關係上，在相信同出一人之手的前八十回中，出現了同樣的卻更強烈的對比。第五十一回和第七十七回，晴雯曾兩次吃茶，但地點、鋪臥、茶具卻有天壤之別。第五十一回是在怡紅院中，門上吊著氈簾，晴雯圍坐在熏籠上，讓麝月伏侍著她漱口吃茶。第七十七回是在表哥多渾蟲家裏，門上掛著草簾，晴雯睡在蘆席土炕上，將並無清香，且無茶味，只一味苦澀，略有茶意的茶當做甘露一般灌下。飽飫烹宰的金屋寵婢最後淪落到饑饜糟糠，猶如一盆才透出嫩劍的蘭花，送在豬圈裏，又是何等淒涼的對照。最後在第七十八回挽結了晴雯的死，寶玉祭奠晴雯時，所備祭物之一又回到最初的「楓露之茗」，達到一種「人面不知何處去，桃花依舊笑春風」的淒愴之美。

然而，《紅樓夢》如果這樣描寫晴雯與茶僅僅只為對比和照應，那還是太輕看了它的價值。庚辰本評《紅樓夢》說：

> 《石頭記》用截法、岔法、突然法、伏線法、由近漸遠法、將繁改簡法、重作輕抹法、虛敲實應法種種諸法，總在人意料之外，且不曾見一絲牽強，所謂「信手拈來無不是」是也。

《紅樓夢》在結構上的匠心獨具、渾然一體之處，正可以晴雯與茶的關係見之。晴雯是第五回寶玉在太虛幻境中所看

到的第一個人的終身，說她「霽月難逢，彩雲易散」。緊接著，警幻仙子讓小丫鬟捧上了出在放春山遣香洞，又以仙花靈葉上所帶之宿露而烹就的仙茶──千紅一窟（哭）。如果將其定義為晴雯與茶的首度結緣，當為不誣。幻境中所飲之茶為「千紅一窟（哭）」，眾美之眼淚，而千紅一哭者，豈非血淚乎？

轉思第八回「楓露茶」，為楓露點茶的簡稱。楓露制法，取香楓之嫩葉，入甑蒸之，滴取其露。清顧仲《養小錄‧諸花露》載：「仿燒酒錫甑、木桶減小樣，制一具，蒸諸香露。凡諸花及諸葉香者，俱可蒸露。入湯代茶，種種益人，入酒增味，調汁制餌，無所不宜。」將楓露點入茶湯中，即成楓露茶。楓者何色？第四十六回提到楓樹時，庚辰本曾雙行夾批道：「千霞萬錦絳雪紅霜」；露者何形？圓潤如珠，晶瑩如淚。如果脂硯齋指出「絳珠」實為「血淚」之寓，那麼，細思「楓露」亦非「血淚」乎？

再看第七十七回晴雯臨死之前喝的粗茶，「絳紅的，也太不成茶。……並無清香，且無茶味，只一味苦澀，略有茶意而已」。「絳紅的」、「並無清香，且無茶味，只一味苦澀」的，又非血淚乎？

這三種茶概括了晴雯的一生，書中曾經交代過晴雯的來歷，從「當日系賴大家用銀子買的」，「進來時，也不記得家鄉父母」這些信息判斷，晴雯也很可能是被人販子拐賣或者和家鄉父母失散而被賣，如同「千紅一窟（哭）」一樣，最初就帶有悲劇的出身。

但是晴雯被賣入賈府，侍奉老太太，最終給了寶玉並隨

之進入大觀園，暫時過上了可意的生活。怡紅主人賈寶玉不但飲食上勞己心，而且心理上順其意，晴雯還可以指揮比自己低一等的丫鬟服其勞，幾乎可以說是心滿意足，再無別項可生貪求之心，一如受寶玉青睞備受珍視的「楓露茶」。

　　然而最終她因被疑是勾引寶玉的狐狸精而被攆出大觀園，由於晴雯不知家鄉父母，只有姑舅哥哥這一門親戚，所以出來就在他家。她的哥嫂是何人呢？一個是「一味死吃酒」的多渾蟲，一個是和賈璉鬼混過並且「恣情縱欲，滿宅內便延攬英雄，收納材俊」的多姑娘。心比天高的晴雯最終淪落到這樣一個骯髒下賤的去處並香消玉殞，又正暗合了粗茶的無香和苦澀。

　　因此，這三種茶相互之間有著隱含的聯繫。「千紅一窟」是仙界中的茶，「楓露茶」是大觀園這個理想世界的茶，而最後這個不知名的粗茶則是大觀園之外現實世界中骯髒之處的茶。「千紅一窟」和「三四次後才出色的」楓露茶，都寓了一個「紅」字，而最後這個不知名的粗茶則明指是「絳紅的」。「千紅一窟」據寶玉品來，「清香異味，純美非常」，楓露茶雖然沒有明寫其味，但出在務精務潔的怡紅院，又是寶玉特別留心之物，應該也是一種色香味上等的好茶。唯獨這個粗茶，色澤難看，口感粗劣，似乎與「千紅一窟」和「楓露茶」放在一起都是一種褻瀆。然而，這個「絳紅的」，「並無清香，且無茶味，只一味苦澀，略有茶意而已」的粗茶，毋寧說才是真正的「千紅一窟」。「清香異味，純美非常」的「千紅一窟」只是變相，絳紅和苦澀才是由女兒血淚凝成的茶的正色和正味。

晴雯與茶

這三種茶又不僅僅是晴雯的一生，也是眾美悲慘命運的縮影。金陵諸釵都隸屬於「薄命司」，先天就伏下了不幸的種子。而在下世為人之際，幾乎無一例外都成為了大觀園的居民，園內花招繡帶，柳拂香風，或讀書，或寫字，或彈琴下棋，作畫吟詩，以至描鸞刺鳳，鬥草簪花，低吟悄唱，拆字猜枚，無所不至，有一段十分愜意的日子。然而無可避免的是，「堪憐詠絮才」的黛玉「玉帶林中掛」；「可嘆停機德」的寶釵「金簪雪裏埋」；綺羅叢中霽月光風的史湘雲「湘江水逝楚雲飛」；精明強幹總攬大權的王熙鳳「哭向金陵事更哀」；貴為皇妃的元春痰疾而薨，「虎兒相逢大夢歸」；精於理家「才自精明志自高」的探春遠嫁，「千里東風一夢遙」；溫柔沉默的「金閨花柳質」迎春慘死，「一載赴黃粱」；「氣質美如蘭，才華阜比仙」的妙玉被劫，「終陷淖泥中」；擅於丹青的繡戶侯門女惜春出家，「獨臥青燈古佛旁」；克己守節教子成名的李紈「枉與他人作笑談」，哪一個逃過了劇烈顛倒的悲慘命運？因此，再倒回去反思，「千紅一窟」──「楓露茶」──粗茶，豈非正是千紅一「哭」由隱到顯的層層推進？而這斑斑血淚、玉殞香消的由隱到顯，豈非也正是所有大觀園群芳悲劇命運的一個象徵？

這杯叫做「林妹妹」的酒

　　拙文〈晴雯與茶：結構象徵上的雙重寓意〉中曾經談到：
在晴雯出場和謝幕之時，茶都或隱或顯地伴隨在她周圍。這
些描寫，在結構上，是一種照應筆法，也是千紅一「哭」由隱
到顯的層層推進；在象徵上，是一種「顛倒」，是理想世界走
向幻滅的縮影。

　　進而，《紅樓夢》中還有一個人物，同樣得到了曹雪芹要
眇宜修的深微觀照和書寫，即林黛玉與酒。

　　乍一看把林妹妹和酒聯繫在一起，說不定很多人頗有唐
突西子之感，因為尼采在《悲劇的誕生》中是把酒神精神與
狂熱、過度和不穩定聯繫在一起。但《紅樓夢》中林妹妹確
實與酒有著千絲萬縷的聯繫，甚至埋下了日後命運的伏筆。
謂吾不信，不妨打開手中的《紅樓夢》，我們一探究竟。

　　曹雪芹曾經借酒刻劃過林黛玉的性格。在第八回〈比通
靈金鶯微露意　探寶釵黛玉半含酸〉中，寶玉要喝冷酒，寶
釵趕緊勸道：

　　　　「寶兄弟，虧你每日家雜學旁收的，難道就不知道酒
　　性最熱，若熱吃下去，發散的還快，若冷吃下去，便凝
　　結在內，以五臟去暖他，豈不受害？從此還不快別吃那
　　冷的了。」

　　　　寶玉聽這話有情理，便放下冷酒，命人暖來方飲。

黛玉嗑著瓜子兒只抿著嘴笑。可巧黛玉的小丫鬟雪雁走來與黛玉送小手爐，黛玉因含笑問他：「誰叫你送來的？難為他費心，哪裏就冷死了我。」雪雁道：「紫鵑姐姐怕姑娘冷，使我送來的。」黛玉一面接了抱在懷中，笑道：「也虧你倒聽他的話。我平日和你說的，全當耳旁風，怎麼他說了你就依，比聖旨還快些！」

受電視劇影響較深未能細讀文本的觀眾或讀者，多因此認定黛玉何等小性兒不近人情，紫鵑好心好意為她著想，黛玉不但不領情多謝，反而譏刺。然而原文此處明明寫道：「寶玉聽這話，知是黛玉借此奚落他，也無回復之詞，只嘻嘻的笑兩陣罷了。」

原來此處黛玉只是與寶玉賭氣，嗔怪自己天天囑咐關心寶玉冷酒傷身，寶玉全當耳旁風，怎麼寶釵一說寶玉立即遵命，比聖旨還快！然而此處的「冷酒」遠非單單刻劃了林黛玉的靈舌慧性，第八回這是一處「草蛇灰線」的伏筆，其餘波要遠至第五十四回才顯現。

第五十四回賈母命寶玉道：「連你姐姐妹妹一齊斟上，不許亂斟，都要叫他乾了。」寶玉聽說，答應著，一一按次斟了。至黛玉前，偏他不飲，拿起杯來，放在寶玉唇上邊，寶玉一氣飲乾，黛玉笑說：「多謝。」

黛玉此舉極為不妥，一是不遵賈母之命，二是公然在眾人面前顯示了她和寶玉的親密。前者是目無尊長，後者已經是非分越禮，兩者都是致命的，都顯示了她不是大家新婦的合適人選。

　　不知大家有無注意到，在這一回黛玉讓寶玉代飲酒這件事的前後，賈母反覆提到了「禮」。在飲酒之前，發現襲人不在，賈母因說：「襲人怎麼不見？他如今也有些拿大了，單支使小女孩子出來。」王夫人忙起身笑回道：「他媽前日沒了，因有熱孝，不便前頭來。」賈母聽了點頭，雖然又笑，其實心中不悅：「跟主子卻講不起

黛玉

這孝與不孝。若是他還跟我，難道這會子也不在這裏不成？皆因我們太寬了，有人使，不查這些，竟成了例了。」

　　在飲酒之後，賈母借評女先兒說書批評道：「只一見了一個清俊的男人，不管是親是友，便想起終身大事來，父母也忘了，書禮也忘了，鬼不成鬼，賊不成賊，哪一點兒是佳人？便是滿腹文章，做出這些事來，也算不得是佳人了。」

　　襲人為母守孝不在主子跟前伺候，和女先兒說書中的絕代佳人自謀終身大事有一個共性，而這個共性也是黛玉讓寶玉代飲酒的共性，也就是目無尊長，不遵禮法。

　　黛玉讓寶玉代飲酒時王熙鳳趕緊打了一個岔，笑著對寶玉說：「寶玉，別喝冷酒，仔細手顫，明兒寫不得字，拉不得弓。」寶玉忙道：「沒有吃冷酒。」鳳姐兒笑道：「我知道沒有，不過白囑咐你。」

要說這次寶玉吃的是暖酒，而且鳳姐不但「知道」寶玉沒喝冷酒，還特別強調是「白囑咐」，幾乎近於無聊，但這兩句實是句句扣著第八回而來。第一句「別喝冷酒，仔細手顫」扣著薛姨媽和寶釵阻止寶玉喝冷酒，第二句「不過白囑咐你」扣著黛玉「我平日和你說的，全當耳旁風」。

要知道是在第八回梨香院薛姨媽的屋子裏黛玉說了諷刺寶玉的話，當時王熙鳳根本不在場，那第五十四回王熙鳳是怎麼知道的呢？或者，又是誰告訴她的呢？

黛玉終究會領悟：在賈府這樣一個複雜的環境中，她所做的每一件事都在別人的觀察之下，也都有可能成為別人的談資。還不該收斂鋒芒嗎，還不該謹言慎行嗎？

但是一切都太遲了！

《紅樓夢》第二十五回，王熙鳳為甚麼會戲謔林黛玉：「你既吃了我們家的茶，怎麼還不給我們家作媳婦？」因為她和賈母那時應該還都是很看好寶黛的。可是《紅樓夢》第五十四回之後，王熙鳳還有做過類似的戲謔麼？第五十七回薛姨媽當著黛玉和眾丫頭婆子的面說了要去和老太太說給林黛玉和賈寶玉保媒，即使薛姨媽因為有金玉良緣的私心不肯作伐，那麼王熙鳳為甚麼也不去保媒呢？揣摩賈母心思深細的王熙鳳，對賈母態度的轉變，是一定有所察覺的。

在青梅煮酒論英雄時，劉備聰明地掩飾了自己的野心，麻痹了曹操，從而為自己保存了實力，爭取了關鍵的時間，最終得以三分天下。而林黛玉在眾人面前讓寶玉代飲酒時，卻實在是舉止失當，可謂自毀長城。

夏志清先生評林黛玉不會為人處世，一昧小性任性，鋒

芒畢露，希望嫁給寶玉，卻不懂也不肯低首下心，以至於最愛她的賈母也移愛寶釵，因此婚姻不諧和最終病死都只能説是咎由自取：

Black Jade has finally only herself to blame for ruining her health and alienating their affections in the first place.
（黛玉最終只能怪自己毀壞了自己的健康和疏遠了長輩們最初的愛。）

即使我們不那麼苛刻説林黛玉很多事情上咎由自取，但起碼在公然讓寶玉代飲酒這件事上她確實是大失歡心，甚至可以説是大勢已去。

如果説《紅樓夢》裏和晴雯對應的是一種特別的「楓露茶」，那麼林黛玉也有一種對應的特別的酒──「合歡花酒」

《紅樓夢》第三十八回〈林瀟湘魁奪菊花詩　薛蘅蕪諷和螃蟹詠〉曾經提到一種特別的「合歡花酒」：

> 黛玉放下釣竿，走至座間，拿起那烏銀梅花自斟壺來，揀了一個小小的海棠凍石蕉葉杯。丫環看見，知他要飲酒，忙著走上來斟。黛玉道：「你們只管吃去，讓我自斟，這才有趣兒。」說著便斟了半盞，看時卻是黃酒，因說道：「我吃了一點子螃蟹，覺得心口微微的疼，須得熱熱的喝口燒酒。」寶玉忙道：「有燒酒。」便令將那合歡花浸的酒燙一壺來。

　　《紅樓夢》裏茶非凡茶，酒非凡酒，這個「合歡花酒」實大有來歷。

　　合歡花酒是風雅的象徵。以合歡花入酒，古已有之。據元人龍輔《女紅餘志》載，唐代貞元進士杜羔，曾因父死母離而「憂號終日」，為解其憂，「杜羔妻趙氏每歲端午，取夜合置枕中，羔稍不樂，輒取少許入酒，令婢送飲，便覺歡然。當時婦人爭效之。」到了明代，就有人以合歡枝釀酒。著名醫藥學家李時珍在《本草綱目》木部第三十五卷〈合歡〉條中，即著錄了釀制「夜合枝酒」的具體配方，並稱其為醫治中風攣縮的奇效良方。至清康熙年間，又有人以合歡花葉釀酒，並成為流傳於士大夫間的一件雅事。

　　合歡花酒也是對家世的追念。普魯斯特曾經在《追憶似水年華》中談到因一口芳香濃郁回味無窮的瑪德萊娜小點心，而喚起對往事的種種思量和無限懷念。

　　在此，「合歡花酒」也像瑪德萊娜小點心那樣，是故日風華的一種追念。在第三十八回寶玉「令將那合歡花浸的酒燙一壺來」的旁邊，脂批於己卯（庚辰、蒙府）夾批中明確指出：

　　　　傷哉！作者猶記矮䫫舫前以合歡花釀酒乎？屈指二十年矣。

　　説明《紅樓夢》的作者親自飲用過這種合歡花酒並念念不忘，這才入書留念。

　　高士奇《北墅抱瓮錄》中提到「合歡花酒」的釀製：「合歡葉細如槐，比對而生，至暮則兩兩相合，曉則復開。淡紅色，

形類簇絲，秋後結莢，北人呼為馬纓……采其葉，乾之釀以酒，醇釅益人。」

陳廷敬〈午亭文編・杜遇徐司寇以合歡花葉為酒示余，以方釀成，飲後陶然賦謝〉提到「合歡花酒」的飲用：

> 黃落庭隅樹，封題葉半新。花應知夏五，酒已作逡巡。采勝修羅法，香遇曲米春。嘉名愁頓失，況複飲吾醇。

更需指出的是，高士奇字淡人，號江村，為翰林學士，充起居注官，詹事府少詹事，曾與曹雪芹的祖父曹寅唱酬交遊。陳廷敬，字子端，號午亭，官至吏部尚書、文淵閣大學士。杜遇徐名臻，官禮部尚書，都曾與曹璽、曹寅同朝。曹家很可能通過他們得知合歡花酒的釀制方法。且曹家芷園又確實植有合歡樹，曹寅《棟亭詩鈔》卷三〈晚晴述事有懷芷園〉有「庭柯憶馬纓」詩。據此可考訂，《紅樓夢》中描述飲合歡酒的細節，蓋紀曹家之史實，並非作者杜撰。

那麼，此處為甚麼給林妹妹喝合歡花酒？因為合歡花有「蠲憂」之效。

林妹妹的外貌嫋娜不勝，並有先天不足之症，「兩彎似蹙非蹙罥煙眉，一雙似泣非泣含露目。態生兩靨之愁，嬌襲一身之病。淚光點點，嬌喘微微。閒靜時如姣花照水，行動處似弱柳扶風。心較比干多一竅，病如西子勝三分。」因此她的多疑多怒，固然和性情敏感有關，亦和體質、病症相輔相成。

西晉‧嵇康《養生論》曾經指出「合歡」的功效——「合歡蠲忿，萱草忘憂」。合歡花有「鎮靜、催眠」的藥理作用，醫學上也不乏記載，《醫學入門‧本草》：「主安五臟，利心志，耐風寒，令人歡樂無憂，久服輕身明目」。《飲片新參》：「調和心志，開胃，理氣解鬱，治不眠。」《四川中藥志》：「能合心志，開胃理氣，消風明目，解鬱。治心虛失眠。」江西《中草藥學》：「解鬱安神，和絡止痛，治肝鬱胸悶，憂而不樂，健忘失眠。」證實合歡花有「安神解鬱，理氣和胃，清肝明目」的功效，主治憂鬱失眠，胸悶食少，因此寶玉拿「合歡花酒」給林妹妹飲用，確實是對症下藥。

為甚麼寶玉給林妹妹喝合歡花酒？合歡花是豆科合歡屬，原產於澳大利亞，別名「夜合樹」、「絨花樹」、「鳥絨樹」。合歡樹葉，晝開夜合，相親相愛，人們常以合歡表示忠貞不渝的愛情。合歡花的花語為永遠恩愛、兩兩相對、夫妻好合。

神瑛侍者與絳珠仙草本有木石前盟，故而轉生的寶玉與林妹妹相見相親，情投意合。寶玉在未曾覺悟之時，不僅是他，許多冷眼旁觀的旁人也以為他們是「天生一對」。鳳姐時時、處處、事事揣摩賈母的想法，其說「既吃了我們家的茶，怎麼還不給我們家作媳婦兒？」可以反映賈母的意思。小廝興兒說「將來准是林姑娘定了的。因林姑娘多病，二則都還小，故尚未及此。再過三二年，老太太便一開言，那是再無不准的了。」興兒此番議論，反映的應該是賈府上上下下的輿論氛圍。或許眾人都認為「將來准是林姑娘定了的」，都認為老太太會做主這門親事。所以，寶玉常常不免「存了一段心思」，這杯「合歡花酒」也未嘗不有祝禱祈願之心在內。然

而，寶玉的這番心思，林妹妹也未必有福消受。

書中這麼寫道：

> 黛玉也只吃了一口便放下了。寶釵也走過來，另拿了一支杯來，也飲了一口。

寶姐姐真的是無心的嗎？

第二十九回黛玉和寶玉吵架，一氣之下剪了自己給寶玉做的穿在玉上的穗子。第三十五回寶釵就命鶯兒「打了絡子把那個玉絡上。」上次是寶釵主動鑒賞「通靈寶玉」，由鶯兒點出「玉」、「金」是一對；這次寶釵提出打「通靈寶玉」的「玉絡子」，還說用「金線相配」──「金配玉」，寶釵亦點矣哉！

當然還有元春單單賜了寶玉和寶釵一樣的紅麝串，而素來雅愛樸素不喜「富麗閒妝」的寶釵這次卻立即戴上。寶玉在旁邊看著雪白的胳膊，不覺動了羨慕之心。暗暗想道：「這個膀子要長在林妹妹身上，或者還得摸一摸；偏長在他身上，正是自恨沒福。」忽然想起「金玉」一事來，再看寶釵形容，只見臉若銀盆，眼同水杏；唇不點而含丹，眉不畫而橫翠，比黛玉另具一種嫵媚風流，不

元春

覺又呆了。

第三十二回，襲人向寶釵說起寶玉對穿戴的衣物十分挑剔，憑著小的大的活計，一概不要家裏這些活計上的人做（指專職縫衣工匠），只要襲人等貼身丫頭做，而襲人忙得無法顧及。於是，寶釵主動笑道：「你不必忙，我替你作些如何？」第三十六回，還寫到寶釵主動為寶玉繡肚兜的事。而在生活中，在文學作品裏，在愛情文化裏，為男子縫衣製鞋，就是示愛的標誌。是以此次寶釵特來分飲「合歡花酒」，豈無意哉？！

反而寶玉和黛玉卻是不留心的人。

第六十三回〈壽怡紅群芳開夜宴　死金丹獨豔理親喪〉的時候，湘雲抽到了「香夢沉酣」的海棠花簽，注云：「既云『香夢沉酣』，掣此簽者不便飲酒，只令上下二家各飲一杯。」湘雲拍手笑道：「阿彌陀佛，真真好簽！」恰好黛玉是上家，寶玉是下家。給二人斟了兩杯，只得要飲。

再沒有哪一次像這樣有夫妻合卺杯的暗示了，但是偏偏：

> 寶玉先飲了半杯，瞅人不見，遞與芳官，端起來便一揚脖。黛玉只管和人說話，將酒全折在漱盂內了。

他們常常不是被人打斷，就是自己陰差陽錯！

不管黛玉是「玉帶林中掛」，還是「冷月葬詩魂」，我想，曹雪芹的林妹妹應該確實是死去了。至於曹雪芹知不知道寶釵在介入他們愛情時候的所作所為，願不願意承認他曾經也對寶釵動過心，其實已經不重要了。

　　因為此時，他這麼這麼地追悔，恨不得在她的靈前把自己的心哭出來；這才醒悟，原來金釵十二，他卻只想要一個人的眼淚；這才決絕，拋棄世人所欽羨的嬌妻美妾寶釵襲人，於茫茫大雪中奪門而去，哪怕只為一個難摹難追的影子。

　　他一定非常希望，他當時讀懂了林妹妹，也一定非常希望，林妹妹能夠消受他的好意，哪怕只是一星半點。所以他才會不忍瓊英閨秀，隨我埋沒，要以血淚哭成此書；他才會心甘情願地稱自己是「侍者」；才會在二十年後仍然深深地懷念，記得林妹妹曾經喝過他忙不迭叫人端來的一杯合歡花酒。

襲人

錫名排玉合玫瑰：賈探春論

　　玫瑰作為賈探春的別名，實際上暗含了三種寓意，一語容括了她的容貌、性格、才能、命運。「十年辛苦不尋常」，曹雪芹命名之時，不知是不是也「吟安一個字，撚斷數莖須」？然而，沒有辛苦的推敲，怎能有藝術絕境的登臨，而令人服膺不已？

　　「玫瑰」的第一重寓意是探春的容貌和性格。六十五回中興兒說探春的渾名是「玫瑰花」，並解釋為「玫瑰花又紅又香，無人不愛的，只是刺扎手。」探春有「削肩細腰，長挑身材，鴨蛋臉面，俊眼修眉，顧盼神飛」的美貌，又有「文彩精華，見之忘俗」的氣質，不枉「又紅又香」的讚譽。再者，三姑娘的性格也是有大主意、不容冒犯的，不像迎春綿軟懦弱。打王善保家的那一巴掌，大殺趨炎附勢小人的氣焰。然而，更要指出的是，抄檢大觀園之時，探春自命是個「窩主」，縱丫頭們偷了來，只藏在我處，因此只許看自己的東西，不許抄檢丫頭。

　　試想，實際上林黛玉房中紫鵑被抄出了寶玉的寄名符等物，迎春房中司棋被抄出了表弟潘又安私贈的表記，惜春房中入畫被抄出了替哥哥收藏的往日受賞的銀兩。探春房中的丫頭呢？有兩種可能，一是也有私藏，哪怕很小，就如入畫只不過替親哥哥存起來往日受賞的銀兩免得被吃酒賭錢的叔叔嬸嬸胡亂花用，但是解釋權在抄檢方那裏，可以是一

笑而過，也可以是雷霆萬鈞。因此，如果探春的丫頭也有私藏，而探春不許查丫頭，有過失者何等慶幸感激。一是纖塵不染，然則聽到探春此言，也不由佩服探春的擔當。如果把秋爽齋比作是一個小單位或小公司，探春就是這個小部門的領導，而她在抄檢大事臨頭之際表現出了冷靜、有擔當、有威嚴的領導才能，「有刺扎手」，才是一朵不容隨便攀折的真玫瑰。

「玫瑰」的第二重寓意是探春的才能。之前去賴大家做客，探春發現，「一個破荷葉，一根枯草根子，都是值錢的」。賴大家的園子，除他們帶的花，吃的笋菜魚蝦之外，一年還有人包了去，年終足有二百兩銀子剩餘。故而，探春得到理家的授權之後，舉一反三，把大觀園也承包給嫫嫫婆子，以實現大觀園的自給自足。

> 不如在園子裏所有的老媽媽中，揀出幾個本份老誠能知園圃的事，派准他們收拾料理，也不必要他們交租納稅，只問他們一年可以孝敬些甚麼。一則園子有專定之人修理，花木自有一年好似一年的，也不用臨時忙亂；二則也不至作踐，白辜負了東西；三則老媽媽們也可借此小補，不枉年日在園中辛苦；四則亦可以省了這些花兒匠山子匠打掃人等的工費。將此有餘，以補不足，未為不可。

雖然後文寫到寶姐姐為免分配不均生出是非，讓得了營生的老媽媽分一些利潤給那些沒得到的：「你們只管了自己寬

裕，不分與他們些，他們雖不敢明怨，心裏卻都不服，只用假公濟私的多摘你們幾個果子，多掐幾枝花兒，你們有冤還沒處訴。」但是畢竟，探春是大方案的提出者，寶姐姐是完善者，探春應是更勝一籌的，更是體現了「世事洞明皆學問」的才幹，是玫瑰紅香馥鬱的一面。紅樓夢人物中林語堂最喜歡探春，也是最欣賞她的有擔當，有創新意識，敢想敢做。

但就在興利除宿弊的理家同時，探春在處理舅舅喪事上很是讓人詬病。她的親舅舅死了，按規矩應給二十兩喪葬銀子。母親趙姨娘因為襲人的母親死了都能得到四十兩，而且自己女兒探春現在身居理家高位，滿以為應該照管自家，所以堅持多要，以爭臉面。「如今你舅舅死了，你多給了二三十兩銀子，難道太太就不依你？」

探春接下來的這句話被人認為是她的一個大缺點：「誰是我舅舅？我舅舅年下才升了九省檢點，哪裏又跑出一個舅舅來？我倒素習按理尊敬，愈發敬出這些親戚來了。」即使深愛探春之人也多有格格難下之感，認為她不認自己的親舅舅趙國基，反而高攀王夫人的兄弟王子騰，有悖孝道，數典忘祖，有「絕情」之憾。

然而，要深刻理解古代人物，要把人物還原到他（她）的時代背景中去，而不能以今律古。譬如古代有八母，八種身份不同的母親，即嫡母、繼母、養母、慈母、嫁母、出母、庶母和乳母：

嫡母：妾的子女稱父之正妻為嫡母。對於嫡母，服制是斬衰三年。

繼母：父親的後妻稱為繼母，對於繼母，服制也是斬衰三年。

養母：過繼兒子稱收養他的母親為養母。對養母服制是斬衰三年。

慈母：妾所生之子，其母死後，其父令別的妾撫育，此別妾就是此子的慈母。

嫁母：親母因父親死後再嫁，稱作嫁母。為嫁母服齊衰杖期。

出母：被父親休棄的生母稱作出母。為出母服齊衰杖期。

庶母：父親的妾稱為庶母。士為庶母服緦麻。

乳母：父妾之中曾乳育己者稱她為乳母。為乳母服緦麻。

探春是庶出，按照古時規定王夫人是她的嫡母，她要叫王夫人為太太，母親，是屬於王夫人名下的孩子。趙姨娘是她的庶母，她要叫趙姨娘為姨娘，不能稱母親。不管趙姨娘生了多少孩子，名義上探春都與她無干，趙家無干，更別說叫舅舅。所以趙姨娘當眾那樣說，探春很生氣，不僅沒臉，還會得罪王夫人，被人認為不知規矩。

類似的我們還可以看到，賈環與鶯兒趕圍棋輸了錢，回家向趙姨娘哭訴，趙姨娘正恨鐵不成鋼地罵他，鳳姐在窗外過，都聽在耳內，便隔窗說道：「他現是主子，不好了，橫豎有教導他的人，與你甚麼相干！」

從生活教養上來看，也許很多人沒注意到的是，探春是

跟著王夫人長大的。寶玉三春等原是在賈母處，黛玉來了後，賈母把三春移到王夫人處教養。即使民間俗語中也有「生母沒有養母親」，因此，探春和王夫人更親近。

第一，王夫人確實是個好嫡母，因為她基本不找探春麻煩，還願意讓探春管家，因此探春感謝嫡母培養之恩。

第二，王夫人也會讓探春去王子騰家做客，「這日王子騰的夫人又來接鳳姐兒，一併請眾甥男甥女閒樂一日。賈母和王夫人命寶玉，探春，林黛玉，寶釵四人同鳳姐去。」賈環可沒有份兒。變相地承認了王子騰和探春的舅甥關係。

第三，在三春之中，王夫人最疼探春。王熙鳳曾經指出：「太太又疼她，雖然面上淡淡的，皆因是趙姨娘那老東西鬧的，心裏卻是和寶玉一樣呢。」雖然和寶玉一樣有些拔高，但和迎春惜春這樣的主子姑娘比起來，是更看重的。不然，探春所居的秋爽齋何以闊朗氣派至此？

從品格修養上來看，王夫人雖可能有偽善的一面，但大體來看，是淑女和正人。而趙姨娘則是公認的昏聵愚昧、顢頇粗鄙，屢屢讓賈探春蒙羞。而趙國基也是處處奴才相，伺候賈環讀書，但凡賈環來了，趙國基就得站著。

〈出師表〉所言：「親賢臣，遠小人，此先漢所以興隆也；親小人，遠賢臣，此後漢所以傾頹也。」

是以探春是作出了一種超血緣的選擇。玫瑰有刺，這刺是令人不悅，卻也是一種自保、自清的手段。

賈府三代中，賈赦，賈政取名皆從「文」旁；賈珠、賈璉、賈寶玉、賈環取名皆從「玉」旁；賈蘭、賈蓉、賈薔、賈芸取名皆從「草」旁，則探春的「玫瑰」渾名不可謂沒有深意。

王墀《增刻紅樓夢圖詠》中對探春題詩贊道：「一帆風雨海天來，爽氣秋高遠俗埃。脂粉本饒男子氣，錫名排玉合玫瑰。」《說文》有解：「玫，石之美者，瑰，珠圓好者。」玫瑰也是一種玉石！作為賈府未來希望的玉字輩男性的能力如何呢？賈珠早死，賈璉除了鬼混，其才幹不如鳳姐遠矣。寶玉呢？是一個不管事的「富貴閒人」，賈環除了討人嫌憎外，餘無他能。從探春理家的才幹和「必須先從家裏自殺自滅起來，才能一敗塗地」的見識來看，她實在是高出那些以「玉」旁為名的男性，故而脂硯齋批道：「使此人不遠去，將來事敗，諸子孫不致流散也，悲哉傷哉！」將探春的能力推舉到維繫家族存續的地位，因此，從實質上來說，探春確實具備「玉質」。況且，在命名上，也有先例可循，林黛玉的母親閨名賈敏，敏從赦從政，也是「文」字輩的。

「玫瑰」的第三重寓意是探春的命運。玫瑰花是一種奇特的花，它必須離開母親才能繁茂。

《花鏡》有言：「玫瑰一名徘徊花，處處有之，唯江南獨盛。其木多刺，花類薔薇而色紫，香膩馥鬱，愈乾愈烈。每抽新條，則老本易枯，須速將旁根嫩條移植別所，則老本仍茂，故俗呼為離娘草。」

這真是不期然地照應了探春的終身：探春在花簽中抽到了杏花，「日邊紅杏倚雲栽」，預兆是得貴婿的，後來是嫁作海外王妃，果成離娘之草。

當然有人可能認為，女兒家大了嫁了人自然都要「離娘」，未必非得照應玫瑰？又且《紅樓夢》後四十回探春不還回家省親，不也沒有真正完全「離娘」？

首先，《紅樓夢》後四十回未必所有都是曹雪芹的原稿，若按前八十回的伏筆：「清明泣涕江邊望，千里東風一夢遙」來說，探春是不可能有回家省親之舉的。其次，探春的「離娘」，是永無再見之意。

〈觸龍說趙太后〉即透漏出這個習俗，趙太后送女兒燕后出嫁時，燕后上了車，趙太后還握著她的腳後跟哭泣，捨不得她出嫁；但每逢祭祀趙太后為她祈禱時，卻每次祈禱說：「一定別讓她回來啊」。這是從長遠考慮，希望她有子孫相繼為王。因此，探春作王妃若果然幸福無虞，是斷不該回來的，回來可能就意味著被休棄，這和普通女子出嫁後可以回門等等是不能混同的。

玫瑰花離娘而茂，卻永遠骨肉分離，天各一方，這固然是悲劇，但是我們讀《紅樓夢》，卻未嘗不可以用積極的眼光來看待。探春「才自清明志自高」，但身為庶女，「如今有一種輕狂人，先要打聽姑娘是正出庶出，多有為庶出不要的。」若嫁在近處，未必能嫁得身份高貴，若探春如此才幹而沉淪下僚，身份卑微四處掣肘，豈非更是懷才不遇鬱鬱而終的悲劇？更何況趙姨娘蠍蠍蜇蜇，探春嫁在近處，更不知受其何等帶累，惹出何等笑柄。

倒不如飄然遠去，各自安好。若似八七版電視劇《紅樓夢》劇本改編，探春被南安太妃收為義女遠嫁和親，可能反是更好，這樣探春永遠撕下了「庶出」的標籤，脫離了天天以羞辱女兒為能事宣揚她是奴才生的原生家庭，可以在海外施展她的一番抱負。就如她當日宣稱的那樣：「立一番事業，那時自有我一番道理」，不是更好？

探春

你看那《風塵三俠》中的虬髯客，本有爭奪天下之志，見李世民神氣不凡，遂傾其家財資助李靖，使輔佐李世民成就功業。後虬髯客出走海外，入扶餘國自立為王。

《水滸傳》中，宋江北上的時候，李俊夥同童威、童猛留下，沒有跟著去朝廷，就去了當時的方外之地暹羅，做了海外一個小國的國王，倒也很是逍遙自在。

那麼探春去做一個海外王妃，又何悲之有？她雖然沒有扶振賈家家聲，以她庶出和姑娘的身份，理家也不過鳳姐病了暫時代替，在那個體制內，她雖有此才幹也未必得以施展。可是在海外的夫家，在一個不敢歧視和低看的新環境，又焉知她不會成為一個上下稱頌的未來大家族賈太君呢？

就如王陽明所說，此花不在你的心外，可知人生的路也不在你的心外！不鑽牛角尖，路愈走愈寬！

自古窮通皆有定，離合豈無緣？

心轉天地變，各有福無限。

奴去也，莫牽連！

德配朝顏自安然：賈巧姐論

《紅樓夢》中十二釵有好幾個都恨不得被人掰開揉碎了反覆講，古時有為釵黛之爭幾揮老拳者，現在連探春、襲人都分黑、粉好幾派，真個是「第相祖述複先誰」了。但《紅樓夢》中可茲討論者正復不少，何如一空依傍，另闢蹊徑？比如大家何不談談賈巧姐呢？

不談巧姐是因為她太令人困惑了。她不但在《紅樓夢》中資料極其匱乏，而且年齡也撲朔迷離，忽大忽小。第七回「奶子正拍著大姐兒睡覺」，第二十七回「巧姐」在園子裏和丫鬟們玩耍，第二十九回奶子「領著」巧姐坐車，可見已漸漸長大，可是到了第六十二回「奶子抱著巧姐」給寶玉拜壽，又縮小成嬰兒狀。第八十四回巧姐驚風，「奶子抱著，用桃紅綾子小棉被兒裹著」，頂多四歲。第九十二回，開讀《列女傳》，至少八歲。第一〇一回，奶子因巧姐夜裏不睡，「往孩子身上擰了一把，那孩子哇地一聲大哭起來了」，又縮回了兩至三歲。第一一七回，就驟然「年紀也有十三四歲了」。所以很難解釋清楚。再者巧姐既乏事蹟，更少言語，分析起來著實難以下手，這可能是諸家敬而遠之的原因之一。

有沒有甚麼比較特別的角度？

十二釵多以花為比，寶釵是牡丹，黛玉是芙蓉，探春是杏花，李紈是老梅，甚至有些丫頭子也分得花簽，比如麝月是荼蘼。但是很多正釵是不詳的，尤其是巧姐，若她是花，

該是朵甚麼花？我想，與巧姐最相似的花，是牽牛。

很多人以為牽牛花是夕顏，其實這是兩種非常不同的花。牽牛花有個俗名叫「勤娘子」，顧名思義，它是一種很勤勞的花。每當公雞剛啼過頭遍，繞籬縈架的牽牛花枝頭，就開放出一朵朵喇叭似的花來。牽牛花另一個日本名字叫「朝顏」，是黎明開放的。而夕顏，是傍晚開放，不及天亮便凋零，可理解為「傍晚的容顏」。

夕顏所對應的美人，最有名的，在《源氏物語》：

> 這裏的板垣旁邊長著的蔓草，青蔥可愛。草中開著許多白花，孤芳自賞地露出笑顏。源氏公子獨自吟道：「花不知名分外嬌！」隨從稟告：「這裏開著的白花，名叫夕顏。這花的名字像人的名字。這種花都是開在這些骯髒的牆根的。」這一帶的確都是些簡陋的小屋，破破爛爛，東歪西倒，不堪入目，這種花就開在這些屋子旁邊。源氏公子說：「可憐啊！這是薄命花。給我摘一朵來吧！」

美人夕顏實際上是頭中將的下堂妾，被正室逐離。光源氏知道乳母生病，前往探病，偶然看見了隔壁家的夕顏。夕顏清秀且天真無邪的樣子令他一見鍾情，兩人遂在夜裏時常密會往來。不過夕顏從不肯透露她的真實身份，光源氏也隱瞞自己的身份與她來往。光源氏某日決定帶她到一間山上隱密的房子去幽會，她卻因光源氏另一個情人六條妃子的生魂詛咒受驚而死，得年只有十九歲。

相比於夕顏，巧姐是牽牛花（朝顏）是更貼切的。牽牛花（朝顏）也是一種相對來説比較低賤的花，田間地頭，蔓生皆是，與《紅樓夢》第五回〈遊幻境指迷十二釵　飲仙醪曲演紅樓夢〉裏預示巧姐的最終結局終老鄉間相符：

後面又是一座荒村野店，有一美人在那裏紡績。其判曰：

勢敗休云貴，家亡莫論親。
偶因濟村婦，巧得遇恩人。

再者，《紅樓夢》第九十二回是〈評女傳巧姐慕賢良〉，亦大有深意。許多大人君子一聽到巧姐要學習《列女傳》，就像聽到寶玉要去中舉一般，立即拉長了臉，恨不得連連否決。理由是寶玉若是中舉豈不損害了他的反封建形象？巧姐去慕賢良更是封建餘毒了。但是，如果説中舉破壞了寶玉的形象，那麼，如果剛出場的寶玉就是愛吃女孩嘴上的胭脂、愛在內幃廝混、厭惡仕途經濟；而數年之後，已經長大的寶玉還是愛吃女孩嘴上的胭脂、愛在內幃廝混、厭惡仕途經濟，前後沒有任何變化，才是寶玉形象的完整？作者的高明之處，不在於塑造完整性格的形象；而是給予寶玉人世中所能給予的極致形式，讓他處在一次次最高點上所引發的行為和自省，來揭示中國文化的各種層次性。寶玉不可能永遠喝酒作詩吃螃蟹，不管作者是誰，他已經作了很多安排，他讓寶玉夢遊太虛幻境、看齡官畫薔、挨打、經歷金釧跳井和晴雯被逐，甚至結婚、中舉、生子──作者讓寶玉嘗試了不同的人生，每一次都把他推到頂峰上來觀察。書中有太多的不

一致、不完整、不合理，但它的意義不在於一致、完整和合理，而是在推至頂峰之時對人性的洞察，這才是《紅樓夢》更深刻的地方。

同理，巧姐也是，《列女傳》雖有其封建、落後的一面，但也有值得借鑒與深思之處，就像不能因二十四孝裏有郭巨埋兒，就一律抹倒。寶玉告訴巧姐的列女都是甚麼樣的？守節的當時沒講，引刀割鼻，怨妒類談得也少。主要是集中於賢與才：

> 寶玉道：「那文王后妃是不必說了，想來是知道的。那姜后脫簪待罪，齊國的無鹽雖醜，能安邦定國，是後妃裏頭的賢能的。若說有才的，是曹大姑、班婕妤、蔡文姬、謝道韞諸人，孟光的荊釵布裙，鮑宣妻的提甕出汲，陶侃母的截髮留賓，還有畫荻教子的，這是不厭貧的。那苦的裏頭，有樂昌公主破鏡重圓，蘇蕙的回文感主。那孝的是更多了，木蘭代父從軍，曹娥投水尋父的屍首等類也多，我也說不得許多。那個曹氏的引刀割鼻，是魏國的故事。那守節的更多了，只好慢慢的講。若是那些豔的，王嬙、西子、樊素、小蠻、絳仙等。妒的是禿妾髮、怨洛神等類，也少。文君、紅拂是女中的……」賈母聽到這裏，說：「夠了，不用說了。你講的太多，她那裏還記得呢。」巧姐兒道：「二叔叔才說的，也有念過的，也有沒念過的。念過的二叔叔一講，我更知道了好些。」

終《紅樓夢》全書，寶玉是十三到十九歲的少年，但作者不是，寫作時他已是四十華年的中年了。翻過跟鬥過來的人，涼熱備嘗，眼界遂大，感慨遂深，還會和少年心性一般麼？只怕很多東西都會價值重估。

他寫《紅樓夢》的目的是甚麼？是「忽念及當日所有之女子，一一細考較去，覺其行止見識，皆出於我之上」，是記錄其「小才微善」。才，恐怕巧姐是有限的，且不論抄家時她年紀較小，恐未曾完成完整的詩書教育，後來又下嫁民家，也不像香菱還能進入侯府的大觀園和眾多才女吟詠進益。而且，即使同在大觀園中的迎春探春也比寶釵黛玉遜色多多。是以巧姐即使在賈府長大，才學恐怕也難與薛林爭勝。所以，巧姐能夠進入十二正釵之列，很有可能在「善」在「德」！

我們知道作者是很會狡獪手法的，像薛林那樣的，還說是「小才」，所以巧姐，恐非僅僅是「微善」。而且《紅樓夢》中絕少有閒文，並慣會草蛇灰線，伏脈千里，所以巧姐的「微善」也只怕要和九十二回的「慕賢良」有著千絲萬縷的聯繫。

在《紅樓夢》後四十回賈府破敗後，她險些被王仁、賈環等人賣給一個外藩王爺做妾，幸而劉姥姥、平兒合力將她救出，最後嫁到姓周的富農家，豐衣足食。但根據書中判詞及伏筆，巧姐更有可能是嫁給了劉姥姥的外孫板兒：

> 那大姐兒因抱著一個大柚子玩的，忽見板兒抱著一個佛手，便也要佛手。丫環哄他取去，大姐兒等不得，便哭了。眾人忙把柚子與了板兒，將板兒的佛手哄過來與他才罷。那板兒因頑了半日佛手，此刻又兩手抓著些

果子吃，又忽見這柚子又香又圓，更覺好頑，且當球踢著玩去，也就不要佛手了。

此處共有四處脂批：庚辰雙行夾批：「小兒常情遂成千里伏線」；蒙側批：「伏線千里」；庚辰雙行夾批：「柚子即今香團之屬也，應與緣通。佛手者，正指迷津者也。以小兒之戲暗透前回通部脈絡，隱隱約約，毫無一絲漏泄，豈獨為劉姥姥之俚言博笑而有此一大回文字哉？」；蒙側批：「畫工」。

作者寫道「這柚子又香又圓」，諧音「香櫞」，批書人注明「柚子，即今香團之屬也，應與緣通」。香櫞：果名，似橘。子肉甚厚，白如蘆菔，女工競雕鏤花草，漬以蜂蜜。亦名香櫞。又：此外，可用作砧木，但只可嫁接佛手，對其他種類嚴格不親和。因此巧姐和板兒的柚子佛手互換之舉極有可能是姻緣兆始，這也就是薛姨媽所說「千里姻緣一線牽」，只要月下老人「暗裏只用一根紅線把這兩個人的腳絆住，憑你兩家隔著海，隔著國，有世仇的，也終久有機會作了夫婦。」

巧姐嫁給姓周的富農，都被認為是做夢都想不到的下嫁，更不要說嫁給當初曾畏畏葸葸去她家打秋風的劉姥姥的外孫。一般女子，如果從侯門嫁到荒村這等下嫁，多半是哭哭啼啼，怨天尤人的。但我想，這一定不是巧姐。

巧姐的巧，一般多認為是因為她生在七月初七日子不好，第二十一回染了痘疹，這在當時是險症，死亡率很高，第四十二回撞了花神發熱，第八十四回驚風，三災六難不斷，所以第四十二回，鳳姐讓劉姥姥給起名字，劉姥姥說：「就叫他是巧哥兒，這叫作『以毒攻毒，以火攻火』的法子。

姑奶奶定要依我這名字，她必長命百歲」。就算「一時有不遂心的事，必然是遇難成祥，逢凶化吉，卻從這『巧』字上來。」因此最後劉姥姥把她救了。

但我認為，巧姐的巧，除了這些，還有多重含義。巧姐生於七夕，終日紡績，暗喻其為織女，而織女本是「天孫」，南朝梁宗懍《荊楚歲時記》：「天河之東有織女，天帝之女也。」暗喻巧姐有著天潢貴胄的出身。其次，織女下嫁貧寒的凡夫俗子牛郎，也合乎巧姐的丈夫板兒微賤的身份。再次，巧姐應該是手藝精巧的。《上山采蘼蕪》裏都談到新人「織縑日一匹」，舊人「織素五丈余」，可知女紅一道，同是女子而大有差別，《紅樓夢》也提到有一種「慧繡」，「凡這屏上所繡之花卉，皆仿的是唐，宋，元，明各名家的折枝花卉，故其格式配色皆從雅，本來非一味濃豔匠工可比。每一枝花側皆用古人題此花之舊句，或詩詞歌賦不一，皆用黑絨繡出草字來，且字跡勾踢，轉折，輕重，連斷皆與筆草無異，亦不比市繡字跡板強可恨。」因覺這樣筆跡說一「繡」字，反似乎唐突了，所以改稱「慧紋」，若有一件真「慧紋」之物，價則無限。織女本來就是「年年織杼勞役，織成雲錦天衣」，巧姐實其名，應該是在此道上頗見精妙的。況且劉姥姥家本貧寒，為救她更是傾家蕩產，巧姐嫁後很有可能是以紡績針黹補貼家用，甚至養家糊口。

說到此處，可能又有君子嗒然失色，恨不得為巧姐一哭。然而，我們常常不免以二元論來衡量和評價事物。如果紡績是公侯夫人所做，往往是讚美不絕，如《詩經‧葛覃》讚揚后妃「為絺為綌，服之無斁」，說她們在父母家裏從事女

工，紡紗織布。又如《漢書‧張安世傳》說：「安世尊為公侯，食邑萬戶，然身衣弋綈，夫人自紡績。」但是紡績的如果是貧家女子，則視之為本等，甚至覺得對方可憐，所以我們會認為賈巧姐從侯門之女下嫁到荒村紡績是一種悲劇。

然而，十二釵各有其美，最小的巧姐能夠得附驥尾，一定不會僅僅因為她是王熙鳳的女兒這麼簡單，貧富都夷優自若，嫁與豪室寒門，只是活動天地大小而已，而「主中饋，助蒸嘗，奉箕帚，操井臼」不是一樣的麼？不要忘了，巧姐是牽牛花，不是柔弱無主、暗自傷懷的夕顏，而是與日同起、和露而開的朝顏！比起夕顏的潔白、柔軟、楚楚可憐，朝顏們真心都是積極向上，明亮鮮妍的存在啊。富不驕，貧不諂，嫁與豪富夫家淡然，嫁與貧寒夫家安然，即使身入寒門，亦能令滿堂雍熙，方不負宜室宜家，我想，這才是真正大家之女賈巧姐。

巧姐

從紅樓夢原文和明清繼承法看林黛玉的財產

林如海有財產嗎？

曰：有！

《紅樓夢》第二回交代，這林如海「乃是前科的探花，今已升至蘭台寺大夫，本貫姑蘇人氏，今欽點出為巡鹽御史」。

鹽乃關乎國計民生的重要物資，歷代均由官營。清初鹽法沿襲明制，基本上實行引岸制度。鹽商運銷食鹽，必須向鹽運使衙門交納鹽課銀，領取鹽引（運銷食鹽的憑證），然後才可以到指定的產鹽地區向灶戶買鹽，販往指定的行鹽地區銷售。據《明史》、《清史稿》記載，朝廷通常在兩淮、兩浙、長蘆、河東等地各派巡鹽御史一人。清康熙三十年還曾在福建、兩廣等地派有巡鹽御史。康熙五十九年至雍正四年，陸續停兩廣、福建、長蘆、河東、兩浙等地鹽差，僅在兩淮還派有巡鹽御史。明清時期，政府把鹽業壟斷管理機構兩淮鹽運使和兩淮鹽運御史設在揚州，使揚州成為全國最大的食鹽集散地。林如海乃是「揚州鹽政」，其俸祿非一般地方窮官可以相比。

也有人說，「揚州鹽政」雖清貴富庶，但林如海從地方風紀和個人品德上，都不可能貪污，未必有錢。

曰：林如海何必貪污？就不要揚州鹽政俸祿一分錢，他自己也家底豐厚。《紅樓夢》第二回道：

這林如海之祖，曾襲過列侯，今到如海，業經五世。起初時，只封襲三世，因當今隆恩盛德，遠邁前代，額外加恩，至如海之父，又襲了一代；至如海，便從科第出身。雖系鐘鼎之家，卻亦是書香之族。

就寶玉這種幾世祖，先前那些玻璃缸，瑪瑙碗不知打碎了多少，林如海哪有反不如寶玉的道理？

就不算林如海的財產，林黛玉的母親賈敏嫁妝豈會少的？

《紅樓夢》第七十四回，王夫人嘆道：「只說如今你林妹妹的母親，未出閣時，是何等的嬌生慣養，是何等的金尊玉貴，那才像個千金小姐的體統。如今這幾個姊妹，不過比別人家的丫頭略強些罷了。」

民國時徐志摩的髮妻張幼儀，家裏不過只是寶山縣的首富，父親是當地的名醫而已。當時張家的嫁妝是專門去歐洲採購的，傢俱多到連一列火車都裝不下。又何況賈母只這一個獨女，且嫁的是侯府探花呢？

那麼，林如海的財產和賈敏的嫁妝，都到了哪裏去了？

有人認為，古代女子沒有繼承權，縱有財產，也與林黛玉無份。

曰：這又是想當然之語！

明代法律明確規定被繼承人有子的情況下，女兒沒有繼承權；如果無子有女，則女兒可以繼承遺產。《大明令·戶令》規定：「凡戶絕財產，果無同宗應繼者，所生親女承分。無女者，入官。」清代女子的財產繼承權可以通過遺囑來確

定，被繼承人可以通過遺囑給女兒一部份財產；在戶絕的情況下，女兒可以繼承所有財產。

《紅樓夢》中説：「這林家支庶不盛，子孫有限，雖有幾門，卻與如海俱是堂族而已，沒甚親支嫡派的。今如海年已四十，只有一個三歲之子，偏又於去歲死了。雖有幾房姬妾，奈他命中無子，亦無可如何之事。今只有嫡妻賈氏生得一女，乳名黛玉。」

林如海死時，沒甚親支嫡派，無子，只有一未嫁室女林黛玉，如何不能繼承財產？

何況他自病重即急召女兒回家，是冬底，第二年的九月初三才去世，差不多一年時間，並非猝死。林如海一開始就很為女兒打算，因怕黛玉「多病，年又極小，上無親母教養，下無姊妹兄弟扶持」，因此小小年紀就送她依傍外祖母。難道臨死之際，反而竟不為親女做任何籌劃？

即使林如海沒有現銀（這也是不太可能的），那古董、字畫、圖書、房屋、田產，究竟都到了哪裏去了？

何以賈璉帶她回去奔喪了大半年回來，林妹妹突然就寄人籬下，一無所有了？細思恐極，一聲嘆息！

《紅樓夢》的學問與聯姻

有這麼一道題：「就官方認可學問而言，寧榮兩府親戚誰最強？」

第一反應是寧國府啊，因為賈敬中過進士。

但是答案是否定的。科舉三年一次，每次進士一大把啊。

那麼，必然是榮國府？因為賈政的妹夫林如海，可是探花。每次進士一大把，可是探花就一個哦。

答案還是否定的！

正確答案是：李紈之父李守中。

啊？！對啊！他是國子監祭酒呀！

看到這個答案，電光石火之間，我想通了一件事──政老爹鍾意的寶玉媳婦一定是林黛玉，而不是薛寶釵！

每個人的行為處事都有一定的邏輯，除非遇到重大變故，一般不會輕易改變。否則，就不會有「江山易改，本性難移」這句話了。

賈政喜歡的可不僅僅是讀書人，還得是科舉考試奪魁的讀書人。你看他的妹夫，林如海是探花；他的親家，李守中是國子監祭酒。

賈珠的婚姻，使人想起「榜下捉婿」的典故。「榜下捉婿」是宋代的一種婚姻文化，即在發榜之日富貴之家全體出動，爭相挑選登第士子做女婿，那情景簡直就是搶，坊間便稱其「捉婿」。

唐宋八大家之一的歐陽修，就曾被人榜下捉婿。翰林學士胥偃第一次見到歐陽修的時候，就非常欣賞他，等到歐陽修一中進士，胥偃就迫不及待地把女兒嫁給他，可惜胥偃之女新婚不久就去世了。後來，歐陽修又娶了已故宰相薛奎的四女兒。值得一提的是，薛奎的另一位女婿，正是當年跟歐陽修一起參加殿試，並高中狀元的王拱辰。更有趣的是，王拱辰先是娶了薛奎的三女兒，但這位薛三小姐早卒，王拱辰又續娶了薛奎的五女兒，繼續做薛家的女婿、歐陽修的連襟。歐陽修還寫詩調侃王拱辰：「舊女婿為新女婿，大姨夫作小姨夫。」

但是，有些「饑不擇食」者所謂的理想對象既不是女兒的個人意願，也不是從女兒的角度來考慮的，而是父母主要是父親從維繫、發展家族的角度來考慮的，所以將習俗所重視的陰陽吉凶、家世背景等都拋之腦後，年齡也是可以不考慮的。

有一個叫韓南老的人，考中了進士，很快便有人來向他提親，他並未拒絕，而是作了一首絕句「讀盡文書一百擔，老來方得一青衫。媒人卻問余年紀，四十年前三十三。」

從這個角度看，李守中選擇賈珠做女婿，就有眼光得多。李守中是國子監祭酒，國子監祭酒不是教育部長，禮部才相當現在外交教育等好多部。國子監祭酒相當於最高學府校長加社科院長加政研室主任加文獻編譯院長等等，所以如果李守中想要去「榜下捉婿」，甚至他都不用去捉，很多新晉士子也趨之若鶩。但是李守中選的賈珠，不要說進士，連舉人還沒考上吶！賈珠不過才「進了學」，也就是只是個秀才罷

了。所以這考的是李守中的眼光，他必須能夠璞中識玉。

不過想一想，賈元春容貌自然是端莊的，所以才能進宮而且當了貴妃。寶玉的容貌「面若中秋之月，色如春曉之花，鬢若刀裁，眉如墨畫」。以此推斷，和他們一母同胞的賈珠容貌想來也是清秀的。從他不到二十歲就有了遺腹子賈蘭來推算，他和李紈成婚之時應該十八九歲。所以從容貌、年紀和家世來看，李守中給女兒挑選的女婿還是很用心的。李守中選婿之前自然也少不了看一下小秀才賈珠的兩篇文字，他是國子監祭酒，應該能從專業的眼光看出賈珠是個可造之材。

只是，李守中容貌、年紀、家世、才華都沒看差，就是身體健康看走了眼，賈珠不到二十歲就死了。他的遺腹子賈蘭也是早早展露頭角卻也驟然死去——「氣昂昂頭戴簪纓，光燦燦胸懸金印，威赫赫爵祿高登，昏慘慘黃泉路近」。這是不是也跟基因遺傳學有一定關係呢？

賈政給大兒子聯姻的是國子監祭酒家，給二兒子聯姻的首選，應該是探花和鹽政林老爺家，而非皇商之家。從日常中就可以見出賈政對林黛玉的欣賞。

第一，凡是黛玉所擬的匾額，政老爹一字不改，全用了。

第二，對於黛玉的老師賈雨村，政老爹不僅給他推薦了官職，後面也常常通家來往。

所以如果林爸爸不死，在寶玉議婚的時候，政老爹絕對不會選薛寶釵，必然是林黛玉。

遺憾的是，賈珠的岳父是國子監祭酒，但是賈珠死了。林黛玉的父親是探花、御史，但是林如海死了。

當然，這也並不是說政老爹勢利，而是物以類聚，人以

群分。政老爹見到李紈之父和林黛玉之父，大概就像小白見到大牛的心情差不多吧。

賈政本無官可襲，只能從功名入手。不想皇上開恩，格外賞了一個主事，這個主事，二甲三甲進士不能入翰林院的，就是給個主事，正七品。狀元是正六，探花是從六，直入翰林，不用選。明之後，一般入了翰林，才能未來當大學士學士（不設丞相後的丞相），清貴無比。《紅樓夢》官職都是故意用古名錯名，以避風險，但大體也可對照。

賈政未能科甲出身，落下心病了，把妹妹嫁給探花，大兒子娶了祭酒女兒還治不好，非要寶玉有個功名，為此動不動歇斯底里，實在可憐可嘆。

所以，不要把希望壓在下一代身上，與其望子成龍，何不自己成龍？

紅樓夢謎語的現代闡釋

這次上課當天恰好是八月十五，因為我知道這個課元旦前就會結束，我不可能和同學們一起歡度元宵了，因此就把元宵的燈謎合在中秋裏教，作為課堂內容之一。

《紅樓夢》中的謎語，絕非僅僅遊戲之作，其中不但體現了各人的性情，而且暗示了他們的命運，甚至和曹雪芹的家事也息息相關。可以說，猜對了這些謎語，對透徹了解《紅樓夢》的內容和紅學是大有裨益的。

於是我用書簽寫了賈母、賈政、元春、探春、薛寶琴等人所做的共十三條謎語。我雖少年時練過兩天字，但多少年連筆都沒拿過了，寫字真是手生荊棘。不過自我安慰道，學生們又不是看我的書法，字不盡意，意在字外。哈哈。

沒想到，同學們反應不但很熱烈，有些還編出了現代謎底。摘其二三，以資同樂。

《紅樓夢》第五十一回薛小妹新編懷古詩其八：

> 寂寞脂痕漬汗光，溫柔一旦付東洋。
>
> 只因遺得風流跡，此日衣衾尚有香。

這個謎面是說「楊貴妃」，貴妃體胖，經常香汗淋漓。而且有一種說法，她沒有在馬嵬被賜死，而是金蟬脫殼，宮女代死，她東渡去了日本（即東洋）。

有位女同學猶豫地說：「洗衣粉」？

哈哈哈，我簡直笑死了。一邊笑一邊說：「是不是還是『汰漬』牌的？」

前人已有研究，比較公認謎底是——「香皂」。但是我覺得「洗衣粉」很妙，可惜古代還沒有洗衣粉，要不多契合啊，洗完也香香的。

「猴子身輕站樹梢」，賈母的這個謎語，謎底是「荔枝」。站——立；樹梢——枝頭，所以是「荔枝（立枝）」。

這是一個會意的謎語，同時更深刻的是，它還是一個諧音的謎語，同時又諧音了「離枝」，這就呼應了曹雪芹的爺爺曹寅生前經常講到的一句話「樹倒猢猻散（離枝）」。果不其然，曹寅一死，這棵大樹一倒，與皇家的情分不復存在，雍正繼位之後，便抄了曹家。曹雪芹從貴公子淪落到「舉家食粥酒常賒」，甘辛備嘗，眼界遂大，感慨遂深，才有了流傳天下的《紅樓夢》。所以，這個謎語是極巧妙又含義深遠的。

我的學生逗死了，看到這個謎語，蹦出來一句：「獼猴桃」？哈哈，雖然按照規矩謎底和謎面不能有相同的字，但是如果古人謎面是「此日衾裳尚有香」，謎底還可以說是「香皂」的話，那麼「猴子身輕站樹梢」的謎底也可以是「獼猴桃」啊，而且多俏皮。

還有一個謎語是賈政的，謎面是「身自端方，體自堅硬。雖不能言，有言必應」，謎底是「硯台」。硯台自然是端方堅硬的，雖不會說話，有甚麼要說的總是「筆」（必）應，而且端方堅硬又扣合了賈政的性格。

但有位男同學說：「老師，我覺得是手機。」我大樂，哎

呀真是太像了，大家想想手機是不是都是端方堅硬的？手機自己雖不會說話，可是咱們拿手機說話，是不是有言必應？妙，大妙！要是曹公生在今日，這謎底一定會與時俱進改成「手機」！

　　和《紅樓夢》課程的同學在一起，真是教學相長，打開了一扇新世界的大門啊！

書籤之一　　　　　書籤之二　　　　　書籤之三

○○後香港小朋友怎麼研究紅樓夢？

　　一般來說，大家認為香港這樣一個快節奏、高功利的社會，對《紅樓夢》感興趣的應該不多，更不用說做甚麼研究了。但是沒想到，我的兩個香港學生，關繡盈和關玉沛，其研紅心得倒令我眼前一亮。

　　當然，她們的見解，放在前輩大家面前，是僅資一哂的。就是和大陸喜歡《紅樓夢》的同齡小朋友相比，大約在詩詞歌賦和理論功底亦有不逮。然而，她們畢竟只是○○後，而且只是課堂作業，能達到這個程度，本師已經深表滿意了。更何況，其「鬼馬」的奇思妙想頗能出人意表，又帶上了○○後的超萌特色。我看一次笑一次，讀者諸君看了，可能不但可以消愁破悶，也可以噴飯供酒呢。

　　她們的題目是《曹雪芹》，這是端木蕻良先生的一部未完之作。我個人覺得選題比較好，如果都一窩蜂地討論《紅樓夢》的黛玉寶釵晴雯襲人，即使很好，恐怕前人珠玉太多，自身之美也很難彰顯，反不如這些大家涉足較少的，容易見出新意。

　　我覺得她們有幾個特點值得肯定。

　　一、「知人論世」。首先交代端木蕻良的生平、寫作背景，對了解《曹雪芹》的創作和內容有所裨益。

　　二、說話簡單明快，交代得清清楚楚一目了然，不拖泥帶水。（有點王熙鳳激賞小紅的意思了──「這一個丫頭就

好。方才兩遭，說話雖不多，聽那口聲就簡斷。」）

　　三、內容詳細，重視細節。PPT 一共有六十五頁。有內容分析，包括「康熙駕崩誰繼位」（四皇子還是十四皇子？）；「康熙駕崩誰受害」（曹家、李家大禍臨頭）；占姐丟失；金鳳離府；紅豆事件；曹霑回南、李家敗亡；曹霑回南、念鳳成病；曹霑與李玥青梅竹馬、心心相印；曹家自救；玥兒離巢；戲班藏玥；雍正欲廢平郡王；曹家集體北上。把上中兩部《曹雪芹》的情節基本上陳述得沒有疏漏。有人物分析，集中分析了曹霑從「占姐兒──曹霑──曹雪芹」的形象轉變。

　　四、簡直是「表情包」鬥圖大賽。基本上每一頁都至少兩三個「表情包」，可是這些「表情包」是和 PPT 內容相關的，或做強調，或表旁白，或是內心戲。還都極盡搞笑，令人忍俊不禁。

　　但是我覺得最能體現她們特色的是，本來我以為作者、內容和形象分析皆有，差不多可以作為一個合格的課堂報告了。沒想到，還有一個伏筆──「奇思異想：續寫故事」！也就是說她們給端木蕻良的未完成作品《曹雪芹》做出了三個推測版本。

　　我覺得大陸的學生一般做不到，不是我們不能，而是我們不敢。端木蕻良是大作家，我敢續他的書嗎？⋯⋯我前面的課堂報告做得中規中矩不過不失，萬一加得不好得分下降豈非得不償失？

　　但是香港的小朋友，初生牛犢不怕虎，沒有這些包袱，反而輕裝上陣。膽粗粗地給了三個版本：一、抄家敗落；二、逃走自救；三、中舉、家道復興。

端木蕻良的《紅樓夢》

　　我認為這續作故事不是天馬行空瞎寫的，都有點屬於「探佚學」的範疇了，而且可以看出是結合了《紅樓夢》的情節做出的推測，因為第一版本來自於《紅樓夢》的伏筆「落了個白茫茫大地真乾淨」，己卯本有一條很重要的脂批：「補明寶玉自幼何等嬌貴，以此一句留與下部後數十回『寒冬噎酸虀，雪夜圍破氈』等處對看。」第三版本來自於現本《紅樓夢》第一○五回〈錦衣軍查抄寧國府　驄馬使彈劾平安州〉「傳齊司員，帶同番役，分頭按房抄查登帳。」一言未了，老趙家奴番役已經拉著本宅家人領路，分頭查抄去了。王爺喝命：「不許羅唣！待本爵自行查看」等描寫。雖然讀者可能有「曹賈互證」的疑惑，但是這是用清代曹雪芹的《紅樓夢》來輔證現代端木蕻良的《曹雪芹》小說，端木本人在創作之時應該也是借鑒《紅樓夢》的，所以這種「互證」倒是可以說得通的。

　　當然，除了第二個，「逃走自救」，是對清代歷史和刑法都了解不足鬧出了笑話，但是也正反映了香港中小學輕視歷

史教學造成的遺憾。然而這個瑕疵也可反映出這報告確實是小朋友的原創，而不是網上搜索或陳陳相因。據她們課後交流，這部《曹雪芹》她們足足讀了一個多月，從裏面的生僻字「頹」到梳理出情節脈絡再到自己嘗試人物分析及續作故事，一點一滴積累。這也是我帶了這幾年香港學生的一個體會，他們答應了甚麼事，真的會去做。雖然一開始知識儲備、反應速度等可能不如大陸學生，然而能下死功夫，一開始雖然慢，但是一點點打磨，最終的結果倒往往很驚豔。

西班牙詩人：《紅樓夢》中最好的詩竟然是它？

去年此時，我有幸聽到了北京大學趙振江教授的講課。趙老師是用西班牙文全譯《紅樓夢》的第一人。

一九八七年，正值八七版經典電視劇《紅樓夢》上映之年，趙振江老師收到西班牙格拉納達大學的邀請，讓他去西班牙翻譯這部中國巨著。經過三年目不窺園的生活，一個西班牙文全譯本《紅樓夢》全部出齊。

八七版《紅樓夢》拍了三年，趙老師《紅樓夢》翻譯了三年，有意思！

一九九八年，趙振江老師得到了伊莎貝爾女王勳章，國王的本意是獎勵他把加西亞·洛爾卡的詩作譯成了漢語，但是格拉納達大學校長却更感謝他把中國的古典名著《紅樓夢》翻譯成了西班牙文，讓伊利亞特半島的讀者領略到這部偉大文學作品的獨特魅力。

大家知道，《紅樓夢》翻譯中最難的就是其中的詩詞曲。趙老師的自我要求很高，他認為，翻譯不能只是把意思傳達過去就行，原文是詩，譯文也得是詩。而且還不能單單只具「詩形」，還要具備「詩味」！因此為了追求翻譯的「信、達、雅」，趙振江老師還通過西班牙方面找了一位西班牙詩人作為合作者幫忙潤色。

趙老師講課很風趣，他說：「考考你們，你們覺得這位西班牙詩人認爲《紅樓夢》中哪首詩最好？」

這一下氣氛可活躍了，大家紛紛展開索隱的翅膀，唇槍舌劍，衆說紛紜。

第一反應是林妹妹的海棠詩啊。你看那黛玉提筆一揮而就，擲與衆人。李紈等看她寫道是：半卷湘簾半掩門，碾冰爲土玉爲盆。

看了這句，寶玉先喝起彩來，只說「從何處想來！」又看下面道：偷來梨蕊三分白，借得梅花一縷魂。

衆人看了也都不禁叫好，說「果然比別人又是一樣心腸。」

多麼風流別致！「偷來梨蕊三分白，借得梅花一縷魂。」這句可以稱之爲「詩眼」了，難爲她如何想來。

有人說，不對不對，李紈認爲林黛玉這首詩含蓄渾厚處不及寶釵，所以已經排第二了，肯定不是這一首。

莫非是〈菊花詩〉？黛玉的〈詠菊〉第一，〈問菊〉第二，〈菊夢〉第三，題目新，詩也新，立意更新，一個人占了前三甲，公推瀟湘妃子爲魁首。一定是〈詠菊〉：

> 無賴詩魔昏曉侵，繞籬欹石自沉音。
>
> 毫端蘊秀臨霜寫，口角噙香對月吟。
>
> 滿紙自憐題素怨，片言誰解訴秋心。
>
> 一從陶令平章後，千古高風說到今。

趙振江老師還是搖頭道：「否！否！」

那想必是寶姐姐填的〈臨江仙〉：

> 白玉堂前春解舞，東風卷得均勻。蜂團蝶陣亂紛紛。幾曾隨逝水，豈必委芳塵。　萬縷千絲終不改，任他隨聚隨分。韶華休笑本無根，好風頻借力，送我上青雲！

柳絮原是一件輕薄無根的東西，大家不是咏其漂泊，就是鄙薄其毫無操守，如杜甫說「癲狂柳絮隨風舞，輕薄桃花逐水流」，把柳絮和桃花人格化了，認為它們只知道乘風亂舞，隨波逐流，後來桃花柳絮也就成了一般勢利小人的代名詞。

然而寶姐姐竟然能反彈琵琶，善於翻案，竟然把它都能給說好了，不落俗套，所以是這首〈臨江仙·詠柳絮〉吧？

但是趙振江老師仍然搖頭。

我們實在猜不出來了，只好催促他快快揭開謎底。原來那位西班牙詩人認為《紅樓夢》中最好的詩竟然是第二十八回妓女雲兒唱的——

> 豆蔻開花三月三，
> 一個蟲兒往裏鑽。
> 鑽了半日不得進，
> 去爬到花兒上打秋千。
> 肉兒小心肝，
> 我不開了你怎麼鑽？

驚不驚喜？意不意外？

我們都被雷倒了。但是細想想，又覺得有一定道理。因爲釵黛的那些詩，純以意勝，比拼的是空靈的格調、意境。可能這種空靈縹緲的東西外國人很難理解，相反，雲兒的這首曲是非常「形象」的，而且生猛熱辣，具有「雙關」性的寓意。

不過經過西班牙詩人這麼一激，我們先笑後思，更覺得曹雪芹厲害！你看他擬黛像黛，擬釵像釵，擬妓女雲兒像妓女雲兒，各自口吻畢肖，過目難忘。真才高八斗也！

你看美國都是不怎麼愛我們推崇的李白杜甫，而是更喜歡王維，甚至龐德還弄出來一個「意象」派，講究「詩心跳蕩產生模糊」、「形象互映產生意義」。以此來衡量，就不難明白雲兒的曲何以得到西班牙詩人的青睞了。

但是我們仍然要感嘆一聲，文化的鴻溝，可真是大啊！

輯三：戲夢斷章

元曲四大家之關漢卿

近代大學者王國維説過，每一代都有自己的代表性文學：「楚之騷、漢之賦、六代之駢語、唐之詩、宋之詞、元之曲，皆所謂一代之文學。」

元曲包括雜劇和散曲，有時專指雜劇；散曲分小令和散套兩種。一般來説小令是五十八字以內的短詞；散套通常用同一宮調的若干曲牌，聯成一套，長短不拘，一韻到底。

雜劇，每本以四折為主，在開頭或折間另加楔子，每折用同宮調同韻的北曲套曲和賓白組成。流行於大都（今北京）一帶。楔子原指上粗下鋭的小木橛，填充器物的空隙使其牢固的木橛、木片等。楔子用在戲曲、小説中意近引子，一般放在篇首，用以點明、補充正文，作用是為下文故事做鋪墊，設置懸念，吸引讀者。

元曲四大家指關漢卿、鄭光祖、馬致遠和白樸四位元代雜劇作家。

關漢卿，號已齋，亦作一齋，漢卿是他的字，大約生於金代末年（約西元一二二九年至一二四一年），卒於元成宗大德初年（約西元一三〇〇年前後）。主要在大都（今北京）附近活動，也曾到過汴梁（今開封）、臨安（今杭州）等地。以雜劇的成就最大，一生寫了六十七部，今存十八部，最著名的有《竇娥冤》、《單刀會》。

關漢卿性格高傲倔強，自稱「我是個蒸不爛、煮不熟、

捶不扁、炒不爆、響噹噹一粒銅豌豆」。

《竇娥冤》是關漢卿的雜劇代表作，也是元雜劇悲劇的典範，該劇劇情取材自東漢「東海孝婦」的民間故事，講述了一位窮書生竇天章為還高利貸將女兒竇娥抵給蔡婆婆做童養媳，不出兩年竇娥的夫君早死。張驢兒要蔡婆婆將竇娥許配給他不成，將毒藥下在湯中要毒死蔡婆婆結果誤毒死了其父。張驢兒反而誣告竇娥毒死了其父，昏官桃杌最後做成冤案將竇娥處斬。竇娥含冤莫名，踢地呼天：

　　【滾繡球】有日月朝暮懸，有鬼神掌著生死權。天地也！只合把清濁分辨，可怎生糊突了盜蹠、顏淵？為善的受貧窮更命短，造惡的享富貴又壽延。天地也！做得個怕硬欺軟，卻原來也這般順水推船！地也，你不分好歹何為地！天也，你錯勘賢愚枉做天！哎，只落得兩淚漣漣。

竇娥臨終發下「血濺白綾、天降大雪、大旱三年」的誓願。竇天章最後科場中第榮任高官，回到楚州聽聞此事，終於為竇娥平反昭雪。

《單刀會》寫三國時關羽憑藉智勇單刀前赴魯肅所設宴會，最終安全返回的故事。其中兩段唱詞，慷慨激昂，動人心魄：

　　【雙調】【新水令】大江東去浪千疊，引著這數十人，駕著這小舟一葉。又不比九重龍鳳闕，可正是千丈虎狼

穴。大丈夫心別，我覰這單刀會似賽村社。(云) 好一派江景也呵！(唱)

【駐馬聽】水湧山疊，年少周郎何處也？不覺的灰飛煙滅，可憐黃蓋轉傷嗟。破曹的檣櫓一時絕，鏖兵的江水猶然熱，好教我情慘切！(帶云) 這也不是江水，(唱) 二十年流不盡的英雄血！

因此，王國維的《宋元戲曲史》中說：「關漢卿一空倚傍，自鑄偉詞，而其言曲盡人情，字字本色，故當為元人第一」。

《竇娥冤》

虧殺你南枝挨暖俺北枝花

——新解《牡丹亭》

最初看《牡丹亭》，重心一定放在杜麗娘。她那麼美，「不提防沉魚落雁鳥驚喧，則怕的羞花閉月花愁顫」；那麼幽怨，「原來姹紫嫣紅開遍，似這般都付與斷井頹垣」；那麼勇敢，「一靈咬住」，不肯放鬆，終於與書生成了佳配。而且，湯顯祖不是因為看了小說《杜麗娘慕色還魂記》為之所感才改寫成戲曲《牡丹亭》的麼？那「情不知所起，一往而深，生者可以死，死可以生。生而不可與死，死而不可復生者，皆非情之至也」的題詞，說的不也是杜麗娘麼？

但是，如果過了很多年再看，尤其再看〈冥誓〉呢？杜麗娘就在這一折裏告訴了柳夢梅她是鬼，並乞求他掘墳開棺救她復活。可是，《大明律》開棺見屍，不分首從皆斬！就算她美得依然儼如玉天仙，可她現在是一隻鬼！子不語怪力亂神，死而復生？可不是發了瘋？洛陽無限紅樓女，人間有多少女子和她一樣美！何況他還有錦片前程！竟還要他為一個鬼犯下滔天的死罪？！有多少男子，只怕心念電轉間就冷笑著鬆了手。

大約也只有柳夢梅這般呆傻，才會慨然允諾：「雖則是水中撈月，空中拈花。你既是俺妻，俺也就不怕了。定要請你起來。既是雖死猶生，敢問仙墳何處？」

所以，杜麗娘不難，小年華顏色如花，知書禮琴棋書畫，其實都是非常非常容易的；難的反而是柳夢梅，實在是柳夢梅成全了《牡丹亭》。

要知道，這個時候，她已經沒有任何可以用來打動或交換的東西了。沒有財帛，沒有父蔭，甚至，也沒有人身！她所仗的，不過是他的一點喜歡。可是不都說，連人與人之間的情愛都不過像風中之燭一樣飄忽脆弱，更何況人和鬼！

所以，當她聽到他的慨然允諾，才這般百感交集：「柳衙內你是俺再生爺」！如此卑微，如此傷心，又如此感激！

或者，他對她是有幾分真心疼愛的，所以，他明知她是鬼，也不忍說破，而是問她「仙壇何處」？但是，令人莞爾的，倒是杜麗娘回生後對柳夢梅的感謝：「虧殺你南枝挨暖俺北枝花」。

杜麗娘是南安太守的女兒，南安在今日的福建泉州，在國人心目中是典型的南方，杜麗娘何以把自己比成「北枝花」？

這個比喻，大概只有當我在香港課堂講，堂下才會會心一笑——因為柳夢梅是嶺南人，因為香港人認為，除了香港之外的所有地方都是北方！

這也怪了，湯顯祖是江西臨川，要說也是南方，他從哪裏天外想來「北枝花」這個奇特比喻？莫非他也來過香港？

一五九八年湯顯祖棄官歸臨川，當年作《牡丹亭》。在寫《牡丹亭》之前，他可是來過澳門呢。

一五九一年，他上了一道〈論輔臣科臣疏〉，越級批評朝政，結果降職為廣東徐聞縣典吏。徐聞位於廣東西部，遠離

京城，偏僻荒涼，而典吏又是比縣官還小的官，湯顯祖卻很樂觀，他說：「吾生平夢浮丘羅浮，擎雷大蓬，葛洪丹井，馬伏波銅柱而不可得，得假一時，了此夙願，何必滅陸賈使南粵哉！」

他離開南京赴徐聞的路上，先到廣州，迂道遊覽了羅浮山，約在一五九一年底來到香山縣。時澳門屬香山縣管轄，葡萄牙人正紛紛入居澳門，湯顯祖借機遊覽澳門，他看到身穿異裝的外國商人和少女，看到風格別致的洋教堂，看到澳門島上的古廟，向譯員了解葡萄牙人遷居澳門的情況。湯顯祖曾作〈香奧逢賈胡〉詩，詩題中的「香奧」，指香山奧，即

崑劇《牡丹亭》

澳門。「胡賈」，指外國商人。此外，他還寫了〈聽香山譯者〉二首和〈香山驗香所采香口號〉。

　　湯顯祖南下宦遊，在澳門短暫停留期間，所見所聞印象深刻，對他日後的文學創作也產生了一定的影響。一五九八年問世的名著《牡丹亭》第六齣〈悵眺〉、第二十一齣〈謁遇〉、第二十二齣〈旅寄〉等場次，均提到澳門（香奧或香山奧）。尤其是〈謁遇〉一齣，更是以澳門作為背景演繹故事情節。劇中主角柳夢梅立志赴京應考，但缺乏盤纏，友人韓文才勸他到澳門向苗欽差求助：「老兄，你可知有個欽差識寶中郎苗老先生，倒是個知趣人兒。今秋任滿，例於香山奧（澳門）

杜麗娘

多寶寺中賽寶，那時一往何如？」柳夢梅果然到了澳門，向欽差苗舜賓說明來意，獲得苗欽差的同情和資助。這以後便是離香山奧北上，寄居梅花庵，恰在太湖石邊，拾得杜麗娘生前所畫的畫像，一見傾心，把畫像掛在牀頭，夜夜燒香拜祝，感動麗娘鬼魂與之相會，才有後面一往情深，起死回生之事。所以，柳夢梅不去澳門，怎得見杜麗娘？湯顯祖不去澳門，怎寫得《牡丹亭》？

說到這裏，我的香港學生嘟著嘴不高興了。「老師老師，湯顯祖為啥不來我們香港？」我忍不住撲哧一笑，趕緊安慰大家，因為，因為在一五九一年的時候，香港還只是個荒蕪、地瘠山多且天然資源缺乏的小漁村啊！

說到香港歷史，一般人都會從英國人開埠之後談起，明朝時候的香港歷史，是較少人知道的。

明朝的香港地區在商貿上已漸漸蓬勃起來，人口亦有所增長，更成為海防要地。而現時香港一些地名開始在史籍中出現。據目前發現的史料，九龍的名稱最早見於明世宗嘉靖三十一年（一五五二年）應檟所著邊疆軍事志書《蒼梧總督軍門志》。香港島的名稱，最早見於明神宗萬曆年間（一五七三年至一六一九年）郭棐所著《粵大記》一書。該書所載的《廣東沿海圖》中，標有香港以及赤柱、黃泥涌、尖沙咀等地名。

香港一帶自唐朝肅宗至德元年（七五六年）起，一直由東莞縣管轄，縣治位於到涌。但到了明朝世宗嘉靖四十年（一五六一年）夏天，南頭一帶發生饑民搶米暴動，鄉紳吳祚曾參與平息暴動，史稱「辛酉之變」。隆慶二年（一五六八年），南頭再發生饑荒，幸當地鄉紳及時救災。隆慶六年

冥誓

（一五七二年），吳祚等向剛上任的廣東海道副使劉穩請求在當地建縣。眾多官紳皆認為當地離東莞縣治百餘里，管理不便，又常受海盜騷擾，紛紛附議。劉穩轉告兩廣總督殷正茂，奏准設立。萬曆元年從東莞縣劃出五十六里、七六○八戶、三三九七一人，成立新安縣，縣治設在南頭。「新安」一名有「革故鼎新，去危為安」之意。自此由明神宗萬曆元年（一五七三年）起，到清宣宗道光二十一年（一八四一年）成為英國殖民地為止，該地區一直屬廣州府新安縣管轄。

所以當時湯顯祖可能沒怎麼聽說過香港，或機緣未到不曾遊歷香港。但是，今日的香港是全球重要的國際金融、服務業及航運中心，素有「東方之珠」、「東方曼哈頓」之美譽；同時還是全球其中一個最安全、生活水準最高、最適宜居住及人均壽命最長的大都會。這些都是香港人胼手胝足，以「獅子山下精神」奮力拼搏而至！

香港從一個小漁村變成國際大都會，是「變」；旁邊的姊妹城奮起直追，也是「變」；今日香港之小憩蓄力，為走更長的路，不也是「變」？

《易經》的英文名就叫 Book of Changes，就是「改變之書」啊！這世界上，沒有誰永遠在上，也沒有誰永遠在下，「窮則變，變則通，通則久」，只有「變」才會帶來改變，只有「變」才是永恆。

湯顯祖既然認為情可感天地、通生死，他如若地下有知，見今日香港之璀璨燈火，一定也會仿杜麗娘而做魂游，徜徉於太平山頂，逍遙乎維港之間，寫出一部新的《牡丹亭》吧！

《牡丹亭》裏的石道姑為甚麼願意冒死幫柳夢梅挖墳？

今天，我正用 Zoom 和學生線上在講《牡丹亭》，講到杜麗娘的鬼魂在離開之前，切切地吩咐柳夢梅，去找現在所寄居的梅花觀觀主石道姑，讓她一起幫忙挖墳，這樣杜麗娘才有機會起死回生。

正講到此處，網上視頻課的聊天框立即彈出了一條問

近年著名演員劉嘉玲飾演的石道姑

題：「老師，為甚麼石道姑會願意幫柳夢梅挖墳？」

我不由心底喝彩了一聲：真是一個好問題！

因為我剛剛跟他們講過，柳夢梅要幫杜麗娘挖墳，是要冒著生命危險的，因為按照《大明律》，開棺見屍，不管首從，皆斬！

柳夢梅這樣做，是因為杜麗娘的鬼魂跟他拜過天地，有過肌膚之親，不管是道義還是情份，他冒這個險，雖然是鳳毛麟角的難能可貴，還是能理解的。但是石道姑是梅花觀的觀主，柳夢梅只是寄居在這裏的書生，杜麗娘的墳只是在梅花觀中，石道姑跟他們有甚麼過命的交情，值得冒殺頭的風險？

在回答學生的問題之前，我先跟他們開了一個玩笑，說，這你要問作者啦，因為作者有這麼大的權力啊。作者就像是作品的上帝，可以讓人物美過文君、才過子建，他也掌握著人物的生殺大權。比如說你看湯顯祖，他讓杜麗娘就生就生，讓杜麗娘死就死，讓杜麗娘死而復生就死而復生。所以，他想讓石道姑挖墳石道姑就得去挖墳了。

不過我又轉了一個彎兒說，但作者權力也沒這麼無限，他也得考慮讀者的感受。比如說我們上學期講《紅樓夢》，因為秦可卿臨死之前，托夢給王熙鳳，安排了整個大家族的後路，脂硯齋有感於此，就讓曹雪芹刪掉了秦可卿淫喪天香樓一節。另外像金庸先生，本來寫小龍女中了情花劇毒而死，英國的柯南道爾本來安排福爾摩斯被人推下瀑布身亡，但是這些結局問世之後，讀者完全無法接受，甚至還有人給作者寄子彈；也有讀者表示，如果他們死了，自己也不想活了。

金庸先生和柯南道爾有鑒於此，只好讓小龍女十六年之後再和楊過相見，福爾摩斯被推下瀑布卻大難不死。

我笑了一下說，那我們現在正式解釋一下，為甚麼讓石道姑去挖墳。由於牡丹亭長達五十五齣，老師在講中國戲曲的時候，無法把《牡丹亭》的全部內容和演出片段展示給大家，所以一般都是展示其中的主線——杜麗娘和柳夢梅驚天地泣鬼神的愛情。也就是情之所至，可以生，可以死，可以死而復生。但是今天同學這個問題特別好，那我們來看一下石道姑這個人物。作為一個優秀的作家，湯顯祖必須考慮到符合故事情節的發展邏輯和人物性格的發展邏輯。另外，《牡丹亭》作為一本戲劇，其中必須有生旦淨末丑不同的行當，石道姑就是其中的丑角。石道姑的命名，是很有深意的，因為她是一個石女。在那個時代，幾乎不可能有男子真心喜歡她，她也無法和別人建立家庭、養兒育女。所以她的出家，不是因為體弱多病，像《紅樓夢》中的妙玉那樣，非要出家才能恢復健康；或者是為了求仙訪道，追求無上的智慧，更像是一種無奈的選擇。

因為石道姑的出家並不是出於她的自願，所以她對人間的情愛還是充滿了好奇，所以當她聽到寄居梅花觀裏的柳夢梅半夜屋裏傳出和女子的交談聲，她都跑過來要看個究竟，看是不是觀裏的小道姑跟柳夢梅有甚麼不清白的關係。

她對人間的情愛這樣充滿好奇和憧憬，在聽到杜麗娘起死回生的故事，在聽到柳夢梅願意冒著喪命危險助她復活，石道姑會怎麼想？她在人世間沒有得到過這樣的愛，雖然她要的愛都不必付出這樣的犧牲，可是她仍然不可能得到，所

石道姑劇照之一

石道姑劇照之二

以看到柳夢梅竟然願意這樣做，即使為了一個和她不相關的人，她一定也是忍不住深深地感動了吧？

學生打出了一個哭泣的表情，說：「石道姑和杜麗娘是一體兩面！」

我的心猛地一顫，這個學生可真是「穎悟」！

石道姑和杜麗娘多麼相似，但又多麼不同！她們都對人間的情愛充滿了嚮往和憧憬，但是杜麗娘是幸運的，她找到了那個夢中的書生，而且這個書生也願意為她甚至付出生命的代價，最終杜麗娘幸運地起死回生，又被皇帝賜婚，從此，她可以和夢中的書生美滿幸福地生活下去。可是石道姑呢？可能窮其一生，也無法找到。很多丫鬟，願意幫小姐玉成美事，是因為將來自己也有可能成為書生的一個妾室，像《西廂記》所說「若同你多情小姐同駕帳，怎捨得你疊被鋪牀」。可是石道姑幫了柳夢梅之後，人家是飄然遠去，雙宿雙飛，此一別山長水遠，他們的人生中也不會有她的一丁點位置。

她能夠成為梅花觀的觀主，想來也不是愚笨之人，但是她居然為了這份縹緲的感動押上了她的生命！

中西方文學中都不乏有生理缺陷引發心理變態的描寫。石道姑作為一個石女，在那個時代，成長過程中一定充滿了嘲笑和絕望，直到她遁入空門、年華老去，可是她竟然仍然保持著她的善良和底線，在這個無情的世界裏深情地活著，「寧可枝頭抱香死，何曾吹落北風中」，就像《巴黎聖母院》中的敲鐘人卡西莫多一樣，令人感嘆。《牡丹亭》的偉大，也在於小人物也流光溢彩，寫人性入骨三分吧！

地老天荒孤臣血淚：梁啓超與《桃花扇》

也許，你也曾很不喜歡《桃花扇》。它既不如《西廂記》俏皮，又不如《牡丹亭》典麗，憑甚麼它能夠躋身四大名劇？

但是，有一天你會突然明白，《桃花扇》說的不是才子佳人，兒女情長；而是地老天荒，孤臣血淚啊！

不止一篇追憶文章記載梁啟超對《桃花扇》的推崇。熊佛西〈記梁任公先生二三事〉說道：「某日，同仁請先生講述《桃花扇》傳奇，先生熱情似火，便以其流利的『廣東官話』，滔滔不絕的將《桃花扇》作者的歷史，時代背景，以及該書在戲曲文學上的價值，一一加以詳盡透闢的解釋和分析。最後並朗誦其中最動人的幾首填詞，頌讀時不勝感慨之至，頓時聲淚俱下，全座為之動容。」

梁實秋〈記梁任公先生的一次演講〉談到：「聽他講到他最喜愛的《桃花扇》，講到『高皇帝，在九京，不管……』那一段，他悲從中來，竟痛哭流涕而不能自已」。

《桃花扇》，不過一部戲曲哦！梁啟超有必要這麼投入？為之宣講、為之注解、為之落淚麼？

〈桃花扇小引〉裏已經表明它是一部反思之書，要通過一部戲曲，讓觀眾「知三百年之基業，墮於何人？敗於何事？消於何年？歇於何地？」所以侯方域和李香君的情愛只是表象，內核是天崩地裂之際所有人的命運和抉擇！

《桃花扇》之〈哭主〉一折裏，提兵鎮守武昌的左良玉，

聽說崇禎帝駕崩，搥胸頓足對北方哭道：

> 高皇帝，在九京，不管亡家破鼎，那知他聖子神孫，
> 反不如飄蓬斷梗。十七年憂國如病，呼不應天靈祖靈，
> 調不來親兵救兵；白練無情，送君王一命！傷心煞煤山
> 私幸，獨殉了社稷蒼生，獨殉了社稷蒼生！

梁啟超為甚麼對這一段難抑悲淚？

有些朋友鄙薄梁啟超、胡適，每每指責其學問並不精
通，又跑去搞政治，不如蘇軾是個通人。但是蘇軾就不搞政
治了？最高時他做過中央辦公廳主任（翰林學士知制誥），最
低時他做過縣處級民兵副團長（黃州團練副使），還因新舊黨
爭差點被「烏台詩案」整死。從隋唐到晚清甚至近代，「學而
優則仕」一直是讀書人的夢想啊。何必把學問和當官截然對
立起來呢？要說學問，那更得提一個史實（非故事）：

宋仁宗嘉佑二年（一〇五七年），二十二歲的蘇軾去汴京
應試，當年的考題是「刑賞忠厚之至論」，蘇軾在文章用了這
樣一個典故：

上古堯帝時代，司法官皋陶三次要判一個罪犯死刑，堯
帝三次赦免了他。因此天下人都懼怕皋陶執法的嚴厲，而喜
歡堯帝用刑的寬仁。（原文：當堯之時，皋陶為士，將殺人。
皋陶曰殺之三，堯曰宥之三。故天下畏皋陶執法之堅，而樂
堯用刑之寬。）

主考官歐陽修非常欣賞蘇軾的才華，將其擢為榜眼（本
想舉薦為狀元，誤以為此文是自己的得意弟子曾鞏所寫，為

了避嫌放在了第二）。但是一直不知道蘇軾用的這個典故出處是哪裏。

有一次剛好有機會趕緊就問蘇軾：「你文中的那個典故出自哪本書？」

蘇軾順口回答：「在《三國志》孔融的故事裏。」

歐陽修回家將《三國志》中關於孔融的章節全部仔細讀了一遍，卻沒有找到這個典故。第二天，他找到蘇軾，又窮根究底地請教這個問題。

蘇軾眼看瞞不過去，這才實話實說：「這個典故是我自己杜撰的，我想當年曹操滅掉袁紹，將袁紹的媳婦賞給自己的兒子。孔融對此非常不滿，他說，當年武王伐紂，就將商紂王的寵妃妲己賞給了周公。曹操忙問這事出自哪個典故，孔

桃花扇劇照之一

融回答，想當然了，今天能發生這樣荒唐的事，古時肯定也有唄。我想堯帝為人寬厚仁愛，司法官又非常嚴格，所以也想當然地以為，肯定會發生這樣的事吧！」

那要以學問衡量，現在還不得把蘇軾打死啊？

當然，提此事不是為杜撰張本，然而如果以此事深責蘇軾的話，恐怕也失了靈趣。

官員如果少了文采，終究是少了風雅；文人如果缺了抱負，畢竟是缺了格局。任何一個領域能夠做到頂峰，必定有其過人之處。不思其所長而只攻其所短，於己無益，且失忠厚之旨。

反過來再說梁啟超，人家本來的抱負是做政治家好嗎，不過是「餘事作詩人」。

一八九五年，中日馬關議和，康有為與梁啟超於北京應試，聞訊大為激憤，遂聯合參加會試的一二百名舉人上書光緒，請求拒和、遷都、變法、再戰，此乃著名的「公車上書」，惜未及上達而和議已成，乃組織「強學會」，辦報紙，宣導維新，各省紛紛響應。

一八九八年，康有為得大學士翁同龢推薦，為光緒召見。光緒深受感動，決心變法，任康有為總理衙門章京，專折奏事，統籌維新，又用梁啟超、譚嗣同等創設新政，自一八九八年六月十一日到九月二十一日而罷，共一百零三日，史稱「百日維新」。

慈禧太后反對維新，先廢光緒重臣翁同龢，再以親信榮祿為直隸總督，控制兵權。光緒知身處險境，譚嗣同建議起用袁世凱以奪榮祿兵權，憑此威脅慈禧，不料袁世凱向榮祿

通風報信，慈禧知情，遂先發制人，囚禁光緒於瀛台。光緒被囚禁十年後，慈禧太后為防止自己死後光緒重掌政權，在死前一日用砒霜毒死光緒。

歷史總是驚人的相似！勤政有為的君王死了，自己的政治理想也隨之完全破滅，梁啟超哭的是自己和光緒帝啊！

與此同時，《桃花扇》裏的史可法率三千子弟，死守揚州，那知力盡糧絕，外援不至。清兵攻破北城，史可法打算自盡。忽然想起明朝三百年社稷，只靠他一身撐持，豈可效無益之死，捨孤立之君。因此忍死逃奔，前去扶持崇禎帝的堂兄弟南明福王朱由崧，指望與清兵劃江而治，再圖恢復。不料福王根本無心社稷，早已逃命，史可法報國無門，悲憤自盡：「皇天后土，二祖列宗，怎的半壁江山也不能保住呀！」

【普天樂】撇下俺斷蓬船，丟下俺無家犬；叫天呼地千百遍，歸無路，進又難前。

〔登高望介〕那滾滾雪浪拍天，流不盡湘累怨。

〔指介〕有了，有了！那便是俺葬身之地。勝黃土，一丈江魚腹寬展。

〔看身介〕俺史可法亡國罪臣，那容得冠裳而去。

〔摘帽，脫袍、靴介〕摘脫下袍靴冠冕。

〔副末〕我看老爺竟象要尋死的模樣。〔拉住介〕老爺三思，不可短見呀！

〔外〕你看茫茫世界，留著俺史可法何處安放。累死英雄！到此日看江山換主，無可留戀。

　　如果説哭主的左良玉和梁啟超何其相似乃爾，那麼沉江
的史可法又何其相通了「我自橫刀向天笑，去留肝膽兩昆侖」
慷慨就義的譚嗣同。

　　所以，梁啟超之所以對《桃花扇》如此一往情深，除了
《桃花扇》本身曲詞的沉鬱頓挫，還有對作者孔尚任學識才華
惺惺相惜的欣賞。同時，更有現實中國「風雨如晦」的飄搖形
勢和「知我者謂我心憂」的深沉感慨：「這也不是江水，二十
年流不盡的英雄血！」

桃花扇劇照之二

終其一生，他都會在其他女人的臉上 找尋她的面影

——《宋太祖千里送京娘》

他要走，她拉住他的盤龍棍。她說不出口，他卻豈不明瞭她心底的萬千哀求：哥哥不要走！他是誰？他是日後「陳橋兵變」、「黃袍加身」的策劃者，他是日後「杯酒釋兵權」的推行者，一個小小女子的小心思，他哪里會猜不透？

但他是走定了的！

趙匡胤以紅生來飾演而不是單純的武生，須知在京昆戲曲中，紅生都是指那些忠義之輩，關老爺算是大名鼎鼎的一個，千里走單騎成就了紅生關羽，千里送京娘則成就了紅生趙匡胤。不過藝人們給趙匡胤的紅生又留了一手，他的臉譜上，眉與眼之間、鼻樑上各加了一道白色，白色在臉譜中意味著甚麼大家應該心知肚明。左眉下白色中加紅日一輪、右眉下白色中加紅龍一條，寓其有一統山河之相。但眉心勾盤如雲紋，有曲折逆轉之態，寓其為人之陰險狡詐與虛偽，並影射其叛亂奪位之實。

他打死了人，一路逃奔，路過清幽觀，驀地在青石板下聽到啼哭聲。拉開青石板，竟然是個十七歲千嬌百媚的小妹妹：「眉掃春山，眸橫秋水。含愁含恨，猶如西子捧心；欲泣欲啼，宛似楊妃剪髮。」一問是強徒擄來囚禁於此，他救她

出來，要她趕緊回家。她急慌慌要走，但離家千里，不敢一人行走。於是他慨然承諾送她回家，又恐路上不便，因兩人同姓為趙，提出結為仁義兄妹。

一路上，她芳心暗許，百般試探，他豈有不知，只是他一概冷臉狠心以對。

京娘：「啊兄長且慢，你看遠處是甚麼？」

趙匡胤：「呂梁山山連不斷。」

京娘：「這近處又是甚麼？」

趙匡胤：「青石澗澗水長流。」

京娘：「這流水之上呢？」

趙匡胤：「是片片落花。」

京娘：「落花有意隨流水。」

趙匡胤：「……流水無心戀落花。」

京娘：（捂胸口）「為何？！」

趙匡胤：「只因它有奔騰滄海之志！」

見到水就要過橋，趙匡胤表示橋窄水急，於是讓京娘下來，自己先把馬牽了過去。之後兩人隔橋相望，趙匡胤招手。

趙匡胤：「啊賢妹，快快過橋來。」

京娘：「是……兄長，這橋窄水急，小妹心中有些害怕。」

趙匡胤：「這個不妨，快快過橋來！」

京娘：「（委委屈屈）……是。」

結果一上橋就出狀況，趙匡胤忙搶上前去。眼見得京娘都快掉水裏去了，他伸一次手縮回來，伸兩次手縮回來，最後實在沒辦法了把自己的蟠龍棍默默遞了過去。京娘抓住之後含羞帶氣地看過來，正當趙匡胤被她瞅得心虛氣短的時

候，京娘幽幽地開口了。

京娘：「啊，兄長，你看橋下是甚麼鳥？」

趙匡胤：「是一對鴛鴦鳥。」

京娘：「這鴛鴦鳥比翼齊飛，永不分離，甚是可羨。」

趙匡胤：「是啊，鴛鴦比翼甚是可羨；怎奈它朝夕相聚，沉緬閒情，終難遂鴻鵠之志！」

後面一段唱詞，相映成趣很有意思。同樣是「楊花點點滿汀洲」，京娘惦念的是「奈何有緣邂逅，鸞鳳終難儔」，趙匡胤在意的卻是「青天上鴻鵠遨遊，普天下英雄奔走」！

千里相送終有一別，最後分離的場景真是讓人心碎。他死活不肯跟她回家見父母（也能理解他不想拜高堂的心情），京娘苦留無果要送他一程，他還是不肯。最後拗不過要送，沒幾步趙匡胤就攆人回去。

趙匡胤：「你我就此分別了罷！」

京娘：「你我就此分別了麼——前路鵬程多珍重，休忘關西有人懸望中。」

趙匡胤：「啊，賢妹保重。」

最後真是依依不捨，趙匡胤要牽馬不給牽，好不容易牽了又去拉他的蟠龍棍，好久好久才放手。

她多麼喜歡他，他焉有不知？！

他不是覺得她不好看不溫柔，只是他心底有夢！生怕那兒女情長，消磨了他英雄氣短！想想那寶玉賭起氣來，也會說出「戕寶釵之仙姿，灰黛玉之靈竅」、「焚花散麝」這樣無情的話語，因為「戕其仙姿，無戀愛之心矣，灰其靈竅，無才思之情矣。」不見可欲，使心不動！

在他通往帝王的路上，她愈美愈多情，就愈發像羅剎鬼一樣可怕：「彼釵、玉、花、麝者，皆張其羅而穴其隧，所以迷眩纏陷天下者也。」他想嚇走了她：「這個……我實對你說了吧！只因在汴梁城內，抱打不平，殺死土豪，闖下大禍，俺今進得莊去，恐怕連累你家爹娘，有些不便。」沒想到那柔柔弱弱的小女子這般大膽，水靈靈的美目瞅定了他，一副你做了強盜我也跟你去的決絕：「噯，這有何妨？」她若是妖精，他可以一棒打殺了她，偏偏她是好人家兒女，父親也是一個不大不小的員外，而且人家求的不是和他露水姻緣，是誠心誠意要和他長久夫妻。可是這讓他更怕，柴米油鹽，腳邊再纏繞著幾個嗷嗷待哺的小娃娃，一輩子做個田舍翁，再莫想黃蓋翠輦，袞袍九旒！不，這不是他想要的生活！他恨不得立即逃走！「愚兄決然不去了。你我就此分別了吧！」

此一別，山高水遠了！

再說趙公子別了京娘，連夜走至太原，與趙知觀相會，同陳名還歸汴京，應募為小校。從此隨世宗南征北討，累功至殿前都點檢，後受周禪為宋太祖。陳名相從有功，亦官至節度使之職。太祖即位以後，追念京娘昔日兄妹之情，遣人到蒲州解良縣尋訪消息。

甚麼兄妹之情，說到底他還是忘不了她。

盼來的卻是京娘在他走後就自殺的噩耗！他那時對她的試探一昧撇清，私心也許是擺不到台面上的：山賊搶過的女人，能要麼？就算他千里相送，一路留心窺察，這小妹子也許是紅粉佳人未破瓜。可天下悠悠之口呢？他趙匡胤一世英雄，娶了個不清白的女人？罷罷罷，大丈夫何患無妻，怎可

叫人笑話！可是，他萬料不到那柔弱的小女子卻原來這般剛烈。他那時候的心，只怕與看見尤三姐自刎的柳湘蓮一樣痛切：「我並不知是這等剛烈賢妻，可敬，可敬。」

春花春月，秋雨秋風之際，他常常會不期然地捫心自問：當初的抉擇，是不是對的？

那個時候，他覺得自己的見解千真萬確。奪了天下，做了帝王，甚麼不是他的？妃嬪媵嬙，三千佳麗，哪裏會沒有幾個比不了京娘？更何況還有那美豔不可方物，令人不敢仰視的花蕊夫人、大小周后。

可是現在他醒悟了，看看鏡中的自己：身材臃腫，眼袋下垂，皮鬆肉垮，一步三喘，哪裏還有當年美英雄的一點影子？那些競相獻媚的后妃宮娥，有哪個是真喜歡他？不過是看重那至尊之位！

還有那美貌，過去他常常疑惑妃嬪都是打扮好了接駕，翌日不等他醒來就已經梳洗完畢，甚至他要玉趾蒞臨也總是早早提前通報，終於有一日他有意擇機撞見了素顏的她們，原來卸下釵環，洗掉濃妝，那久負盛名的美人還比不上他的小妹子！千里相送，風餐露宿，他又有心躲避，哪會給她買甚麼頭油胭脂，還嫌她走得不快嬌滴滴，現在才想起她髮長委地，光可鑒人，螓首蛾眉，巧笑嫣然。

即使不論容顏，他雖把花蕊夫人她們納為後宮，心中卻鄙薄她們。宋人蔡絛筆記《鐵圍山叢談》卷六說：「國朝降下西蜀，而花蕊夫人又隨昶歸中國。昶至且十日，則召花蕊夫人入宮中，而昶遂死。」

宋太祖乾德三年元宵剛過，孟昶自縛出城請降，到汴梁

後，孟昶被封為秦國公，封檢校太師、兼中書令。宋太祖趙匡胤如此優待孟昶，只因他久聞花蕊夫人艷絕塵寰，欲思一見顏色，以慰渴懷，又不便特行召見，恐人議論，便想出這個主意，重賞孟昶，連他的侍從家眷也一一賞賜，料定他們必定進宮謝恩，就可見到花蕊夫人。果然如此，花蕊夫人不但明眸皓齒，玉骨珊珊，飛觴傳酒的時候，隨口就來了一首詩〈口占答宋太祖述亡國詩〉成為千古絕唱：「君王城上豎降旗，妾在深宮那得知。十四萬人齊解甲，更無一個是男兒。」表達了對後蜀將士不戰而降的鄙視，宋太祖又被花蕊夫人的才華驚呆。於是孟昶沒幾天就暴斃，花蕊夫人就成了宋太祖的貴妃。

可是，花蕊夫人雖罵將士貪生怕死，自己不是也降了宋

趙匡胤 臉譜

朝？丈夫死後，不要說甚麼殉夫的舉動，哪怕是裝裝樣子都沒有，甚至對殺夫仇人還婉轉承歡，真個是「君生日日說恩情，君死又隨人去了」！所以他納她為妃，心中卻甚是看不起她。他覺得他的京娘一定不是這樣的，唉，他又想起京娘了！

如今他已年老，無力追究眼前女人對他愛是不愛，只是如今明白，那小妹子對他是實實真心！只是「我不殺伯仁，伯仁因我而死」！他從青石板下救了她，如今她不也長眠在青石板下？這蟠龍棍，她當日抓住懇求他不要走，手澤仍存，而她已經是黃土隴中的枯骨了！

他天縱英明，一向笑傲所有人，萬料不到這次是他自己傻！

他千辛萬苦掙來了帝位，卻不能傳與後代子孫，連自己都死於非命！

《千里送京娘》演出劇照 唐榮、沈國芳主演

　　宋太祖趙匡胤於西元九六○年發動陳橋兵變，黃袍加身，到西元九七六年死亡，正史當中沒有明確記載他是怎樣去世的。《宋史‧太祖本紀》中的有關記載的也只有簡單的兩話：「帝崩於萬歲殿，年五十。」「受命杜太后，傳位太宗。」因此他的死一直是一個不解之謎。司馬光的《湘山野錄》中記載，開寶九年十月，宋太祖趙匡胤急喚他的弟弟晉王趙光義進入寢宮，宋太祖斥退旁人，只留下他們兩人自酌自飲。酒過三巡，他見晉王趙光義總是躲在後邊，極其害怕，自有幾分得意。見殿前雪厚幾寸，便用玉斧刺雪，還不時對他弟弟說：「太容易了，真是太容易了。」當夜趙光義沒走，留宿於禁宮。第二天天快亮時，禁宮裏傳出宋太祖趙匡胤已死的消息。趙光義按遺詔，於靈柩前即帝位。

　　歷史上所謂「燭影斧聲」的疑案就指此事。有人認為也許不是疑案，只是晉王趙光義殺兄奪位的藉口。宋太祖安排後事是宋朝的國家大事，不可能只召其弟單獨入宮，並且趙光義又在喝酒時退避。用玉斧刺雪，這正是趙匡胤與趙光義進行過爭鬥的狀態，晉王一狠心殺死宋太祖。

　　經近幾十年的研究，趙光義經過預謀，弒兄奪位，已成為大多數史家的共識。即使《宋史》一書，因時間倉促，元人多照抄宋代國史，對帝王多為諱詞，仍不能不露出蛛絲馬跡。如《太宗本紀》說：「帝之功德，炳煥史牒，號稱賢君。若夫太祖之崩，不逾年而改元，涪陵縣公之貶死，武功王之自殺，宋后之不成喪，則後世不能無議焉。」趙光義繼位後，趙匡胤的長子德昭於西元九七九年被迫自殺，次子德芳又於西元九八一年無故而死，宋后則是太祖皇后，在其死後不按

后禮安葬。改元在一般朝代中都是在老皇帝死後的第二年，趙匡胤死於開寶九年，距歲末只有八天，太宗便迫不及待地改為太平興國元年。從這種種跡象來看，宋太宗趙光義擺脫不了「燭光斧影」、「殺兄奪位」的嫌疑。

　　他若知身後事，該會怎麼想？若當初帶她走是她做了皇后，以她的剛烈，只怕不會像孝章宋后在他死後只會對趙光義叩頭求饒：「吾母子之命，皆托於官家」。玉斧加身之際，他會不會想起秦丞相李斯因遭奸人誣陷，腰斬咸陽市臨刑前對兒子的感嘆：「吾欲與若復牽黃犬俱出上蔡東門逐狡兔，豈可得乎！」他會不會追悔當初沒有攜起她的手，「藍橋已是神仙窟，何必崎嶇上玉京」？！

真情到底長啥樣：
《三娘教子》與《李爾王》

同學們，今天上課我們談談《三娘教子》與《李爾王》的比較。

Emmm?

張老師你莫非在消遣我？這一個中國的京劇，一個英國的莎劇，而且時間差了幾百年，距離差不多九千公里，不但八竿子打不著，更是風馬牛不相及，它倆？有啥可比性？

首先，請問戲曲中的《三娘教子》為啥叫三娘？

因為是網上授課，看不到大家面面相覷，只聽得一陣沉默。後來點了一位同學來回答，他推測道：「莫非她丈夫排行老三？」

我笑了：「哦，同學認為是按伯仲叔季的排行。丈夫是老三，所以她叫三娘。可是，不對。」

另有女同學答：「他的第三任老婆。」

我又笑了：「嗯。很有現代女性意識，他得離了婚才能再娶第二任，離了第二任才能再娶第三任，是吧？」

有同學不知是看過，還是手機現查：「是他的妾。」

我反問道：「那這個家裏面，怎麼讓一個妾來教子呢？我們看《紅樓夢》第二十回，趙姨娘說了賈環兩句讓王熙鳳聽見了，王熙鳳怎麼說？『憑他怎麼去，還有太太老爺管他呢，就大口啐他！他現是主子，不好了，橫竪有教導他的人，與

你甚麼相干！』因為古時的規矩如此，姨娘是半主半僕的身份，但即使是庶出的孩子也是主子，因此做姨娘的沒資格管束子女，即使是自己的子女。」

「當然我們不是説三娘不應該教子，實際上，母親對孩子的教育很重要。《紅樓夢》裏面很多母親主要是愛孩子卻沒有好好教育，像王夫人把寶玉滿頭滿臉地摩挲，又生恐讀書把他累壞了；薛姨媽更不用説，把薛蟠驕縱成了一個薛大傻子——『這薛公子幼年喪父，寡母又憐他是個獨根孤種，未免溺愛縱容，遂至老大無成……五歲上就性情奢侈，言語傲慢。雖也上過學，不過略識幾字，終日惟有鬥雞走馬，游山玩水而已。雖是皇商，一應經濟世事，全然不知……（賈府的紈絝子弟）今日會酒，明日觀花，甚至聚賭嫖娼，漸漸無所不至，引誘的薛蟠比當日更壞了十倍。』所以説『慈母多敗兒』。而且，跟大家劇透一下，這個孩子還不是三娘親生的。那就奇怪了，為甚麼讓三娘教子？正房大娘子幹嗎去了？親娘幹嗎去了？」

我接著説：「更何況，古語又説『子不教，父之過』，我們看《紅樓夢》裏，賈政天天罵寶玉，甚至火起來還要打他，雖然這種教育方法我們現在認為不妥，但是很多古人認同這種『棍棒底下出孝子』的方式。所以《三娘教子》裏面，更重要的是，爸爸去哪兒啦？」

好的，我們來看劇情。

明代，儒生薛廣，往鎮江經商。家中有一妻兩妾，其中二娘子生一子，乳名倚哥，又有老僕薛保。薛廣在鎮江恰好遇到一個同鄉，就託他帶回家五百兩銀子，不料其人吞沒銀

子，回鄉報知張氏說薛廣死了。後家漸衰落，大娘子二娘子先後改嫁，三娘深鄙之，誓與薛保茹苦含辛，撫養倚哥，送之上學，自己織布換米為生。

倚哥在學堂被同學譏諷是沒娘的孩子，氣憤回家，遂不認三娘為母，語語頂撞，三娘怒不可遏，用刀把織布機上的布割斷，以示決絕。幸老僕竭誠勸導，母子和好如初。薛廣在鎮江生意衰敗，就參了軍，最後官至兵部尚書。十幾年後薛倚哥金榜題名，高中狀元。父子相認，一家團圓，榮歸故里，父子都有誥封贈與三娘，故此劇名《雙官誥》，《三娘教子》則是《雙官誥》中的一折，據說是根據明代的真事改編的。《雙官誥》，據李修生先生主編《古本戲曲劇目提要》：陳二白撰。《今樂考證》、《新傳奇目》、《曲考》、《曲海目》、《曲錄》並見著錄。陳二白，江蘇長洲（今江蘇蘇州）人。據《雙官誥》康熙抄本末《題記》，該劇是在康熙二十九年，作者六十九歲時，「改校刪錄」而成。

《三娘教子》（京劇劇目）還與明末清初戲曲家小說家李漁的《無聲戲》中的第十二回〈妻妾抱琵琶梅香守節〉有關。最重要的情節就是丈夫曾經病重，因此詢問如果他死後，三個妻妾誰會為他守節。

大娘子首先開口道：「相公說的甚麼話？烈女不更二夫，就是沒有兒子，尚且要立嗣守節，何況有了嫡親骨血，還起別樣的心腸？我與相公是結髮夫妻，比他們婢妾不同。」

二娘子唯恐落後，高聲截住道：「結髮便怎地，不結髮便怎地？大娘也忒把人看輕了，你不生不育的，尚且肯守，難道我生育過的，反丟了自家骨血，去跟別人不成？」

　　丈夫很是滿意，又問三娘，三娘一開始不回答，後來回覆道：「方才大娘，二娘都替我說過了，做婢妾的人比結髮夫妻不同，只有守寡的妻妾，沒有守寡的梅香；若是孤兒沒人照管，要我撫養他成人，替相公延一條血脈，我自然不該去；如今大娘也要守他，二娘也要守他，他的母親多不過，哪稀罕我這個養娘？如今但憑二位主母，要留我在家服侍，我也不想出門；若還愁吃飯的多，要打發我去，我也不敢賴在家中。只好聽其自然罷了。」

　　這一句「聽其自然」險些沒把丈夫氣死，我還活著，她就說出這等無恥的話；我死之後，還記得甚麼恩情？恰好他的病慢慢又好了，從此對三娘就沒有好衣好食好臉色。

　　只是後來他出外經商被傳了死訊，大娘子二娘子相繼嫁人，只有三娘辛苦守節教子成名，榮歸故里的丈夫百思不得其解，問道：「我當初大病之時，曾與你們永訣，你彼時原說要改嫁的，怎麼如今倒守起節來？你既肯守節，也該早對我講，待我把些情意到你，此時也還過意得去。為甚麼無事之際倒將假話騙人，有事之時卻把真情為我？還虧得我活在這邊，萬一當真死了，你這段苦情教誰人憐你？」說罷，又掉下淚來。

　　三娘道：「虧你是個讀書人，話中的意思都詳不出。我當初的言語，是見她們輕薄我，我氣不過，說來譏誚她們的，怎麼當做真話？我若也與她們一樣，把牙齒咬斷鐵釘，莫說她們不信，連你也說是虛言。我沒奈何只得把幾句綿裏藏針的話，一來譏諷她們，二來暗藏自己的心事。說話不算，行出來事才算。」

接著我説：「現在你們明白為甚麼《三娘教子》和《李爾王》能比較了嗎？」

同學興奮地答：「都是根據真事改編的。《三娘教子》是根據明代的真事改編的，《李爾王》是根據公元前八世紀的英國民間傳説改編的。」「故事裏都有三個女的，都是前兩個説謊，最後一個説真話。」「兩個故事的男主人公，都是相信了表面的糖衣炮彈。」……

我們來看《李爾王》：

年事已高的李爾王打算退位，將自己的王國交由三位女兒來統治，並稱自己將會把最大部份領地賞賜給最愛他的人。大女兒、二女兒紛紛獻媚，稱自己愛他勝於世上的一切，唯獨小女兒考狄利婭講了老實話，説「我愛你只是按照我的名分，一分不多，一分不少」，結果激怒了國王，李爾王在盛怒之下取消了小女兒的繼承權，將她遠嫁法國，把國土平分給了兩個虛偽的女兒。

但是大女兒和二女兒得到領地和財產之後卻原形畢露，不僅沒有照顧李爾王，反而將年邁的父親趕出家門，使他飽受顛沛流離之苦，並在暴風雨中的荒野之中發了瘋。最後，小女兒考狄利婭説服法蘭西國王出兵要替父王討回公道，英法兩軍相遇，英軍獲勝，李爾王和小女兒被俘。小女兒不久被密令絞死，李爾王抱著她的屍體在悲憤中瘋狂而死。

我覺得，莎士比亞劇作的譯者和學者傅光明先生的觀點非常犀利——單從人性、人情的視角剖析，李爾王選擇讓女兒們以言語向他示愛的程度劃分王國，並不十分荒謬。可能出乎人們意料的是，在政界、經濟界、商界、學術界、藝術

界，這種現象也是並不鮮見。

我覺得，《李爾王》的現實性在於，它並不像中國戲曲那樣，是一個大團圓的結局。李爾王固然受到了欺騙，被驅逐、發了瘋；說真話的小女兒更是慘被絞死，這種觸目驚心的真實才讓它成為莎士比亞四大悲劇經典之一！而且它的批判現實主義的力度和生命力一直延續到現在。

再來看李爾王與考狄利婭的對話。面對父王的問詢，考狄利婭不加思考便說出了全部的心裏話：「我是按我的名分來愛陛下，一分不多，一分不少。」李爾王心有不悅，要考狄利婭考慮好再說一次。明白人只要稍一留心，就能聽出李爾王對考狄利婭有著超出比對兩個大女兒更多的父愛恩寵，很明顯，李爾王的底線是，只要考狄利婭說出會全身心孝敬父親，而不是「一分不多，一分不少」，即可「贏得比你兩個姐姐更豐饒的領地」。但李爾王就是聽不到考狄利婭違心說出讓他愛聽的「真心話」。道理很明晰，考狄利婭也有自己的底線，她十分清楚兩個姐姐一貫的為人做事，因此才絕不肯違心表達對父親的愛，否則，便跟兩個姐姐一樣。

這樣，也就能回過到開頭去理解考狄利婭為何「無話可說」（Nothing）。難道她真不懂這將意味著甚麼嗎？她內心要表達的是，兩個姐姐說的「一切」（All），其實是「一無所有」（Nothing）。

考狄利婭：「陛下，我無話可說。（Nothing，my lord.）」

李爾王：「沒話？（Nothing）」

考狄利婭：「沒話。（Nothing）」

李爾王：「沒話就一無所有。（Nothing will come of

nothing）」

面對父王發出的再不說好話「就把自己的財富給毀了」的威脅，她仍堅守底線、不改初衷：「慈愛的陛下，您生我，養我，愛我，我會恰如其分地回報這份恩情，服從您，愛您，敬仰您。」等她真的一無所有了，她還是那麼心底無私，磊落坦蕩，不做一句辯解：「假如您因為我缺乏油腔滑調的伶牙俐齒，不會說討您喜歡的話而震怒，那是因為凡我想做的事，從不事先張揚。」

而一旦需要她付出愛，她甚至犧牲生命也在所不惜。當她得知父親慘遭虐待，處境危險，便毫不遲疑領軍前來，討伐兩個姐姐：「親愛的父親，我這次揮師用兵，全是為了您的事，正因為此，我哀傷和懇求的眼淚感動了偉大的法蘭西國王。我們勞師前來，並非激於狂妄的野心，而僅僅為了愛，為了真摯的愛，為了替老父討回公道。」此時，救護他的天使只有一個人，那曾被他冤枉、「虐待」得「一無所有」的考狄利婭。

想來也是，那文天祥在太平時日，也不會天天給皇帝表捨生取義的忠心啊。疾風知勁草，板蕩識忠臣，從古至今，這些大忠孝大節義，都是做的，不是說的啊！

可是，不管是《三娘教子》還是《李爾王》，大概都印證了一句話：

「真正的愛極為羞澀，它憎惡一切空話；它只能淌淚、流血。」

可是這個世界上啊，偏偏人都愛聽美言，愛信謊言。

我覺得我的一個學生總結得很貼切——「往往說話不中

聽、脾氣倔的人更重感情。」

　　所以真情到底長啥樣，今天這個特殊的日子裏，大家不妨細思量。

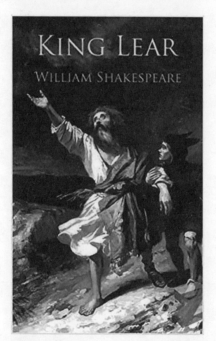

《李爾王》書封面

看戲的三種境界

（一）

從兩歲起，我就被爺爺抱到戲園子裏看戲了。散場的時候，有人問爺爺今晚的戲叫甚麼名字，爺爺還沒來得及答言，一直伏在爺爺肩頭以為是睡著了的我抬起頭，清清亮亮地說：「《花為媒》」。旁人不相信這是一個兩歲的小孩回答的，又追問道：「演的是誰？」我說：「張五可」。爺爺大驚，復大樂。之後的許多年，這件事他常常逢人就念叨，恨不得把它當成一件我少年早慧的鐵證。我覺得，爺爺一定是沒見過真正的天才，他要是去去科大少年班，就可知道我這種小才微善，在我們中國一定是恆河沙數。但是就連父母愛子的心都是偏執的，又何況是含飴弄孫的祖父呢？

幼時看戲的我，一定是不怎麼喜歡青衣的，她們的服色又黯淡，又喜歡捂著肚子咿咿呀呀慢慢地哼。還是活潑俏麗的花旦討喜，她們服色嬌豔，一雙眼睛滴溜溜的似乎會說話，走路蹦蹦跳跳得好可愛。所以小時候的我覺得，要是讓我去演，我一定願意演伶俐、俏皮、熱心又機智的小紅娘，而不願意演哭哭啼啼一籌莫展的崔鶯鶯，哪怕前者只是一個丫鬟而後者是一個千金小姐。甚至花旦穿著的紅繡鞋我也喜歡，它們或點或翹，或踩著圓場像一對兒紅蝴蝶一樣滿台飛

舞，紅繡鞋鞋頭有的綴著穗穗，有的綴著絨球，顫巍巍地更好看；彷彿還記得有一個出類拔萃的，絨球中似乎還藏了一個小鈴鐺，行動處泠泠有音，愈增三分嬌俏。這紅繡鞋把小小的我迷住了，以至於回家後也吵著要奶奶給我做一雙。奶奶也真的繡花裁鞋樣，讓我那幾天真是時時刻刻好不盼望，可是做成後為甚麼看起來比戲台上嬌小的紅繡鞋大很多呢？而且用的也不是紅緞子，即使上面的繡花很精美，小小的我也撅嘴生氣了好半天，也就一直沒有下地穿過。待我現在隔著淚眼和歉疚回望，我覺得，那時的我，一定沒跟奶奶說清楚，我不是想要一雙繡花鞋，而是一雙像戲台上那樣的紅繡鞋。但即使它不是一雙紅繡鞋又有甚麼關係呢？我真希望能夠時光倒流把我變成一個體貼懂事的好小孩，我會摟著奶奶的脖子說真好我真喜歡。

我居然有一個比我大十來歲的會唱戲的表姐？而且這個表姐來我們這兒演出，晚上還住我家？這對小時候的我來說，是一個多大的心靈震撼啊！估計那威懾力大約可能林青霞住我家才差可比擬吧。我好像是又開心又拘謹，大姐姐誇我好看我也是光笑不說話，大姐姐逗我說帶我走教我去唱戲我也是光笑不說話，我覺得戲台上光豔照人的大姐姐比我好看一百倍，我想跟大姐姐玩，但是我又不敢。那時候太小了，只能約略記得那些天是緊張忙亂又歡快的，因為大姐姐唱完了戲晚上很晚才能回來，早上一大早又要起來吊嗓子。奶奶做了很多好吃的，可是給我留下最深印象的，倒是大姐姐早上要吃特別嫩的荷包蛋，也就是在水滾之際，把雞蛋磕破，基本上是直接打進去只要蛋白一凝固就馬上撈起，外層的蛋

白還是軟軟的，裏面的蛋黃全都還是流質。大姐姐説這樣的荷包蛋最有營養，對嗓子是極好的，甚至有時候她還會喝生的雞蛋，大約這也是一個秘方吧。我真心想和大姐姐一樣，可是生雞蛋太腥了我實在喝不下去，只好很嚴格地如吃荷包蛋定要和大姐姐那樣的嫩嫩的。可憐的傻小孩呀，是不是以為這樣，就會有如大姐姐那樣的初囀黃鸝之音麼？

還記得有一次，大姨送來兩枝絹花，這是大姨在漯河的專門做戲曲頭面的親戚做的，就是給戲台上花旦戴的，真是讓我喜歡得不得了。那時候似乎恰逢電視上放《紅樓夢》送宮花那一場，黛玉因最後才送給自己，忍不住酸溜溜地譏刺：「我就知道，不是別人挑剩下的，也不給我。」因為是大姨的親戚送的，肯定是先給大姨的女兒，然後大姨再拿兩枝給我。可我卻和林黛玉的想法完全相反，我覺得，大姨一定是把最漂亮的留給我的，因為這兩枝絹花真是極美，按照雙股為釵，單股為簪的説法，這兩枝都是簪子，簪身是赤金色的，很軟，輕輕一用力就彎了；簪子頂端簇擁著四朵嬌嫩的櫻粉色重瓣牡丹花，下端垂著三四個含苞欲放的蓓蕾。我拿著這兩枝絹花愛不釋手，可惜不會梳花旦的髮式，也沒法戴，只能珍藏在小盒子裏面，時不時拿出來看看，因為這兩枝絹花，竟對那個從未到過的城市漯河也無限嚮往之了。

這是我對幼年看戲的朦朧印象，那時候，我被聲音和皮相深深吸引。不過，我以為看戲只是生活中的一種點綴和娛樂，從未想過在未來裏，我以後的人生會和戲曲有著千絲萬縷的糾纏。

（二）

　　爺爺最喜歡諸葛亮，所以我很小的時候就會背〈出師表〉。

　　到了現在，我對爺爺的審美偏好又有了一層認識，我想這是因為人會天然地喜歡和親近與自己相似的事物。爺爺曾經在三省折衝之地經商，後來一直做到「二掌櫃」，那位「掌櫃的」偶爾來，也只是看看賬，碰上人家找他辦事，他總是擺擺手說：「你們找某某（我爺爺的名字）好了。」哈哈，我小的時候，覺得這位「掌櫃的」可真是甩手掌櫃，高枕無憂，好不清閒，也覺得爺爺替人辦事是很容易的事。等我長大了，才慢慢明白原來取得別人那樣的信任是非常非常困難的，尤其是在銀錢出入方面，又何況是人家的全副身家呢？所以勢必是如同諸葛亮那般忠誠、自律，讓人「放心」，人家才敢這麼慨然託付。

　　爺爺聽戲，也講究「角兒」，他認為唱諸葛亮最好的，是申鳳梅。

　　李漁在〈喬復生王再來二姬合傳〉裏提到，王再來宜男裝不宜女裝，女裝時貌不出眾，但是扮上男子頓時玉樹臨風：「立女伴中，似無足取，易妝換服，即令人改觀，與美少年無異」。申鳳梅與之類似，作為一個女性，申鳳梅是一張長長的馬臉，長得不太好看，可是當她掛上髯口，一下就彌補了面部太長的缺陷。穿著八卦衣，搖著鵝毛扇，龍眉鳳目，面容清癯，活脫脫是一個憂心國事的「活諸葛」。由於我是先看她聽她，後看到和背誦蘇軾的〈念奴嬌・赤壁懷古〉，因此實在對蘇詞說周瑜「羽扇綸巾」轉不過彎來，這明明是諸葛亮

的打扮，怎麼用來説周瑜呢？這也可見申鳳梅的諸葛亮給我留下的印象之深了。

當然，申鳳梅能夠被人稱為「活諸葛」，豈止扮相而已！收音機裏最常放的就是申鳳梅的《收姜維》選段：「四千歲，你莫要羞愧難當，聽山人把情由細説端詳。想當年，長阪坡你有名上將，一桿槍，戰曹兵無人阻擋。如今你，年紀邁髮如霜降，怎比那，姜伯約血氣方剛。雖説你，今一天打回敗仗，怨山人我用兵不當，你莫放在心上。」這位四千歲是誰？他剛剛和姜維對陣吃了敗仗而回，可是他是趙子龍啊！是曾經在百萬曹軍中縱橫馳騁，威風凜凜，所向披靡的常山趙子龍啊！ 但是他竟然就這樣丟盔卸甲灰頭土臉地大敗而歸，該是怎樣的羞惱、悲憤、無地自容……但是諸葛亮沒有絲毫的責備，他先是回顧了趙子龍視曹兵如無物，千軍萬馬中毫髮無傷救回阿斗的豐功偉績，當著千萬士兵的面給趙子龍找回了面子。接著又寬慰説，可是現在你年紀大了呀，如今你白髮蒼蒼，怎比那姜維血氣方剛。老將軍，這是自然規律，不怪你，真的不怪你呀！並且諸葛亮還把責任攬到自己身上，這一次你打回敗仗，都怨我考慮不周用兵不當，你千萬不要在意啊。想一想，諸葛亮素來是以足智多謀料事如神著稱的，可是他卻當著大家的面説，我錯了，是我沒想好。哪怕趙子龍這時候有天大的怨氣和憤怒，也早已氣平了，氣順了，甚至為諸葛亮這樣的通情達理、給足面子，心中感到何等的慚愧和感激，那之後諸葛亮如果還吩咐他做甚麼事，他不但不會推辭，只怕還恨不得肝腦塗地誓死報效呢。這才是諸葛亮啊！他最厲害的，怎麼會僅僅是層出不窮的計謀呢？

即使他每每能夠先人一步，但絕大多數時候，他只是一個運籌帷幄的決策者，這些妙計要靠別人去執行，但這些執行者不是收到指令一成不變的機器，而是有情緒有個性的活人，而情緒和個性又是多麼容易受外物影響。所以，要想如臂使指一般由執行者貫徹他的決策，他最常做的、最高明的，是安撫和收伏人心啊！長大後我翻遍《三國志》、《三國演義》，也不見諸葛亮對趙子龍有這一段說辭，可見它不是史學家的絕唱，而是民間藝術家自己的創造。然而這一段說辭何等的入情入理，又何等的令人信服，使我和千千萬萬的戲迷一樣，感覺諸葛亮就應該是這個樣子。京劇老生之中孟小冬被稱為「冬皇」，最擅長的是《搜孤救孤》中的程嬰；我認為，越調老生之中的申鳳梅，地位當與之相伴而毫無愧色。

　　爺爺喜歡的另外一位「角兒」，是常香玉，她是活生生的「花木蘭」。可是她唱的，也不是〈木蘭辭〉裏有的，而是虛構了花木蘭剛剛從軍，就遇到了一位自認為男子在前線衝鋒陷陣、女子倒是在後方安享清閒，從而滿腹牢騷的劉大哥，於是，木蘭忍不住要和劉大哥評評理：「劉大哥講話理太偏，誰說女子享清閒。男子打仗到邊關，女子紡織在家園。白天去種地，夜晚來紡棉，不分晝夜辛勤把活幹，鄉親們這才有這吃和穿。你要是不相信，就往那身上看，咱們的鞋和襪，還有衣和衫，千針萬線都是他們褋那。有許多女英雄，也把功來建，為國殺敵是代代出英賢。這女子們哪一點不如兒男？」每當此時，台下總會傳來會心的笑聲和掌聲，尤其是那些女觀眾們，好像有意無意腰都要挺得直一些。

　　後來我發現，爺爺喜歡常香玉，倒還不僅僅是她唱

得好。爺爺説，在抗美援朝時期，常香玉用義演所得的十五億二百七十萬元（人民幣舊幣），購買了一架飛機捐獻給中國人民志願軍，後來飛機命名為常香玉號。想想，她得一場一場唱多少場戲，才能攢下這麼多錢，而她積攢下這麼多錢卻沒有自己用來享受，這真讓小孩子的我很敬佩的。我覺得，常香玉雖然沒有像花木蘭那樣女扮男裝上陣殺敵，但是她確實很有俠肝義膽，所以她唱花木蘭才這麼真情實感深有底氣和説服力，這種鎮場、服眾的「名角兒」氣蘊遠非字正腔圓扮相俊美就能達到。

還有那面對敵寇入侵，「五十三歲又管三軍」重披鐵甲掛帥出征的穆桂英；以及「當官不為民做主，不如回家賣紅薯」的敢於審誥命夫人的七品芝麻官唐成，都給我的童年帶來了怎樣的志氣和歡樂呀。他們塑造的角色遠非聖賢，卻真真有孟子所謂「浩然之氣」。

學戲是很苦的，天不亮就得去吊嗓、壓腿、下腰、練功，那舞台上的劈叉、背摔、金雞獨立、刀劍棍槍舞得風雨不透，不能失手也不能重來，還要兼顧身段美亮相佳，「台上一分鐘，台下十年功」絕非虛言。奶奶説，在舊社會，學戲還要常常挨打，所以那時候，一般的人家只要過得去，就不會送孩子去學戲，一是那時候戲子的地位低，二是也捨不得孩子吃那等苦。

而且，在我幼年大家喜聞樂見的這幾位演員，大部份以普通人的標準來看，決不是美貌的，然而他們通過自己的努力，也終於能夠成名成家。何況《史記》裏面那位「一顧傾人城，再顧傾人國」的以美貌著稱的李夫人，不也在臨死之

際痛言「以金交人者，金盡則交絕；以色事人者，色衰則愛馳」？使我朦朧地覺得，似乎美貌是不足恃的，不聽誰又在唱「我的青春小鳥一去不回來」？美貌終究是「林花謝了春紅，太匆匆」的，如果僅有這個，一旦美色不再，後果豈非可怖？

（三）

「你就跟著李簡老師學戲曲吧。」

面試老師的聲音雖然溫和，在我聽來卻不啻晴天霹靂。因為我雖然從小看戲，但我從來沒想過要研究它啊，而且又怎麼研究呢？

可是我不敢講。

不要說初試的千萬遴選，復試的隨機抽題英文演講，就是這最後的面試，據說也不是等額的。

我怎麼敢在那個時刻讓人覺得「挑三揀四」？

可是出來之後，我還是在靜園草坪的一棵小松樹下，向其他面試的同學說出了自己的憂慮。一個同學笑著說：「看你穿得就像唱戲的。」所以我大概會永遠記得那天的衣服，黑色細腰帶波浪邊的毛衣，黛綠色長裙，繡了兩三支孔雀翎。其實我從沒覺得這樣穿很「藝術」，但是也許京城是一個很保守的地方吧。

我就這樣懵懵懂懂慌裏慌張地跨進了北大，然後遭遇了人生最大的恐懼。我的同學裏面，有的已經每週拿讀書報告和導師見面探討；有的獲得了老師們的一致揄揚；有的甚至

已經在著名學報上發表了論文並已獲轉載⋯⋯可我和導師見面談了一會，李簡老師頗感興趣地說：「那你做一個資料長編吧。」

資、料、長、編？甚麼是資、料、長、編？

「北大不是培養作家的地方」——是培養學者的。

「北大是有一分證據，說一分話」——是重考證的。

「哪一個不都曾經是雄霸一方的諸侯？但是跨進這個園子，一切都得重新洗牌。」忘記了是哪位師兄的箴言，但是應該是這樣吧。其實那時我跟北大的風格完全不同，我擅寫作不擅研究，擅闡釋不擅考證，那意味著我必須「完全轉向」，可是通向新世界的門在哪裏呢？在迷霧中，茫然無措。

我記得有一次李簡老師在五院的甬道上和我並肩而走時，頗為憂慮地說：「好像你還沒有上路啊。」

可是甚麼是上路呢？

我想最初我一定是讓老師挺失望的，說不定還有焦慮。就像號令槍一響，別的選手都跑出大半截了，我還在起跑線上迷糊。北大中文系的老師們平均每人一年只能招一個，尤其我又算是李簡老師的第一個學生，所以，成了，成功率百分之百；廢了，失敗率也是百分之百。但是，我又怎能讓別人看我老師的笑話？她在千萬人中選中了我，我怎麼能讓人覺得她錯了？

我巴不得一天學會怎麼在著名學報上發論文，卻又完全不得其門而入。不知我的老師知不知道，現在我還保留著她第一次見面時開給我的書目：王國維：《宋元戲曲考》；青木正兒：《中國近世戲曲史》，一百部傳奇劇本原典⋯⋯要看完

這些很花時間，可現在選修的課都要交論文啊，而且看完這些就會功力大增嗎，還是依然故我？這簡直比司芬克斯之謎還要難解，畢竟，誰能預見未來？

反正，不就這樣嗎？後來，我成了圖書館古本特藏室和中文系資料室的常客，先看小說和雜誌，再讀傳奇劇本原典，以及期刊論文，讀煩了再去翻翻小說雜誌──要不然怎麼讀得下去呀。

但一開始似乎沒有任何起色，日子就混雜著焦慮和迷茫中過去。但好在我比較混沌，傻傻得不知道難過和害怕。而且我的導師對我又是很好，除了憂慮我「不上路」沒有一句重話。那時我的老師應該只有三十多歲，可在言語和態度上似乎刻意把我和她的女兒放在一輩兒。這模模糊糊讓人感覺到「師道尊嚴」，不過也難怪，導師是「世家之女」，父親李修生教授就是研究戲曲的大家。

我的導師氣質非常高雅，她總是梳著精緻端莊的盤髮，冬天的時候，一襲黑色羊絨大衣，黑色小羊皮手套，款款而來，就像托翁筆下剛出場的安娜·卡列尼娜一樣高貴。北京的冬天都有暖氣，進了教室要把大衣脫掉，導師要把大衣放在第一排右側我旁邊的桌子上，我那時可好玩了，嫌那桌子髒，趕緊把我新買的英文報紙鋪在上面。但是現在想想，報紙上都是油墨，可不是比桌子髒多了？我現在想如果我是導師，一定會皺眉頭的，但我的導師不以為忤，微微一笑就把大衣擱上邊了。據說在滑鐵盧戰役大敗拿破崙之後的英軍總司令威靈頓公爵舉辦了一個盛大的慶祝晚宴，但宴會上一個士兵因為不懂禮節，把吃點心之前上的一碗洗手水喝了一

口。目睹此情景的貴賓都竊笑不已，正在尷尬之際，威靈頓公爵端起面前那碗洗手水不動聲色地也喝了一口，眾人無不感動。我覺得我的導師也是有這份雅量的。

導師在講課的時候，一個最令我暗自驚訝的特點是，她會鉅細無遺地復述出所講劇本的每個細節，而且毫無訛誤。要知道那時候我正在看劇本，所以可能她講的我剛好剛看過，所以這個印象應該是非常可靠的。這一點真的並不是每位老師都能做到，要麼她是記憶力超群，要麼她是對材料到了熟極而流的程度。我有時也促狹地想，既然如此，乾脆不用看啦，聽她講不就行啦？但畢竟我不是偷懶耍滑之人，答應了她的事，她看見看不見，我都會履行。

但我那時最想知道的是她怎麼去做戲曲的研究。因為經過一段時間的摸索，我發現做戲曲真是太難了。陳平原老師曾總結戲曲有三條路向，一是王國維開創的，研究劇本；一是吳梅開創的，研究曲譜；一是董每戡開創的，研究舞台表演。似乎當時我只能走王國維先生的道路。但是，戲曲不比小說，有曲折的情節和豐富的心理描寫，它的人物少，臉譜化，情節簡單，甚至結尾幾乎都是雷同的大團圓——這怎麼研究啊？但是李簡老師是很巧妙的，她留意到戲曲中的「戲中戲」，還有「探子報」——這不就是「共性」研究嗎？還有一次，她跟我講，發現了《目連救母》戲曲中一個佛教典故的由來。那時我可真是大吃一驚，因為北大的老師們天天念叨的不就是「原始資料」麼？這個法寶可以算是殺手鐧了，因為據說這是「硬功夫」，有時單憑一條原始資料就能成就一篇有份量的文章。那時我很急切地問：「老師你怎麼找到的啊？」

導師說：「我看到《目連救母》裏的這個典故，就去查佛經，就找到啦。」那時候還遠沒有普及電子化和大數據，她說得輕描淡寫，我卻明白，或許有運氣，但更多的是大海撈針式的努力，原來做戲曲也是「汝果欲學詩，功夫在詩外」的。

我的導師並沒有太多門戶之見，所以我可以愛選甚麼課就選甚麼課，她會認為是「轉益多師是汝師」。我不能夠像別的同學一樣每週交讀書報告，我現在想想她心裏一定著急，但她從未疾言厲色地呵斥我，甚至也沒有催過我。這讓我心中無比感激，因為有的學生可能是香蕉，提前摘下催催也會熟；但我大概是雞蛋，非要二十一天才能孵化成小生命，早一天可能就死掉了。所以現在我在當老師的時候，會尊重每個學生的差異性。

我和老師還會一起去看戲，像《牡丹亭》、《長生殿》、《桃花扇》等等都是我們一起去看的。像《長生殿》裏的〈魂遊〉一折，被賜死的貴妃，其癡情的魂魄還要追趕唐明皇的馬頭。當蒙著黑紗的魂旦在舞台上飄動的時候，雖然離得遠，而且明知是戲，還是讓我感到一陣寒意，可見演員肢體動作之精湛了。看《牡丹亭》還是青春版白牡丹剛出來的時候，杜麗娘和柳夢梅的扮相美輪美奐，但其肢體和唱腔比起他們的老師來還欠火候。不過隨著場次的增多，他們的技藝也愈來愈圓熟。而《桃花扇》竟然在南明小皇帝的鼻子上抹了一抹白，別出心裁地創造了一個「帝王醜」的形象，以諷刺其昏庸好色誤國，也算是別開生面了。除此之外我還在北大百週年講堂以及小劇場看過很多戲，但基本上都是崑曲，因為我所研究的明清傳奇都是崑曲，我覺得這樣還是有效的，它讓

案頭之作變成了立體鮮活的場上之曲，在頭腦中留下深刻清晰的印象。這樣，我在寫論文的時候，除了作者的戲曲專集，他的全集，以及史書記載之外，還有劇場表演這個資源。

但是這些還不夠，本以為天天耐著性子在特藏室翻那些發黃發脆的古本戲曲叢刊已經夠極限了，但之後才會發現這只是剛剛開始啊，前面還有各種戲曲史、各種戲曲綜錄，各種戲曲理論，以及還有人家發表的各種戲曲論著論文……真奇怪現在回想一下我好像沒有抱怨——因為沒時間抱怨。

不過我心裏一直橫著一條梗，因為老師們天天強調的「原始資料」是那般根深蒂固，它可能變成了一個意念中不斷低語的魔咒。那時候我想研究孟稱舜，因為我覺得他的《嬌紅記》、《二胥記》和《貞文記》都寫得很特別，《嬌紅記》裏面的婢女飛紅是一個迥異於戲曲中其他丫鬟的形象，前半場她和小姐王嬌娘同時愛上書生申純，大膽地和小姐爭奪，故意在申、嬌二人池邊賞荷私會之際引嬌娘母親到來。後半場嬌娘母親病死，飛紅被老爺納為妾室，又變成了小姐的後母，飛紅與嬌娘冰釋前嫌後，轉為申、嬌二人的婚事出謀劃策，盡心盡力。這簡直是一個顛覆性的丫鬟。《二胥記》和《貞文記》則是他的個人寫照，孟稱舜是明清之際一個很複雜的「貳臣」，但他大約和吳偉業一樣，身蒙不潔，心矢貫日。所以《二胥記》是那時候他對吳三桂的幻想，以為吳三桂向清兵借軍的目的如同向秦廷借軍的申包胥一樣是為了復國。而《貞文記》的張玉娘則是孟稱舜「之死矢靡它」的心靈自我，孟稱舜通過張玉娘之口道出：「丈夫則以忠勇自期，婦人則以貞節自許……家亡國破守貞忠，男忠女節兩相同。」因此，

《貞文記》中一再詠贊的「貞」，不僅有自身獨立的價值，也是「忠」的比喻——他在人世中做不到的，藉由他的心靈自我「張玉娘」達到了完成。他讓玉娘從未和不肯與早已訂婚的沈佺見面，但卻在沈佺死後堅定地為其守貞這樣幾近極端的方式來表達自己的悔恨，雖然這樣顯得有些矯枉過正。不僅如此，他還為張玉娘——一個實有其人又在他筆下重塑的人物——專程修建了貞文祠。而且，正當我對孟稱舜大感興趣的時候，得知他的一些「只聞其名，未見其形」的劇本藏在他的故鄉諸暨圖書館。這不就是傳說中罕見又珍貴的「原始材料」嗎？

數天之後我出現在杭州，向諸暨圖書館進發的時候才知道人家要學校的介紹信才能看特藏。李簡老師接到我的電話一定非常驚詫，那時候還是暑假，但她第二天就幫我開好了有北大抬頭的介紹信。館長好像也很驚詫，因為他親自接見了我，之後還贈送了他的書畫給我。館長取出兩大冊裝訂精良的目錄，我一頁頁翻過去，上面果然有孟稱舜這幾部罕見劇作的名目。正當我驚喜之際，館長的一句話又把我的心情砸到了谷底——諸暨圖書館的很多珍貴資料在戰爭年代被日本人付之一炬，孟稱舜的恰在其中。

許是看我太失落了，館長說，館藏還有一張孟稱舜在重修貞文祠時寫的《貞文祠記》，也是罕見資料，可以免費複印給我。我雖然很感謝地收下了，但是看它不過半頁紙，心下終是黯然。其實我回京後，我的導師還是蠻肯定的，甚至還建議我寫一篇小的論文，但我終究沒有，因為我是想用孟稱舜寫碩士畢業論文的，只有這半頁紙的新資料，如何能符

合北大老師們的「創新」要求？如今回望，我真是一個執拗不靈活的小孩，要麼全部，要麼甚麼都不要，這確實不是現代人的風格。而且我那時似乎不太會和人溝通，自己覺得對的事情，就一往無前放手去做，但得此心可對日月，何疑有他？甚至都沒有提前和導師商量或者打個招呼，但非常幸運的是，我的導師從不像有些人那樣往往先從惡意揣測別人的居心，而往往從正面的角度予以理解和支持。我那時候沒有覺察出這多麼可貴，還以為我和她是這樣，全世界的人也應該是這樣。

這場經歷最後只是化為了一篇駢文當做後記附在了我最後的碩士論文上，而我又重新開始了吭吭哧哧地看書、查資料、絞盡腦汁找題目的過程。但我似乎少長了叫做「害怕」的神經，竟然沒擔心會不會做不出來畢不了業，中間還高高興興去看戲。當時有師姐在北大 BBS 上發通告，寫觀後感贈戲票。我高興得不得了，抓到我老師就去找那個師姐，從五院到師姐那兒很近，近到我導師到了師姐那兒還不知道我抓她來幹嘛呢。那時候我導師剛從日本回來，又是夏天，所以她沒有盤髮，長髮披肩，穿著白 T 恤和藍牛仔褲。那個師姐也有點不明情況，見我導師的長相和打扮，還以為我帶了自己的師姐一起來，及至弄明白了她是我的導師，趕緊非常不好意思地給了一張最好的貴賓票。這時我才有點反應過來我是有點孟浪了，她是我的導師，不是我的同學，有時候我可能突然忘記了上下尊卑。但好像我的導師知道我不太聰明，也原諒我不太聰明。

後來那天導師有事沒能去，我又帶著我的同學去看這場

戲，那個劇場非常特別，舞台下有小廣場，擺著幾張紅木的桌椅，每張桌上擺著幾碟瓜子、點心，精緻的蓋碗茶。一依古制，好像一下穿越到了過去看戲聽曲的時代，這應該就是所謂的貴賓席了，小廣場之後才是普通的觀眾席。我想那時我一定挺讓人側目而視的，因為別的桌子邊大概都坐的是年高德劭之人，而我一個黃毛小丫頭，大模大樣地獨佔一桌，還煞有介事不慌不忙地喝茶、吃點心，到底是何方神聖啊？也算記憶中一趣了。此外，還記得有次我生日恰逢梅葆玖先生來北大百週年講堂為了紀念梅蘭芳大師誕辰一百一十週年演出京劇交響劇詩《梅蘭芳》，我和同屋健檸去看，健檸還打趣道：「好大面子，生日梅蘭芳來給你唱堂會。」嘻嘻，梅蘭芳先生和梅葆玖先生可不要覺得我們不敬哦。

日子就在歡喜和憂愁的交織中過去。那時候，我覺得寫不出論文就是天大的困難，殊不知後來看去實在不值一哂。因為論文甚至學問都是自己一個人都可以做到的，但是世界上有太多太多的事情都不是一個人可以做到的。

今夕何夕，回首十年！我遇到了「平生不解藏人善，到處逢人說項斯」的熱情提攜，也遭遇過「此生欲問光明殿，知隔朱扃幾萬重」的冷漠對待，在漫長的等待中，領悟了時、勢、機、運是永恆流轉的流動，知道無奈，學會妥協，明白人家的不得已。所以最後在看戲的時候，也許並不為這戲唱得有多好，不過是趁著燈黑，趁著誰也不認識誰，才能夠在別人的悲喜裏，落幾滴自己的痛淚。然後接過鄰座遞來的紙巾，笑笑說：「這戲真讓人感動。」

重劍無鋒、大巧不工：另一個角度讀金庸

　　他們都喜歡他的繾綣情深、快意恩仇，甚或家國情懷，但我不是的！

　　給我最初的，也是最重的審美震撼，倒是江南七怪之一的張阿生死在郭靖的面前，他慘笑著對郭靖說：「好孩子，我沒能授你本事……唉，其實你學會了我的本事，也管不了用。我生性愚笨，學武又懶，只仗著幾斤牛力……要是當年多用點苦功，今日也不會在這裏送命……」說著兩眼上翻，臉色慘白，吸了一口氣，道：「你天資也不好，可千萬要用功。想要貪懶時，就想到五師父這時的模樣吧……」

　　很多人都百思不得其解，郭靖如此愚魯，何以偏偏是他學會降龍十八掌和打狗棒法，推為丐幫幫主和武林盟主，直到最後成為義薄雲天的大俠。有多少人，黃蓉、楊康、歐陽鋒，哪一個不比他聰明？福將，是有的；但一語福將，豈能囊括所有？

　　不知道五師父的臨終遺言在幼兒郭靖的心版上留下了何等痕跡，朦朧回想，我讀此語時，比幼兒郭靖似乎大不了許多，那時只怕我對生死的界限都還不十分分明，但獨對此語，有一種無法解釋的悲傷和恐懼。以至於在歲月中哪怕它被淡忘，也不曾被磨滅。

　　我肯定也貪懶過一陣子，為甚麼不呢？一個聰明的小

孩，為甚麼要下苦功？但是我也會失手，然後被生活狠狠教訓。所以也許有一天不期然地想起此句，然後頓悟其他武俠小說中常常吃了靈丹奇果就能增加一甲子功力之虛妄。所以郭靖何以成功，只怕與「把那一招一遍又一遍的練下去，直練到太陽下山，腹中飢餓，這才回家」不無關係。好像從此之後，大大小小的考試我幾乎從未失過手。

記得一個香港大公司的高管曾經權衡兩個分別來自內地和香港的實習生，最終他捨棄了明顯技高一籌的內地實習生而取香港實習生，而且原因絕非本土保護主義。他說：「那個內地生顯然水準更高，但有時過份聰明，一有好的機會就會想著跳槽，交代給他一件事，又總是只是做到差不多就好。那個本地生笨是笨了點，一遍遍改一點點磨，出來的東西倒很驚豔。公司做事往往都是團隊，團隊裏面，很聰明和一般

《射雕英雄傳》

聰明差別不是很大，可穩定和忠誠卻是最緊要的。」

我聞此語不禁默然，想起我教過的學生，也倒真有此兩類的。聰明的不肯用功，其最終成就倒還真不如那些相對愚魯的穩紮穩打步步行來來得亮麗。

又如這次第五屆世界華文旅遊文學國際研討會，席間驚聞鄰座竟然是一位核子醫學的博士，而且六十歲之前基本不說中文，笑問何以竟能今朝跨語言跨學科參加文學盛會，他說：「家裏的電視全放中文台，報紙都換成中文的，就會啦。」突然紛至沓來許多意象，所謂「韋編三絕」、「三年不窺園」、「筆塚」；以及貝多芬、李斯特、德彪西在琴凳上一天天苦練度過的時光……隱隱約約間莫非有些共同的光點？

世界上沒有一樣東西可取代毅力。才幹也不可以，懷才不遇者比比皆是，一事無成的天才很普遍；教育也不可以，

《天龍八部》

世界上充滿了學而無用的人，只有毅力和決心才無往不利。其實重拙，也就是所謂的毅力和決心啊！許多父母極喜歡誇耀自己的孩子聰明，殊不知在起跑線的起點，除了極個別的天才，論聰明大多數小孩相距不過幾許。而父母的誇耀增其傲慢固步自封之心，或唯恐失敗不敢嘗試，所以捧殺者比比。重拙，實在是看易實難！

我甚至私疑，金庸老爺子怕是傾向於「重拙」那一方的。你看七竅玲瓏心的黃蓉學不了雙手互搏，天資聰穎的楊過也勢必要到山窮水盡定下心後才能精進。據說金庸老爺子頗為偏愛少林，他筆下武功最高的，在少室山上的武林大會上，輕鬆地收服蕭遠山、慕容博，並且能識破各人練功破綻的，是少林寺的一個平時不顯山不露水的掃地僧！隱居於少林藏經閣，日常功課掃地而已。段皇爺救治重傷的黃蓉後五年內功力盡失，而少林掃地僧在被蕭峰擊傷斷肋吐血後，仍能以深厚內力救治假死的蕭遠山和慕容博而全然無事。其實那一分一分打磨出來的功夫，除了能和「速成、取巧」的功夫一樣勝敵之外，還有後者不太具備的一項功能，也就是在狹路相逢硬碰硬之際，或者哪怕在油盡燈乾全無望之時，而能自保，甚至取勝。這世界上都在強調勝敵，殊不知保存實力可能同等重要，甚至更重要。因為你不知道凜冬有多漫長，哪怕熬死了對手，也總得熬活了自己，才算勝出。

和「四兩撥千斤」的武當功夫的陰柔不同，走剛猛一路的少林功夫更近似於「一分辛苦一分才」。日復一日枯燥至極的劈柴、挑水、掃地，終於把火氣磨盡，鋒芒銷盡，玉包漿，刀入鞘，土木形骸，謙抑散淡。彷彿狎而可近，實則仰不可

攀。也許縱是天分極高的，也總「重拙」過一陣子。唯其重拙，能以狹路突圍，死中求活；又唯其重拙，能夠辨別出後輩中的同類，而能以心傳心，薪火相傳。

好的作品是能經得起層層抽絲剝繭式閱讀的，而更有「一千個讀者有一千個哈姆雷特」一說。從金庸老爺子的作品中，不乏有文學、歷史學、心理學等等解讀，而我讀至此處，倒是讀出了哲學，那些貌似的愚鈍，那些費力的重拙，其實都不過暗合了「重劍無鋒，大巧不工」的大道。重拙最終勝過靈巧，在於道能馭術。術雖常常魔高一丈，而道能最終氣馭六合。金庸老爺子寫的這些俠客行，在情誼，在家國，亦在大道。也許，他把人生的智慧，也有意無意地編織進去，成為一代甚至幾代國人共同的精神滋養。

每個人心裏都住過一個彼得潘

《彼得潘》原本為舞台劇，一九〇四年於倫敦演出。作者蘇格蘭小說家及劇作家詹姆斯・馬修・巴里將劇本改寫成小說於一九一一年首次出版，原名《彼得潘與溫蒂》（Peter Pan and Wendy）

小說講述一個會飛的淘氣小男孩彼得潘和他在永無島的冒險故事，同他相伴的還有溫蒂・達林（Wendy Darling）及她的兩個弟弟、精靈仙子婷科・貝爾（Tinker Bell，或譯小仙子）、迷失少年們（Lost Boys）。以虎克船長（Captain Hook）為首的一群海盜是他們最大的威脅。

達林先生家裏的三個小孩，經受不住由空中飛來的神秘野孩子彼得潘的誘惑，很快也學會了飛行，趁父母不在，連夜飛出窗去，飛向奇異的「永無島」，經常出現在兒童夢中和幻想中的一切，這裏應有盡有。有與猛獸搏鬥的打獵，有紅人與海盜之間或孩子們與海盜之間的真正的戰爭。孩子們脫離了成人，無拘無束，自由自在，在彼得潘的率領下，自己處理一切事務，盡情玩耍，也經歷了各種危險。可是，後來，這些離家出走的孩子——尤其是其中的大姐姐溫蒂，開始想媽媽了，在她的動員下，孩子們告別了給他們帶來過無限歡樂的「永無島」，飛回了家中。後來他們都長成了大人。只有彼得潘永不長大，也永不回家，他老在外面飛來飛去，把一代又一代的孩子帶離家庭，讓他們到「永無島」上去享受自

由自在的童年歡樂。

作品的最後一句是這樣寫的：「只要孩子們是歡樂的、天真的、無憂無慮的，他們就可以飛向永無島去。」

溫蒂在故事中，扮演著一種象徵「女性」、「媽媽」的角色。故事開頭時，彼得潘也是因為溫蒂會說故事，才邀請她到永無島。

故事中，溫蒂漸漸地喜歡上彼得潘，但不解風情的彼得潘卻做出了十分厭惡的反應。彼得潘其實是懼怕著任何會讓他成為「大人」的事物，因此做出這樣的舉動。就在溫蒂拒絕留下，準備要回去時，她和彼得潘說了一句：「對不起，我必須要長大！」

作者這樣的安排，其實也透露了一種現實——沒有人是可以固執地不長大的。喜歡他的溫蒂最終也捨棄了對他的喜愛而選擇長大，留給他的一吻，或許可以用來彌補未來若彼得潘眷戀起這樣的溫暖而感到後悔時，能夠有的一絲慰藉。

《彼得潘》裏另一個出眾的角色是小仙子，昵稱小叮鈴，小叮鈴最顯眼的外貌特徵是她身上圍繞著閃亮亮的仙子光粉，這種光粉能令孩子們在空中飛翔。她的語言是精靈語，只有彼得潘能聽懂。但是若世界上多了一個不相信仙子的孩子時，便會有一位小仙子因此而死亡。

看過故事的讀者對小叮鈴的第一觀感大多是：醋罈子。長期在彼得潘身邊的她，突然多了一位「第三者」（溫蒂），因此為了「獨佔」彼得潘，她差點把溫蒂害死。如果只從這個角度來看，小叮鈴這角色實在不討喜。但如果從她為了彼得潘，甘願喝下毒藥的犧牲精神來看，她的形象又完全「洗

白」了。

中國也有類似的故事。

唐太宗聽説房玄齡懼內，很為其抱不平，故意賜給他美姬，想殺殺他老婆的威風。房玄齡當然是不敢要的，唐太宗就讓皇后勸説房玄齡的妻子，也是碰了一鼻子的灰。唐太宗大怒，親自出馬賜房夫人一罈「毒酒」説：「若同意你丈夫納我所送的美女便罷，若不同意，那就飲此毒酒，此事絕無商量！」只見房夫人二話不説，將毒酒接過來，一口飲下。唐太宗看到這種情形，心裏大為驚駭，嘆道：「此等女子我尚畏之，何況玄齡」。只得收回成命。當然那罈子裝的是食醋，根本無毒。

原文見於《隋唐嘉話》：「梁公（房玄齡）夫人至妒，太宗將賜公美人，屢辭不受。帝乃令皇后召夫人，告以媵妾之流，今有常制，且司空年暮，帝欲有所優詔之意。夫人執心不回。帝乃令謂之曰：『若寧不妒而生，寧妒而死？』曰：『妾寧妒而死。』乃遣酌卮酒與之，曰：『若然，可飲此鴆。』一舉便盡，無所留難。帝曰：『我尚畏見，何況於玄齡！』」

只知道這個的人，通常把房夫人的「吃醋」當成笑話津津樂道。然而，卻不知道《隋唐嘉話》記載的這個「吃醋」故事還有一句深刻的下文——「人謂房公怕婦，抑孰知，感剔目之情也。」

甚麼是「剔目之情」？

在房玄齡年輕尚未發跡時，一次得了重病，眼看快不行了。他傷心地對老婆盧氏説：「我病得太重，可能會死掉。你還年輕，不宜守寡，再嫁之後，你好好服侍你以後的丈夫。」

盧氏放聲大哭，進入後面的帷帳中。一會兒，盧氏出來，滿臉鮮血，手中託盤，盤中一目。原來，盧氏自剜一目，示意玄齡，表明自己終身決不改嫁。房玄齡病癒後，終其一生對盧氏禮敬有加。

原文見於《朝野僉載》：「唐左僕射房玄齡少時，盧夫人質性端雅，姿神令淑，抗節高尚，貞操逸群。齡當病甚，乃囑之曰：『吾多不救，卿年少，不可守志，善事後人。』盧夫人泣曰：『婦人無再見，豈宜如此！』遂入帳中，剜一目晴以示齡。」

因此，房玄齡的所謂「怕老婆」的真實原因，正是出於對老婆的感恩。而房夫人的所謂吃醋，也並非妒忌，而是愛之切也。

轉而再看，溫蒂與小叮鈴對彼得潘的感情輕重有別。溫蒂較為現實，只是將一吻留給彼得潘。在溫蒂心中，愛情是兩個人的事，如果彼得潘不願意，她不會勉強，可是她同時亦不會勉強自己繼續等待得不到的愛情。

小叮鈴則用行動去表示自己對彼得潘的感情。小叮鈴與溫蒂一樣，希望獨佔彼得潘，對溫蒂極度排斥，然而她心知彼得潘心中沒有愛情，只想永遠做一個孩子，故她從無對彼得潘有任何奢望，只是默默付出，在最後為了救彼得潘，甚至自己喝下毒藥。在此比較下，小叮鈴與溫蒂愛情的層次高下立見。

小叮鈴最後冒著生命危險替彼得潘喝下了毒藥，這需要多麼喜愛彼得潘才能勇敢到捨去自己的生命而去拯救心愛的人呢？但是多年後，當彼得潘又見到溫蒂，溫蒂詢問小叮

鈴的近況時，彼得潘竟回答說他不知道，他居然遺忘了小叮鈴！而且又說：「因為她們實在太多了，而且生命也都很短暫，我記不起來！」

就是因為彼得潘的不想長大，迫使他沒有辦法具有成人般的體貼與成熟，這或許就是作者想要借著小叮鈴，襯托出彼得潘因幼稚而出現的自私與殘忍。

虎克船長在故事中，明顯代表著「邪惡的一方」，他的形象十分鮮明，就像標準的壞人，有著滿臉濃密的大鬍子、用鐵鉤代替那一隻被鱷魚吃掉的手。因為手被鱷魚吃掉，因此十分懼怕那隻咬掉他手的鱷魚。那隻鱷魚因為曾經吞下一個鬧鐘，所以肚子裏總是會發出滴答滴答的聲音，因此虎克船長每次聽到鱷魚發出「滴答滴答」的聲音時，就會瀕臨崩潰。所以當彼得潘和虎克船長對決時，彼得潘就利用虎克船長怕鱷魚這點，發出「滴答滴答」的聲音而擊退了虎克船長，而虎克船長最後也被鱷魚吃掉了。整篇彼得潘的故事，其實是充滿著童趣與詼諧的，虎克船長不可能打不過彼得潘，但卻敗在一個可笑的理由之下，從此可見，孩童與成人的鬥爭，往往贏在出其不意。

虎克船長小時侯有優秀的教育環境，到後來因「長大」受到現實社會的「迷惑」而踏上海盜之路，但雄霸一方的虎克船長為何執意對彼特潘有著極大恨意？

最主要的原因是他羨慕彼得潘身上所有、自己已失去的珍貴事物——青春、童心。證據是他害怕鱷魚的「滴答」聲，而時鐘的聲音也剛好是這種聲音，反映他害怕時間流逝而愈來愈老，權力等東西也會離他而去。

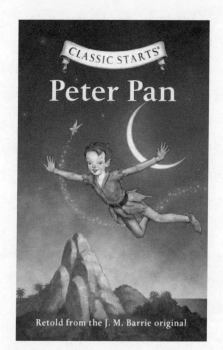

Peter Pan 書封面

當代表成人的虎克船長想以世故與複雜摧毀代表孩子的彼得潘時，最終會以可笑的方式落敗。證明孩童的純真與無憂，是沒有甚麼可以擊潰的。

由於《彼得潘》如此深入人心，以至於出現了「彼得潘症候群」這樣的概念。彼得潘症候群是一種人格的心理障礙，這類患者跟彼得潘的個性特徵十分類近，因此成為了這種疾病的非正統的詞彙。而這個名詞的出自一八九三年丹凱利出版的書籍：《彼得潘症候群：不曾長大的男人》，佛洛伊德心理學應用研究所對於彼得潘症候群有以下的描述：

> 彼得潘症候群的患者多受社會（對於孩子的評價）家庭教育（壓力、教育方式）影響，造成患者對生活及自身的懷疑，並走進了死胡同，因此產生不願長大的心理。

彼得潘所擁有的條件，讓人十分羨慕：他居住在可以永遠不用長大的永無島，欣賞美麗的風景；與成千上萬美麗的小仙子自由自在地玩耍；又有一群可以同生死共患難的兄弟。反觀現代社會，每一個人都負載著現實社會壓力，但是借著閱讀，想像自己如彼得潘般無憂無慮的在天際翱翔，毫無顧忌地和兄弟們聊天，順著自己的意思做一個偉大的探險家，其實，大家的心中都有一座永無島，每個男孩跟女孩都曾有過一個彼得潘。只是我們在長大的過程中，漸漸丟失了夢想，漸漸地忘記相信仙子，因此仙子殞落了，我們不會飛了，曾經有過的夢想也淡忘了，然而我們都曾經有一個彼得潘，一個不願長大的孩子駐紮在我們心中。

文章的開頭提到：「所有的孩子都會長大，除了一個人。」這句話同時造就了此故事的不可能性，所有的孩子都需要長大，無論他們願意與否。彼得潘原本也是個平凡的小孩，有一天他父母和他說將來總會長大，不想長大的彼得潘便逃家，逃到了肯辛頓公園中和仙子住在一起，之後去了永無島。當他有一次飛回家時，發現窗戶深鎖，而那張原本屬於他的牀上，出現了另一個小孩。此時，彼得潘第一次嘗到不想長大的代價──失去他本來深愛的家人！

因此他被具有母性的溫蒂吸引。溫蒂雖然是小孩子，但她具有母性的溫暖、善良與照顧他人的能力，這讓彼得潘重溫了在媽媽懷裏受到保護的感覺，因此他千方百計地想要溫蒂留下來，但是溫蒂不願意，因此當溫蒂離開長大了之後，彼得潘會不斷帶走溫蒂的後代，他正默默地從溫蒂後代中尋找溫蒂的影子。這或許就是不想長大所要付出的代價，他無法永遠擁有那種屬於成年人才能付出的溫暖。

To grow or not to grow, that is the question.

長大與否，真是頭疼。

我得到的都是僥倖，我失去的都是人生：《快樂王子》與王爾德

　　說到英國王爾德（Oscar Wilde），你可能首先被耀眼的是他的顏值，他終生以美為生，為美癡狂，唯美獨尊，是唯美主義的標誌人物。王爾德高大英俊，長得就是一副王子範兒，柔軟的齊肩鬈髮、華麗的絲絨外套和綢緞長褲在日趨沉悶枯燥的十九世紀男裝中略顯輕浮造作，但不可否認的確優雅迷人。他在一八八五年發表的《著裝哲學》（The Philosophy of Dress）中，為服裝設計的各個細節定下了嚴謹的教條。雖然有些具體應用已經不適於當下，但是依然看得出王爾德從頭髮絲到腳趾尖都精緻到自戀的程度。他的唯美生活態度堪稱偏執，據說，有一個乞丐經常遊蕩在王爾德倫敦的住所附近，王爾德看到他身上破爛不堪的衣服很生氣，因為他認為每個人都有美的權利，「即便貧窮也應該優美」，於是請了倫敦最好的裁縫，給這個乞丐做了一套昂貴的衣服，從此，乞丐就穿著華麗的衣服出現在王爾德的窗外乞討了。

　　其次是他的天才。無論是上流社會諷刺喜劇還是聖經題材的悲劇都信手拈來，熟練運用法語和拉丁語，寫的戲劇現在還經久不衰，寫的童話美得讓人落淚。曾有人問邱吉爾：「來生最願意做的事情是甚麼？」邱吉爾毫不猶疑地說：「和王爾德交談。」因為此人在生活中也是一個金句王。最著名的就是一八八一年，王爾德坐船橫跨大洋來到美利堅，進關

的時候傲然地對海關官員翻了個白眼説：「我沒有甚麼可以申報的，除了我的才華。」（I have nothing to declare except my genius.）這就跟那個謝靈運似的，明著捧曹植才高八斗，實際上是説：「凡人，你們加起來也比不過我」──「天下才共一石，曹子建獨得八斗，我得一斗，自古及今共用一斗。」拽得你好想打他一頓，但是又覺得這人好有趣哦！

最後是他的墓，「與其他墓地相比，王爾德墓不算豪華，石材質地也並不奢侈，但別具一格的白色雕塑和終年聚集於此的人群在整個墓園內特別顯眼。最與眾不同之處當屬墓碑上面印滿了參觀者的唇印。深紅色、粉紅色……唇印排列無序，且大小不一。儘管公墓工作人員會定期清洗墓碑，去除不斷增加的唇印，然而每次洗過後不久，絡繹不絕的唇印又會重新顯現。多年以來，王爾德非凡的才華和不幸的遭遇吸引了各地的人們慕名而來，尤其是女性追隨者更不惜獻吻以示仰慕。」但是，但是，要知道王爾德是個同性戀哦，這些他的女粉絲也知道哦，知道還獻吻？

周作人極愛王爾德的唯美，「我們讀王爾德的童話，賞識他種種好處，但是《幸福的王子》（即《快樂王子》）和《漁夫與其魂》裏的敘述異景總要算是最美之一了」。

《快樂王子》是一個充滿了奉獻犧牲和真愛的故事。主人公快樂王子生前在王宮裏過著奢華富足幸福的快樂生活，從未經歷聽聞過痛苦與貧困，死後還被做成金光閃閃的雕像豎立在城市的高處，成為城市的標誌。他站在這個高度才看到真正的民間生活，目睹民間疾苦，開始反省自己同情窮人，只是脈脈此情誰訴？正好小燕子來了，他倆開始溝通，小燕

子給王子講述埃及尼羅河邊的景致，同伴們在河邊快樂無憂的生活；王子給他講述城裏窮人和富人生活的不同境遇，讓小燕子幫他把自己寶劍上的紅寶石、自己的兩顆藍寶石眼睛、身上貼著的金葉子都拿去救濟窮縫衣婦、大學生作家、賣火柴的小女孩、吃不起飯的窮孩子們，王子自己最後成了瞎了眼的毫無價值的裸露的醜陋雕像。他倆在這段交往中產生了感情，小燕子耽誤了飛往溫暖南方過冬的行程，知道自己的生命已經到了終點，請求親吻一下王子的手，王子對他說：「你應該親吻我的嘴唇，因為我愛你。」小燕子吻了王子的嘴唇，死在王子的腳下，王子的那顆鉛心也破裂成兩半。只怕誰都無法否認王子對小燕子動了真情，否則，何以他的財富、他的眼睛、他的皮膚都可以舉以予人，如棄草芥，但是只有他的心留給了小燕子，小燕子死了，他也不想存在，不願存在，不能存在，所以他的心碎了。

　　然而，王爾德所傾注心血塑造的王子，實際上可以說打上了「同性戀」的深重痕跡，因為愛上王子，甘願以命相從的小燕子，也是「男」的。

　　而且，王子不僅僅是一個簡單的形象。因為基督教的神髓深深浸潤在王爾德的作品中，王爾德的童話故事不乏幽默的語言，但在深層中蘊涵著略帶憂鬱的宗教情結。誰都能意會被稱為「完美之作」的《自私的巨人》中，那個把自己「一雙小手掌心上留有兩個釘痕」，「一雙小腳上也有兩個釘痕」稱為「愛的烙印」的小男孩是誰；誰都能意會《少年國王》中那個以「粗羊皮外套」為長袍，以「粗大的牧羊杖」為權杖，以一枝「野荊棘」為王冠的「少年國王」是誰；同樣，那為世

人獻出自己血肉（眼睛和皮膚）的「快樂王子」也正是耶穌基督的化身！

可是，基督教是禁絕同性戀的。《聖經》提到同性戀的篇幅不多，但每次提及都是譴責鞭撻。《舊約‧利未記》有兩段論到同性戀，都稱之為「可憎的事」，甚至說「總要把他們治死，罪要歸到他們身上。」在《新約‧羅馬書》中，使徒保羅將同性之愛稱為可羞恥的情欲，因為它把順性的用處變為逆性的用處。保羅還在《哥林多前書》中聲稱，作孌童的、親男色的，都不能承受神的國。基督教文化對同性戀的嚴厲制裁，一直是以《聖經》上的訓誡為依據的。在整個中世紀，同性戀都受到壓抑，教會法庭對同性戀者判處苦役或死刑。

王爾德之所以敢離經叛地道把王子喻為基督，來源於他自己的信念：

　　在基督身上還看得到個性與完美那種緊密的結合，這結合形成了古典和浪漫藝術的真正區別，也使得基督成為生活中浪漫運動的真正先驅；還看得到基督天性的根本基礎與藝術家的完全一樣，是一種熱烈奔放、火一樣的想像力。他在人類關係的整個領域中實現了那種由想像引發的同情，而這在藝術領域中又是創作的唯一奧秘。

更具體一點的是，快樂王子是王爾德自己。一八九一年，已婚並育有兩子的王爾德認識阿爾弗萊德‧道格拉斯勳爵（Lord Alfred Douglas），陷入「不敢言明之愛」，一八九五

年，阿爾弗萊德的父親昆斯貝理侯爵公然斥責王爾德是一個雞奸者（當時尚未產生「同性戀」這個概念）。對此，憤怒的阿爾弗萊德叫王爾德立刻上訴，告侯爵敗壞他的名譽。結果王爾德上訴失敗，更被反告曾「與其他男性發生有傷風化的行為」（committing acts of gross indecency with other male persons）。根據當時英國一八五五年苛刻的刑事法修正案第十一部份，王爾德被判有罪，在瑞丁和本頓維爾監獄服了兩年苦役。身敗名裂，妻離子散，資產蕩盡，於貧病交加中去世。王爾德在獄中寫給阿爾弗萊德·道格拉斯勳爵（昵稱波西）的信《自深深處》，坦承《快樂王子》中有自己的影子：

> 當然所有這一切在我的作品中已有先兆，已有預示。有的在《快樂王子》中……藝術是一個象徵，因為人是一個象徵。

入獄之後，王爾德曾經的美麗世界黯然失色，了無生機。法院宣佈他破產，妻子康斯坦斯與兩個孩子改姓為荷蘭德（Holland），移居義大利，而他社交界和文學界的大多數朋友都對他避之唯恐不及。他的作品風格發生了轉變，已很難尋得唯美主義的影響。身敗名裂，一貧如洗，妻離子散，

王爾德

余光中譯王爾德劇作 A Woman Of No Importance

余光中譯王爾德劇作 An Ideal Husband

余光中譯王爾德劇作 Lady Windermere's Fan

余光中譯王爾德劇作 The Importance of Being Earnest

所以他說:「碰上你,對我是危險的,而在那個特定時候碰上你,對我則成了致命,因為在你生命所處的那個時候,所作所為不過是撒種入土罷了,而我生命所處的,卻是一切都在收成歸倉的季節。」

但是,世間許多人是捆綁在一起的,在短暫一生中他們不會意識到,所以也無法分離,這不叫緣分,應當叫命運。與其說王爾德愛波西,不如說他愛極美的事物,他愛非世俗的一切,他愛這個唯美主義的他自己。他與波西,本是一鏡兩面!

徒有其表愛慕虛榮的你毀了高尚善良眾人仰慕的我,我紆尊降貴跟你在一起,因為你破產慘進監獄你竟然還不給我寫信!

王爾德在《自深深處》裏的每一句怨婦一樣的回憶,更多的不是憤怒,而是失望,是對波西的失望,也是對自己的。自視甚高的人墜入監獄,而且自己對這一步步的墜入是明確知曉的,甚至是自己的大意親手築成的。這種痛苦自省,不是常人能想的。更可怕的是,事後的清醒已經於事無補了,神壇就此破碎。

一八九七年獲釋後,王爾德動身前往巴黎,對於英國他失望透頂,不再有絲毫留戀。他為了兩個孩子曾嘗試與妻子康斯坦斯復合,但波西卻主動來和他見面,表示想與王爾德重修舊好,王爾德選擇了波西。他化名居住法國期間完成並出版了《瑞丁監獄之歌》,重新在一起的兩人已不如當初,出

獄後的王爾德風光不再，道格拉斯也開始明白王爾德已不再是那個已婚且人人敬羨的成功人士。儘管他們曾經相愛，膩在一起聊到天南地北，但是任性的波西早前就曾對王爾德說過：「如果你不再是那個高高在上的王爾德，那一切都不再有趣。」一八九八年王爾德與波西分手。一九〇〇年，王爾德貧病交加在旅館中死去，終年僅四十六歲。

王爾德這樣的人，你用「有井水處即有歌柳詞」來讚美他他都會覺得是侮辱他，勢必是李白「生不用封萬戶侯，但願一識韓荊州」才合他的胃口。可是，能寫出《少奶奶的扇子》、《莎樂美》、《道連‧格雷的畫像》、《快樂王子》的他，也確實是那個文學世界的王者啊！只是愛他的人固然欲其生，能為他的才華忽略他的性別，哪怕他是同性戀依然為他獻吻和紀念；可是一個風度翩翩才華橫溢生活優渥又喜歡在智商上碾壓別人在言語上尖刻別人的才子，放在身邊只是襯託了自己的黯淡，恨他的人也是欲其死啊！最反諷的是，當王子沒了紅藍寶石和黃金盔甲，小燕子竟不愛那吐露真心的灰敗雕像吧！

感喟：親愛的朋友，王爾德所求不到的，茫茫塵世，但願你愛到了一個值得的人！

長襪子皮皮和金錢

　　長襪子皮皮是瑞典女作家林葛蘭（Astrid Lindgren）創造出來的世界知名形象。這個紅頭髮，長雀斑，穿不同顏色長襪子，號稱全世界最強壯，最無法無天的小姑娘，不僅在瑞典家喻戶曉，也是全世界很多女孩們心中的偶像。

　　一九四四年，林葛蘭在女兒十歲的時候把皮皮的故事寫了出來作為贈給她的生日禮物。一九四五年林葛蘭將它稍作修改，參加拉米和舍葛蘭出版公司舉辦的兒童書籍比賽，獲得一等獎。書一出版就獲得巨大成功。關於皮皮的書共有三本，多次再版，成為瑞典有史以來最暢銷兒童書籍。目前該書已被譯成六十四多種語言，總發行量超過一千萬冊。

《長襪子皮皮》書影

　　熟悉宮崎駿的人知道，這位動畫大師的創作生涯中，有一個他苦求而不得，最後只能抱憾失之交臂的角色，那就是長襪子皮皮。其實，如果你看過長襪子皮皮，就一定能理解，為甚麼宮崎駿會對她情有獨鍾。皮皮可以說是符合了宮崎駿對自己動畫女主角的全部幻想：平凡卻不普通，可愛但不矯情，有魔法，愛冒險，獨立，勇敢……

　　那一年，宮崎駿來瑞典，除了看風景，最重要的目的就是親自拜訪皮皮原作者瑞典文學大師林葛蘭，想要獲得《長襪子皮皮》的改編版權。可惜當時還名不見經傳的宮崎駿沒能說服聲名顯赫的林葛蘭，老太太也頗不講情面，一口就回絕了他的請求。沒有版權，項目就無法推進，宮崎駿在長襪子皮皮身上傾注的心血只能無奈地付之東流。

　　當然，這些都是我以後知道的。那時候我還是個小孩子，剛好鄰班同學拿了一本《長襪子皮皮》，一翻開就迷住了：

　　主人公皮皮是個奇怪而有趣的小姑娘。她有一個奇怪的名字：皮皮露達・維多利亞・魯爾加迪婭・克魯斯蒙達・埃弗拉伊姆・長襪子。她滿頭紅髮、小辮子翹向兩邊、臉上滿是雀斑、大嘴巴、牙齒整齊潔白。她腳上穿的長襪子，一隻是棕色的，另一隻是黑色的。她的鞋子正好比她的腳大一倍。她力大無比，能輕而易舉地把一匹馬、一頭牛舉過頭頂，能制服身強力壯的小偷和強盜，還降服了倔強的公牛和食人的大鯊魚。她有取之不盡的金幣，常用它買糖果和玩具分送給孩子們。她十分善良，對人熱情、體貼入微。她好開玩笑、喜歡冒險，很淘氣，常想出許許多多奇妙的鬼主意，創造出一個又一個的奇跡……

我就纏著同學討來看，她說自己也是借來的還沒看完，好說歹說只允許我中午吃飯的時候看，下午上學就要還給她。天啊，我回到家裏，簡直覺得吃午飯都浪費時間。看著鐘錶滴滴答答，很快要到下午上學的時候了，我好想能不能翹課啊？只要再多一兩個小時，我就能看完了。可是無緣無故怎麼翹課？何況答應了人家怎能失信？所以我最終不情不願地挪回了學校，書也立即被同學「沒收」了，所以只看了半部《長襪子皮皮》，後來再也沒有見到這本書。

哎，從此那個一隻腳穿黑襪子、一隻腳穿棕襪子的火紅頭髮的小姑娘簡直在我心裏紮了根。到底她後來的人生怎麼樣了啊？

所以，當我成了老師，開「兒童文學及創作」這門課的時候，當然要盛情推薦這本世界名著了。

沒想到課上正在講《長襪子皮皮》，有個女生突然說：「皮皮是用錢在收買朋友，這說明了現在這個世界錢多重要！」

「就是！」

「就是！」

幾個學生立馬附和道，有的還頗狡黠挑釁地望著我——老師，看你怎麼下台！

「哦，這個啊……」我故作沉思了片刻，「好的，老師先來問你們一個問題，假設說你們現在去買彩票，每個人都中了一千萬，你們準備怎麼花這筆錢？」

「買房子」。

「吃好吃的」。

「環遊世界」。

「存銀行」……

我微微一笑：「你們有沒有發現，你們的答案雖然每個都不同，但實質是一樣的——當你有錢的時候，你的第一反應只想到自己，而不是朋友！

但皮皮可不是這樣，她願意把自己的錢和朋友分享。

而且，她是收買朋友嗎？她看到同學參加競賽被淘汰很傷心，所以自己買了獎品辦了容易獲勝的競賽，只要回答就有禮物。所以，她是用錢來讓朋友感到快樂。

同學們，有錢是罪惡嗎？如果你認為有錢是罪惡，恐怕會永遠生活在貧困或者對富人的仇視中。但有錢不是罪惡，對金錢不當的利用才是罪惡。所以，為甚麼不努力積累財富，讓你自己、你的家人和朋友都因為你過得更幸福呢？」

在大學講《白雪公主》

　　如何在大學裏講兒童文學？比如一個三歲小孩都耳熟能詳的《白雪公主》？

　　首先請同學們討論了一下。有學生認為，《白雪公主》裏面都是悲劇人物，王后是悲劇，因為她求美而不得。獵人是悲劇，因為被迫要殺人。白雪公主是悲劇，受盡了後母的迫害。

　　我說，叔本華曾經把悲劇分為三種，一種是命運悲劇。可以俄狄浦斯為例，他生下來就被預言會殺父娶母，他雖百般努力，最終還是應了讖語。一是惡人悲劇。可以秦檜為例，百般迫害終於以「莫須有」的罪名在風波亭害死岳飛。一種是由於不同的地位和關係造成的彼此間的損害。以此而論，《白雪公主》的悲劇最像是「惡人悲劇」，是王后逼迫獵人殺人，也是王后百般迫害公主。因此雖然有這麼多悲劇，但王后才是所有悲劇的源頭。

　　其次，我再問大家，誰是裏面最大的悲劇人物？學生各舉王后、公主、獵人不一而足。我微微一笑說：「是魔鏡！」王后雖然可悲，但她可以報復，以巫術加害她的眼中釘白雪公主；獵人雖然可悲，但他可以欺騙，把野豬的內臟假說是公主的而騙過王后；白雪公主雖然可悲，但她可以逃跑，逃離王后的視線。只有魔鏡，它既不能反抗，也無法逃走，而且也沒辦法欺騙，只好次次講真話，結果使得王后追殺公

主,「我不殺伯仁,伯仁因我而死」。

大家愣了,莫非、莫非老師的意思最大的壞人是魔鏡?我問大家:「當你照鏡子時,你會看到誰?」對!魔鏡非魔鏡,魔鏡就是王后的心!我們有沒有看到兩個最關鍵的東西?一是時間。魔鏡一直說王后是世界上最漂亮的,直到甚麼時候?直到白雪公主長大了!公主長大了,也就意味著王后衰老了!是王后自己感覺到了時間的無情,魔鏡只是說出了她自己心中的恐懼。一是美貌。是因為王后除了美貌沒有其他,所以才如此害怕,但是有沒有聽過這麼一句話?「美麗讓人停下,智慧讓人留下」,所以千萬不要讓自己貧瘠得只剩下美貌。

最後,我說,迪士尼動畫改編《白雪公主》的時候,曾經虛構出一個「許願蘋果」。王后欺騙白雪公主說,給她的毒蘋果是一個「許願蘋果」,只要先許一個願望再吃蘋果,所願無不達成。我問大家,假如真有「許願蘋果」,「如果你是白雪公主,你會許甚麼願?」有的學生說:「我希望蘋果沒毒」,有的學生說:「我希望父王愛我、保護我」,有的學生說:「我希望親生的母后沒有死」,有的學生說:「我希望逃離有王后在的地方」……學生問:「老師要是你你會許甚麼願啊?」我說:「我會希望王后永遠是這個世界上最漂亮的女人。」因為這才是最快而且最一勞永逸的辦法。這個世界上有死結嗎?著名的只要解開就能統治亞細亞的「所羅門王結」,亞歷山大大帝不也是一劍就可以劈開嗎?抓住了癥結,問題才會迎刃而解。只是更難的是,有沒有這樣的大智慧,讓對手得償所願?這恐怕才是真正的「先人後己」。

要下課了，我對學生說：「當然，老師的方法也不是唯一正確的，說不定你們的方法更有效果呢。希望大家萬一遇到困難的時候，不要一籌莫展，要有信心在這個世界上，沒有解決不了的問題，所以永遠不要放棄希望和努力。」

真假遺產：狄更斯名作《遠大前程》

　　查理斯・狄更斯的晚年作品《遠大前程》講述了皮普，一名孤兒，經歷的三個人生階段。小說交叉著皮普的童年和中年時的敍述視角講述了他從童年想要做一位鐵匠，收到一大筆財富後去倫敦學做紳士，又回到了鄉村自食其力的一生經歷，從中也表達了他對人生的見解。作者以遺產貫穿全文作為作品的中心線索表現出狄更斯晚年對人性的深刻洞察。

　　首先我們來看「懸念法」。小說要寫得曲折生動，吸引讀者，巧設懸念是一個很重要的藝術手段。所謂懸念，是指在文章的開頭或文章中提出問題，擺出矛盾，或設置疑團，目的在於由此引起讀者對作品中人物命運的關注，或對於矛盾衝突發展前景的關注，產生一種急欲知道後事如何的心理，並產生感情上的共鳴，從而非一口氣讀完不可。

　　製造疑團，使讀者驚異不定，猜不著，是巧設懸念的具體方法之一。其特點是，先將疑團設在那裏，然後，或者「顧左右而言他」，故意不予理會；或者作出種種猜想，令人念念不忘。總之，作者不急於揭開謎底、解決矛盾，而是蘊蓄比較長的時間後，再解開「懸念」。

　　在《遠大前程》裏，「誰給了遺產」就是最重要的「懸念」。天真善良、愛恨分明的皮普（Pip）從小父母雙亡，依靠著姐姐的撫養長大，但姐姐脾氣粗暴，動輒打罵。他的姐夫喬（Joe）是一個善良的鐵匠，對皮普的關愛無微不至。當時

狄更斯

的皮普淳樸善良，一心嚮往像喬一樣做一位樸實，勤勞，自食其力的鐵匠。後來小皮普被鎮上一位富有的老小姐郝薇香（Havisham）雇為她的養女艾斯黛拉（Estella）的玩伴。皮普無可救藥地愛上了漂亮而又冷漠高貴的艾斯黛拉，從此立志要提高自己的文化水平修養，做一個配得上艾斯黛拉的「上等人」。正在這時，郝薇香小姐的律師賈格斯找到了皮普，說有一個神秘人給了皮普一大筆遺產，讓他成為一個紳士，但作為交換條件皮普不得打聽任何有關神秘人的消息。這筆遺產把皮普渴望進入上流社會的願望變成了現實，皮普欣然接受，來到了倫敦。但是，提供這筆遺產的神秘人到底是誰？

皮普一廂情願地認為這筆遺產來自郝薇香小姐，因為一方面她有這個經濟實力，另一方面她因遭受謀奪遺產的弟弟和未婚夫聯手算計，在結婚當天被拋棄，她無法接受這一沉重打擊，從此永遠穿著結婚當天所穿的婚紗，整個房間的佈局也永遠保持著婚禮當天的樣子，哪怕多年後婚紗襤褸，房間裏蟲蟻橫生，她用這一切來時刻提醒自己要向男人復仇，並收養了艾斯黛拉作為復仇的工具。她性情古怪喜怒無常，在皮普小時候就曾經支付金錢挑選皮普做艾斯黛拉的玩伴，又有意挑逗皮普愛上艾斯黛拉。當著皮普的面，郝薇香小姐「隨手從梳粧枱上拿起一顆寶石，把它放在她（艾斯黛拉）美麗動人煥發著青春的胸脯上，接著又放在她美麗的棕色秀髮上。她比試來比試去，說道：「總有一天這顆寶石是你的，親愛的。」此外，郝薇香小姐還告訴皮普「你愛她吧，愛她吧，愛她吧！如果她喜歡你，愛她；如果她傷害你，也愛她；即使她把你的心撕成碎片，還是要愛她——慢慢隨著年齡的

增長，你會更堅強，心碎也會更痛苦——你要愛她，愛她，愛她！」所以皮普非常希望是郝薇香小姐安排了這一切，支付金錢培養他做上流社會的上等人，這樣就能和艾斯黛拉相配，將來就可以結婚。

但是種種跡象又暗示這筆錢並不是來自於郝薇香小姐，艾斯黛拉對皮普若即若離，朋友郝伯斯明確地告訴皮普他推斷一定不是郝薇香小姐。律師賈格斯回絕了皮普拐彎抹角的打探，而皮普從零星的線索中也發現和郝薇香小姐對不上號。可是認識的人中誰還有這麼一大筆錢？又為甚麼要給皮普呢？目的究竟是甚麼？這些問題折磨著皮普，也鉤起了讀者的好奇心，吸引大家一探究竟，欲罷不能。

其次，這篇小說的整體結構用了「反諷法」。反諷法、反語（irony），即說話或文章時一種帶有諷刺意味的語氣或寫作技巧。文學上常稱為倒反法，字面上不能了解其真正要表達的事物，而真義正好是字面上意涵的反面，通常需要從上下文及語境來了解其用意。寫小說，巧妙運用反諷的手法，能使小說選取的那些生活瑣事擺脫平庸陳舊的表層意義，開掘出更豐厚的內蘊，從而給讀者留下更多的想像空間。

《遠大前程》的英文標題是 Great Expectations，從字面意思上來說確實是遠大「前程」，皮普突然被人挑中，委託律師到倫敦接受上層教育，而且成年之後將繼承大筆遺產，可以過上富貴奢華的生活，而且還有可能和他心愛的艾斯黛拉結婚，確實看來是前程似錦。

而且我們還可以看到 Expectation 裏面包含有 Expect（期望），顯而易見，這 Expectation（前程）裏面包含了太多皮普

個人的 Expect（期望）。他期望變得有錢，更期望和艾斯黛拉結婚。Expect（期望）是皮普遠大 Expectation（前程）的重要組成部份。

然而實際上 Expectation 還有另外一個含義（遺產）。同樣重要的是，皮普的遠大前程正是由於一筆從天而降的遺產決定的。

但是故事的最後，謎底被解開，懸念被打破，施惠人不是郝薇香小姐，而是當初皮普曾經幫助的一個逃犯馬格韋契。馬格韋契找上門來，向皮普坦陳了一切，真相於是大白天下，皮普承受了巨大的精神打擊，遠大前程剎那間灰飛煙滅，無情地粉碎了他的美好期望。皮普知道一旦逃犯被抓，他從逃犯那裏繼承的財產也將被充公，因為他不會洗錢，又不懂法律，所以只好為了幫助被妒嫉的鄉紳告發的逃犯，愚蠢地決定帶著朋友赫伯斯冒險幫助他逃到外國，三人連同船夫出發，在公海上航行，在快要離開國境的時候，小船被接到鄉紳線報的邊防警察扣留，赫伯斯和船夫順利逃走，而皮普和逃犯一起被抓回監獄。出獄後皮普再次變成一無所有的窮光蛋，只好在外國打工，最後成為一個普通人回到家鄉。

於是我們發現 Great Expectation 是一種反諷法、反語（irony），Expectation（前程）是假的，Expect（期望）落了空，期待中的 Expectation（遺產）不是郝薇香小姐給的，最終也化為烏有，所以也是假的。

但是同時，Expectation（前程）和（遺產）又都是真的，因為最後皮普醒悟，通過自己的努力過上了自食其力的生活。雖然皮普剛剛有錢就變得勢利眼，開始疏遠喬看不起

喬，但是當皮普想繼承財產的希望破滅，欠了一大筆債，而且生了一場重病時，恰恰是他的姐夫喬給了他巨大的精神慰藉，甚至還幫他還清了債務，皮普終於認識到善良才是最寶貴的遺產。而且小說的末尾，當飽經滄桑的皮普從海外歸來，他又在那間荒廢的別墅裏和已經四十幾歲失去一切財產、孀居而心灰意冷的艾斯黛拉重逢，在漸漸消散的晨霧中，兩個人手拉著手，一同走出老屋的那一片廢墟，雖然兩個人身上都留下了往日痛苦經歷的烙印，但作者暗示他們即將在一起。所以，皮普的（前程）和（遺產）又都是真的，他確實實現了他的遠大 Expectation（前程）。

皮普追求了一生「遠大前程之夢」，最終才發現原來有一顆善良、誠實、自食其力的心才是人生最可貴和巨大財富。作者通過皮普對 Expectation（前程）和（遺產）一步步的深入認識，表明人生最有價值的遺產就是高尚的品德這個主旨。從中，讀者會意識到忠誠，善良和自食其力的高尚品格才是一生中最寶貴的遺產，才會擁有真正的遠大前程。

教育是可以改變世界的最厲害的武器:《窗邊的小豆豆》

　　《窗邊的小豆豆》是作者黑柳徹子上小學時的一段真實回憶。作者因頑皮被傳統學校退學而來到巴學園,在小林校長的教育方針下,作者度過了最快樂的時光,巴學園裏特別的教學方式更令作者畢生難忘,造就了今天成功的黑柳徹子。黑柳徹子在成年後經常想起巴學園、小林校長對她的影響,在某一天晚上,她忽然想起要寫一本關於巴學園、關於小林校長的書,於是半夜她從牀上跳下來,奮筆疾書,寫了滿滿幾頁,寫成了《窗邊的小豆豆》的第一章〈第一次來車站〉。故事裏講述了作者兒時在巴學園的生活,結局則由二戰的爆發終結。

　　被認為是「世紀最有價值圖書」,日本有史以來圖書銷量排行第一名,美國、中國、日本、英國等四十國中小學生與教師「最喜歡圖書」,英文版僅在日本國內就銷售超過七十萬冊,至今無可超越,中文繁體版銷售超過十萬多冊,中文簡體版連續七十二個月登上全國暢銷榜,銷售超過二百萬冊,《中華讀書報》、新浪網、當當網將其評為年度最有價值圖書。

　　小豆豆是作者兒時的昵稱,而之所以用「窗邊的」作為定語,黑柳徹子在書的後記中這樣解釋道:「窗邊」這個詞給人一種被排除在周邊,而不是處於主體地位的感覺。

　　阿德勒在《生活的意義》中,認為以下三種情況容易使人

《窗邊的小豆豆》

賦予錯誤意義：

（一）器官缺陷的兒童：大多數器官或內分泌腺有缺陷的兒童，常因為別人無法了解他們的困難，使他們變得只對自己有興趣，而成為失敗者。小豆豆自身是一個在學習上有困難的小朋友，她上課時坐不定（經常站起來，又在窗邊徘徊），她不能專心上課（看燕子，看街邊的藝人），所以，她容易被認為是一個身體有缺陷的孩子。

（二）被驕縱的兒童：他們多會期待別人把他的願望當法律，他不必努力就會成為天之驕子，所以當他進入一個眾人不是以他為中心的情境，且別人也不是以體貼他的感覺為目的時，他就會覺得世界虧待了他。媽媽明白、尊重小豆豆，但在小豆豆被退學，仍免不了有所擔心。巴學園校長認為小豆豆是一個好孩子，但老師們對小豆豆平日的行為則不免憂心。媽媽對小豆豆的擔心，校長不因小豆豆的行為而加以勸阻、訓斥，又會否引起小豆豆的驕縱呢？

（三）被忽視的兒童：他們從不知愛與信任感為何物，只因社會曾對他冷漠，他就誤以為它永遠是冷漠的，所以他不但懷疑別人，也不能信任自己。前學校老師認為小豆豆是壞孩子，搞事的孩子，給她標籤，請媽媽到學校，向媽媽說：有貴小姐在課堂一日，課不能上，更要讓小豆豆退學。小豆豆是一個被冷漠對待，不被認同的孩子。或許正因為這些原因導致小豆豆對世界有一種被隔離的感覺，自身就好像不屬於這個世界，有一種被隔離在窗邊的感覺。

那我們該如何解決，如何改變小豆豆的這個看法？

納爾遜・羅利拉拉・曼德拉認為：「教育是可以改變世界的最厲害的武器！」

巴學園之一

巴學園真正做到了因材施教，每天都由每個同學各自選擇，從自己最感興趣的科目開始上課，學生自學，老師指導。小孩子完全獲得了自由，學習有勁頭，效率自然也大有提高。課堂之外的生活五花八門，在玩耍的過程中既學習了知識，又培養了品格。通過在學校禮堂搭帳篷體驗露營生活，大家學會了合作；組織學生們到寺廟和墓地扮妖怪的經歷，讓大家克服了恐懼；不穿衣服的集體游泳，讓大家感受了平等；連吃個飯也不忘普及知識，孩子們分清了「海的味道」、「山的味道」，更享受了美味……大家不光動手動腦，還動心動情，學會了做事，更學會了做人。

作為教育者的我們應該如何對待孩子，用甚麼角度去看孩子？大人們都應當蹲下高大的身體，向孩子學習！只有蹲下來，父母才能平視孩子，和孩子真正對等交流和溝通，也才能真正明白孩子心中的想法以及他們行為的真正動機。我們不單要蹲下來聽孩子說話，看孩子的世界，更要站在他們的位置，以他們的角度，他們的眼睛看世界。

例子一：小豆豆初見校長便與校長傾吐了四小時。

我們的角度：校長好有耐心，願意聽小豆豆說話四小時。

小豆豆的角度：太多想法，太多話要說，找到了知音。如果小豆豆一開口就被拒絕，憋在心裏只會引起壓抑，溝通就是排毒，就是一個彼此流動的交換系統，維護的不僅僅是小孩子一個人的心理健康。

例子二：小豆豆為了拾回心愛的錢包不惜到糞池尋找，為了幫朋友泰明攀樹用盡所有方法。

我們的角度：這個小孩污遭邋遢，太過頑皮。

小豆豆的角度：為了自己最心愛的東西不惜一切，為了夥伴、朋友，甚麼都可以犧牲。

例子三：小豆豆在街上遇到有人賣「健康樹皮」，說是咬著樹皮覺得苦就是不健康，覺得不苦就是健康的，於是向校長借錢買樹皮。

我們的角度：無稽之談，蠢得要死。

小豆豆的角度：為了大家健康，願意付出，關懷身邊的人。小豆豆用買到的樹皮，試出所有的老師同學和爸爸媽媽都是健康的，心裏很高興，大家也很高興，這是一個皆大歡喜的結局。

巴學園之二

我們大人有很多方面比小朋友不足，有很多事我們不能拋開自我，不願以他人角度想，不願以他人眼睛看；但小豆豆為身邊一切（心愛的人、事、物）可忘記自我——我們為了所愛的人能否好像小豆豆那樣？

　　作者黑柳徹子，也就是書中的小主人公小豆豆，在進入巴學園之前，是一個讓老師們傷透腦筋的「壞學生」，不守規矩，不愛學習，獨來獨往，我行我素，上課時間公然站在教室窗前，觀看來往的宣傳藝人。用寬鬆的標準來看，小豆豆算不上「壞學生」，可她也絕對算不上好學生。她的天性是自由的——小孩的天性都是自由的——但是缺乏必要的引導。然而，可以看到，適時適當的引導就能把她改造成一個好學生，就像《放牛班的春天》裏那些孩子所經歷的一樣。

　　或許用兒童的角度是最真實，真摯而又發人深省。「由我們這一代人自己喊出『向孩子學習』的口號，不是作秀，而恰恰是我們不甘心落伍的心靈寫照。」

後記

在這本小書中，最特別的要算這篇〈香港「紳商」陳步墀的繡詩樓詩詞與保良局事業〉。

特別之一在於，它緣起於一位師長給我講的掌故，說一九〇八年那一年，廣東發生了百年不遇的大水災，一位叫陳步墀的商人，在香港、澳門及廣東一些地方發起了大型賑災活動。除了每天在報紙上刊登他撰寫的《救命詞》，還有一些少女會把他的詩詞刺繡了義賣，所得的款項用來賑濟。後來太守因為他的仁心義舉，還專門給他題寫了繡詩樓三字，從此他把自己的齋號從十萬金鈴館改為了繡詩樓。他後來還成為了香港保良局的總理，為香港的慈善事業做出了悉心的貢獻。

特別之二在於，我寫這篇文章花費了大量的時間。因為關於陳步墀的資料很少，除了香港中文大學黃坤堯教授曾經出版了《繡詩樓集》，其中收錄《繡詩樓詩》、《雙溪詞》等八種，其他關於陳步墀的資料，尤其是他出任香港保良局總理以及賑災的情況都是語焉不詳的。

我想起我做《紅樓夢》研究的時候，其中受惠於明清檔案專家和清史專家張書才老先生的曹雪芹研究啟發很多，因為張先生是中國第一歷史檔案館的研究員，所以他很多時候從檔案館裏面提取出來的資料，能得出一些翔實而有啟發性的結論。因此我決定去香港保良局查閱檔案，當時剛開始看到

香港保良局開館的時間是週一到週六，我還很開心，感覺去香港保良局查資料不會影響我的時間，所以選了一個週六高高興興地就去了。到了保良局才知道，檔案不能隨便看，必須要所在的學校開了介紹信，而且預約了才可以去查閱。於是我又在學校開介紹信，又通過郵件和香港保良局預約查閱的時間，到了約定的時間，抵達之後，他們專門讓我到一個單獨的房間，給我搬來了厚厚幾十份檔案，而且那上面全是毛筆的蠅頭小楷，有好多還是草書寫得龍飛鳳舞。本來我可以按時間查閱需要的資料，但是我擔心只按特定時間段查看的話恐有遺漏，所以只能硬著頭皮一頁一頁地耐心翻看。不過這樣從前到後每頁毫無遺漏地翻看還是有收穫的，從中找到了兩三條我認為很重要的檔案，比如說，現在香港賣旗制度的先聲一般認為起源於一九三九年香港保良局的首次賣花籌款，此事刊於當年《工商日報》。但是有檔案支撐，我可以將賣物籌款推前到一九〇八年。一些被拐賣的婦女解救後，一時沒有尋找到親人，暫留保良局內，保良局教習她們一些手藝。正是在一九〇八年大水災的賑災活動中，香港保良局的婦女將所做的冷絨、加紗巾等捐出助賑。

還有一條檔案是救災公所來函稱，廣肇韶惠各屬女幼孩，既遇水災，復遭強擄，請求香港保良局協助懇嚴查出口各船，免被出洋販賣等。可見香港各界對受災婦孺的關注和通力合作。

不過，從前到後每頁毫無遺漏翻看的問題就是一天翻閱不完，所以還要再重複去。而且當我最後確定了想要複印一些資料，才知道並不是我想複印就可以複印，也不能當天立

即可取，而是我要提出申請，寫下複印哪些檔案的哪幾頁，然後回去等待通知，等保良局審核過了，複印後再通知我去取，所以可以想見來來回回花多少功夫。

但是我覺得這些花費的時間和精力還是值得的，我通過陳步墀及其相關的一批人慢慢認識了紳商的轉型。廢科舉從根本上改變了人的上升性和社會變動的取向，切斷了「士」的社會來源。使士的存在成為一個歷史範疇，直接導致了傳統四民社會的解體。紳士通向官府的仕途被阻塞了，由於學堂取代科舉，新的士紳產生機制不復存在。同時，在近代城市化過程中，隨著鄉村經濟的凋敝，鄉村中的士紳、資本紛紛湧進城市。由於四民社會的解體，以及近代經濟變動，原來一些處於社會邊緣的社群，如商人逐漸進入社會的中心。在這種大背景下，「紳商」應運而生。一部份讀書人在廢止科舉之後，沒有了向士子或紳士方向發展的上升台階，於是分流到商人階層，甚至也發家致富，取得了不錯的經濟和社會地位。然而，他們的心中畢竟有所缺憾，亦不能完全忘情於地方性公共事務的主持與參與。他們終於還是以商人的身份，行使了「紳士」的職能，轉型成為了「紳商」。

不僅陳步墀如此，就是香港保良局的成立，也是源於這樣一批「紳商」的努力。十九世紀末的香港，拐風日熾，婦女被逼良為娼、轉賣外埠的情況嚴重。數名旅港經商的東莞籍商人，見被拐者多為同邑人，故聯名上呈港督軒尼詩爵士，請准成立保良局，以防範誘拐，收容無依婦孺，並協助他們尋回家人。一八八二年，香港政府頒布《保良局條例》，正式確立保良局為合法組織，並賦予職權。保良局的所作所為，

更是對今天香港慈善事業及制度的形成和發展與有力焉。鑒古知今，他們在歷史中的貢獻值得我們記取，我們並宜在力所能及之處將愛心傳遞下去。

〈看戲的三種境界〉是好多讀者都非常喜歡的文章，這是我感到比較意外的，因為這篇文章其實寫的是我的一些囧事。就是我小時候看戲的一些經歷，還有我怎麼從一個學術小白慢慢摸索學習撰寫學術文章的方法，裏面也寫到了我的導師耐心地等待我的成長以及悉心教導的故事。

小書裏面還有很多都是記載我和學生的互動。比如〇〇後的香港本科生小朋友，我給她們布置寫《紅樓夢》方面的報告，她們居然真的就把大作家端木蕻良的巨著《曹雪芹》拿來認真地研讀，從一開始連「頫」字都不認識，到最後做出一篇內容充實言之有物的讀書報告，其中關綉盈同學還參加「二〇一九年全國《紅樓夢》閱讀大賽」，並取得了三等獎。作為老師，看到學生一點一滴的進步，真是感到由衷的高興。

還有我的國學碩士張艾同學，當時鼓勵她參加「紫荊盃媽媽導讀師」比賽，最初，她和女兒閱讀的〈林黛玉進賈府〉，表現不是最出彩的。但是經過我們一次又一次的打磨與提高，最後取得了少兒組的銀紫荊獎。

我覺得本科生關綉盈同學和碩士生張艾同學，她們跟我書中寫的一篇文章〈重劍無鋒〉很有相似之處，她們願意下苦功，最後也得到了應有的成果。和武當功夫「四兩撥千斤」的陰柔不同，走剛猛一路的少林功夫更近似於「一分辛苦一分才」。日復一日枯燥至極的劈柴、挑水、掃地，終於把火氣磨盡，鋒芒銷盡。那些貌似的愚鈍，那些費力的重拙，其

實都不過暗合了「重劍無鋒，大巧不工」的大道。

這本小書裏面也提到了兩種教學模式。一種是面授的模式，主要是《紅樓夢》的教學，用的是情境教學法（Situational Approach）。情境教學法由英國應用語言學家在一九三〇年代到一九六〇年代發展形成。是指在教學過程中，教師有目的地引入或創設具有一定情緒色彩的、以形象為主體的生動具體的場景，以引起學生特定的態度體驗，從而幫助學生理解教材，並使學生的心理機能得到發展的教學方法。在《紅樓夢研究》課堂中我進行了如下的應用：實物演示情境，即以實物為中心，略設必要背景，構成一個整體，以演示某一特定情境。比如在講台一側設一長桌，鋪設桌旗，飾以鮮花。講《紅樓夢》版本時，放上各種不同的抄本、刻本等讓學生翻閱、觸摸，分辨其紙張、筆跡、內容、格式等等差異；在講元宵節猜謎語時，用書籤寫出了書中的不同謎語，讓同學們競猜，猜對即可獲得相應書籤；在講大觀園詩社的時候，帶來香、筆、墨、紙、硯，仿照《紅樓夢》以一炷香的時間為限，讓同學抄寫書中的詩詞。通過實物演示，激起學生廣遠的聯想和積極的參與心理。圖畫再現情境，圖畫是展示形象的主要手段，在《紅樓夢研究》課堂帶來《紅樓夢》的各種繪畫（文人畫、版畫、年畫）、剪紙等等，通過用圖畫再現《紅樓夢》情境，比如大觀園圖、十二金釵圖、黛玉葬花圖、寶釵撲蝶圖、寶黛共讀西廂圖等等。

另外一種是網絡授課的模式，因為疫情的緣故，改由Zoom教學，主要是教授「中國古典戲曲研究」。其實剛開始Zoom教學的時候我也非常擔心，因為之前從來沒有接觸過

這種教學方式，而且《紅樓夢》教學用的情境教學改成了網絡教學，很多行之有效的教學方式，還有很多展示都不能用了。可是讓我想不到的是，戲曲課的選課人數那麼多，竟然最後都需要限制人數。後來有一位同學告訴我，以前她對中國戲曲毫無興趣，甚至有點反感，只是因為上個學期《紅樓夢》課太有意思了，抱著試試看的心理，硬著頭皮也要學一下戲曲。

另外還令我驚訝的是，有一次戲曲課結束，我跟大家說再見，結果聽到兩聲奶聲奶氣的再見。我一楞，學生才告訴我，這是她兩個小孩兒也正在線上聽我講戲曲，並且有學生說她的婆婆也在聽。這些都讓我感覺肩上的擔子沉甸甸的，這可是三代人一起聽，我覺得總要對得起學生這樣的信任和好意，要盡量講得通俗易懂，生動有趣。所以在戲曲教學中，我盡可能的交代中國戲曲的作者歷史背景，戲曲故事，藝術人物和藝術表現形式，唱段的欣賞分析，再欣賞經典片段，並且把戲劇和小說、歷史甚至跟西方的一些文學中相關的內容聯繫來看，通過比較的方式剖析戲曲的深層含義，以及對我們當代有甚麼借鑒？

這本小書中還有一些文章，比如說〈孫悟空的爸爸是誰〉，〈孫悟空變成林黛玉〉，〈沙僧吃人和西天取經的關係〉，題目一聽起來很有點兒「無厘頭」的感覺，但是我想假如認真地看下去，就會明白我真正的意思，是想先拋出一個有趣的問題，然後慢慢探索原文，從中進行一些對父子關係、師生關係、自我成長的探討。

我希望我的學生們從這些歷史的、文學的、文化的斷章

之中，博采眾長為己所用，變成一個有趣的人，能夠欣賞生活中的美；也變成一個堅強的人，能夠勇敢地面對生活中的挫折。

　　我非常感謝主編黎社長對我這些小文的垂青，因為他的幫助，這些小文才能夠結集成書，使我在回顧中，看到了我的老師、我的學生、還有我自己。我的世界很小，但幸虧朋友們對我很好；歲月無情，但我也沒有辜負歲月。

張惠

本創文學 41

歷史裏的斷章

作　　者：張　惠
責任編輯：黎漢傑
法律顧問：陳煦堂 律師

出　　版：初文出版社有限公司
　　　　　電郵：manuscriptpublish@gmail.com

印　　刷：陽光印刷製本廠

發　　行：香港聯合書刊物流有限公司
　　　　　香港新界荃灣德士古道220-248號
　　　　　荃灣工業中心16樓
　　　　　電話 (852) 2150-2100 傳真 (852) 2407-3062

台灣總經銷：貿騰發賣股份有限公司
地　　址：新北市中和區中正路880號14樓
電　　話：886-2-82275988
傳　　真：886-2-82275989
網　　址：www.namode.com

版　　次：2020年12月初版
國際書號：978-988-74583-7-1
定　　價：港幣118元　新臺幣360元

Published and printed in Hong Kong

香港藝術發展局 資助
Hong Kong Arts Development Council

香港藝術發展局全力支持藝術表達
自由，本計劃內容不反映本局意見。